O SOL TAMBÉM SE LEVANTA

O SOL TAMBÉM SE LEVANTA

ERNEST HEMINGWAY

TRADUÇÃO:
SOFIA SOTER

São Paulo, 2023

O sol também se levanta
The sun also rises by Ernest Hemingway
Copyright © 2023 by Novo Século Editora Ltda.

Editor: Luiz Vasconcelos
Gerente editorial: Letícia Teófilo
Produção editorial: Amanda Moura
　　　　　　　　　　　Érica Borges Correa
　　　　　　　　　　　Fernanda Felix
Diagramação e projeto gráfico: Mayra de Freitas
Preparação: Andréa Bassoto Gatto
Revisão: Elisabete Franczak Branco
Ilustração de capa: Marcus Pallas
Composição de capa: Fernanda Felix

Texto de acordo com as normas do Novo Acordo Ortográfico da Língua Portuguesa (1990), em vigor desde 1º de janeiro de 2009.

Dados Internacionais de Catalogação na Publicação (CIP)
Angélica Ilacqua CRB-8/7057

Hemingway, Ernest, 1899-1961
　　O sol também se levanta / Ernest Hemingway ; tradução de Sofia Soter. -- Barueri, SP : Novo Século Editora, 2023.
　　288 p.

　　ISBN 978-65-5561-505-0
　　Título original: The sun also rises

　　1. Ficção norte-americana I. Título II. Soter, Sofia
　　　　　　　　　　　　　　　　　　　　　　　CDD 813
22-6986

　　　　　Índice para catálogo sistemático:
　　　　　　1. Ficção norte-americana

GRUPO NOVO SÉCULO
Alameda Araguaia, 2190 – Bloco A – 11º andar – Conjunto 1111
CEP 06455-000 – Alphaville Industrial, Barueri – SP – Brasil
Tel.: (11) 3699-7107 | E-mail: atendimento@gruponovoseculo.com.br
www.gruponovoseculo.com.br

*Este livro é para Hadley e
para John Hadley Nicanor.*

"Vocês são uma geração perdida."
Gertrude Stein, em conversa.

"Uma geração vai, e outra geração vem; mas a terra para sempre permanece. Nasce o sol, e o sol se põe, e apressa-se e volta ao seu lugar de onde nasceu. O vento vai para o sul, e faz o seu giro para o norte; continuamente vai girando o vento, e volta fazendo os seus circuitos. Todos os rios vão para o mar, e contudo o mar não se enche; ao lugar para onde os rios vão, para ali tornam eles a correr."
Eclesiastes

LIVRO UM

Ernest Hemingway

Capítulo 1

Robert Cohn foi campeão de boxe peso-médio em Princeton. Não acredite que esse título de boxe me impressiona particularmente, mas era muito importante para Cohn. Ele não dava a mínima para boxe e, inclusive, nem gostava do esporte, mas o aprendeu, dolorosa e completamente, para neutralizar a inferioridade e a timidez que sentia por ser tratado como judeu em Princeton. Havia certo conforto em saber que ele podia nocautear qualquer pessoa que o tratasse com arrogância, mesmo que, por ser um jovem muito tímido e bondoso, ele nunca lutava fora do ringue.

Ele era o melhor aluno de Spider Kelly. Spider Kelly ensinava todos os jovens alunos a lutar como peso-pena, quer eles pesassem 45 ou 90 quilos. O método parecia se adequar bem a Cohn. Ele era mesmo muito rápido. Era tão bom que Spider rapidamente o fez lutar contra alguém muito melhor, levando-o a ter o nariz esmagado. Isso aumentou o desprezo de Cohn pelo boxe, mas deu a ele estranha satisfação e, certamente, melhorou seu nariz. No último ano em Princeton, ele lia demais e começou a usar óculos. Nunca encontrei alguém da turma que se lembrasse dele. Nem lembravam que ele tinha sido campeão de boxe peso-médio.

Desconfio de todas as pessoas francas e simples, especialmente quando suas histórias se sustentam, e sempre suspeitei que, talvez, Robert Cohn nunca tivesse sido campeão de boxe peso-médio e que, quiçá, um cavalo tivesse pisoteado a cara dele, ou que, por acaso, a mãe tivesse se assustado e visto alguma coisa, ou que ele tivesse, porventura, tropeçado em algo na infância, mas finalmente consegui verificar a história com Spider Kelly. E ele não apenas se lembrava de Cohn como frequentemente se perguntava o que acontecera com ele.

Robert Cohn, por parte de pai, pertencia a uma das famílias judaicas mais ricas de Nova York, e, por parte de mãe, de uma das mais antigas. No colégio militar onde estudou para Princeton e foi bom jogador de defesa no time de futebol americano, ninguém o fez sentir qualquer desconforto racial. Ninguém o fez se sentir judeu e, portanto, diferente do restante, até ele ir a Princeton. Ele era um menino agradável, simpático e muito tímido, e isso o tornou amargo. Ele descontou no boxe. Então saiu de Princeton com um constrangimento doloroso e o nariz esmagado, e se casou com a primeira moça que o tratou bem. Ficou cinco anos casado, teve três filhos, perdeu a maior parte dos cinquenta mil dólares herdados do pai, sendo que a maior porção da herança foi para a mãe, e se endureceu, bastante desagradável, sob a pressão da infelicidade doméstica com a esposa rica; e, bem quando decidiu que abandonaria a esposa, ela o deixou e fugiu com um pintor de miniaturas. Como ele passara meses pensando em largá-la, sem concretizar o plano, pois considerava crueldade privá-la de si mesmo, a partida dela foi um choque muito grande.

Ernest Hemingway

O divórcio foi arranjado e Robert Cohn partiu para a costa. Na Califórnia, ele se misturou à turma literária e, como ainda restava um pouco dos cinquenta mil dólares, logo começou a financiar uma revista de artes. A revista começou a ser publicada em Carmel, na Califórnia, e acabou em Provincetown, em Massachusetts. Nesse ponto, Cohn, que fora considerado meramente um anjo e cujo nome aparecia na ficha técnica apenas como membro do conselho, tornara-se o único editor. O dinheiro era dele e ele descobriu que gostava da autoridade da edição. Ele se decepcionou quando a revista tornou-se cara demais e foi obrigado a deixá-la de lado.

Naquele momento, contudo, ele tinha outras preocupações. Fora pego de jeito por uma mulher que esperava crescer com a revista. Ela era muito assertiva e Cohn nunca tivera a menor possibilidade de evitar ser fisgado. Além do mais, ele tinha certeza de que a amava. Quando essa mulher viu que a revista não ia crescer, enjoou um pouco de Cohn e decidiu que era melhor aproveitar o que restava enquanto ainda sobrava algo, então insistiu que fossem à Europa, onde Cohn poderia escrever. Eles vieram para a Europa, onde a mulher estudou, e ficaram por três anos. Nesse tempo, o primeiro ano viajando e os outros dois em Paris, Robert Cohn fez dois amigos: eu e Braddocks, seu parceiro literário. Eu era seu parceiro de tênis.

A tal mulher, Frances, notou, no fim do segundo ano, que sua aparência decaía, e sua atitude a respeito de Robert mudou de possessividade negligente e exploração para a determinação absoluta de que deveriam se casar. Durante esse tempo, a mãe de Robert outorgara a ele uma mesada de aproximadamente trezentos dólares ao mês. Por dois anos e meio, acredito que Robert Cohn não tenha nem olhado para outra mulher. Ele estava razoavelmente feliz, exceto pelo fato de, como muita gente que morava na Europa, preferir estar nos Estados Unidos, e tinha descoberto a escrita. Escreveu um romance, e não era tão ruim quanto disseram os críticos, apesar de ser mesmo bem fraco. Ele lia muitos livros, jogava *bridge* e tênis, e lutava boxe em uma academia local.

Certa noite, após nós três termos jantado juntos, pela primeira vez tomei consciência da atitude da tal mulher a respeito dele. Comemos em l'Avenue e, depois, fomos ao Café de Versailles. Após o café, tomamos várias doses de aguardente, e eu falei que precisava ir. Cohn havia sugerido que fizéssemos, nós dois, uma viagem no final de semana. Ele queria sair um pouco da cidade e caminhar bastante. Propus que pegássemos um avião até Estrasburgo e fôssemos a pé a Saint Odile, ou a outro lugar na Alsácia.

— Conheço uma garota em Estrasburgo que pode nos apresentar a cidade — falei.

Alguém me chutou por baixo da mesa. Achei que fosse um acidente, por isso prossegui:

— Faz dois anos que ela mora lá e conhece toda a área. É uma garota bacana.

Levei mais um chute e, ao olhar, vi que Frances, a mulher de Robert, tinha levantado o queixo, com a expressão rígida.

— Ora — falei —, por que Estrasburgo, afinal? Podemos ir a Bruges ou às Ardenas.

Cohn pareceu aliviado. Não levei mais chute algum. Eu me despedi e saí. Cohn disse que queria comprar jornal e me acompanharia até a esquina.

— Nossa senhora — disse ele —, por que você falou da

garota de Estrasburgo? Não viu a cara da Frances?

— Não. Por que teria visto? O que Frances tem a ver com uma garota americana que conheço em Estrasburgo?

— Não faz diferença. Qualquer garota que seja. Eu não poderia ir e pronto.

— Pare de bobeira.

— Você não conhece a Frances tão bem. Qualquer garota mesmo. Não viu a cara dela?

— Bom, tudo bem, vamos a Senlis.

— Não fique chateado.

— Não estou chateado. Senlis é uma boa área. Podemos nos hospedar no Grand Cerf, fazer uma trilha no bosque e depois voltar para casa.

— Que bom. Parece boa ideia.

— Bem, a gente se vê na quadra amanhã — falei.

— Boa noite, Jake — disse ele, e se virou para voltar ao café.

— Você esqueceu o jornal — falei.

— Verdade.

Ele me acompanhou ao jornaleiro na esquina.

— Você não ficou chateado, não é, Jake? — perguntou, já com o jornal na mão.

— Não. Por que ficaria?

— A gente se vê no tênis.

Eu o vi voltar ao café segurando o jornal. Eu gostava bastante dele, e era óbvio que ela dava a ele uma vida e tanto.

Capítulo 2

No inverno, Robert Cohn levou o romance aos Estados Unidos, e a obra foi aceita por uma editora bem razoável. Soube que a viagem dele causou uma briga feia, e acho que foi aí que Frances o perdeu, porque, em Nova York, várias mulheres o trataram bem e ele voltou mudado. Ele ficou ainda mais entusiasmado com os Estados Unidos, menos simples e menos simpático. As editoras tinham feito elogios bem exagerados ao romance, e isso lhe subiu à cabeça. As mulheres tinham se esforçado para tratá-lo bem, e isso mudou seus horizontes. Por quatro anos, seu horizonte fora completamente limitado à esposa. Por três anos, ou quase, não vira nada além de Frances. Tenho certeza de que ele nunca se apaixonara.

Ele se casara na ressaca dos péssimos anos da faculdade e Frances o encontrou na depressão da descoberta de não ter sido tudo aquilo para a primeira esposa. Ele ainda não tinha se apaixonado, mas notou que era uma figura atraente para as mulheres, e que o fato de uma mulher se interessar por ele e querer viver com ele não era mero milagre divino. Isso

Ernest Hemingway

o mudou tanto que ele se tornou uma companhia menos agradável. Além disso, ao fazer apostas que não podia pagar em jogos de *bridge* bastante disputados com seus contatos de Nova York, ele se dera bem nas cartas e ganhara várias centenas de dólares. Bastante convencido da própria habilidade no jogo, ele agora sempre falava que, se fosse necessário, era sempre possível viver de *bridge*.

Tinha mais uma questão. Ele andava lendo W. H. Hudson. Parece uma atividade inocente, mas Cohn lia e relia *The purple land*, um livro muito sinistro se lido mais tarde na vida. A obra conta as aventuras amorosas imaginárias e esplêndidas de um *gentleman* inglês perfeito em uma terra intensamente romântica, cujo cenário é muito bem descrito. É equivalente a um homem de 34 anos tomá-lo como guia de vida e entrar em Wall Street, vindo diretamente de um convento francês, e equipado com a coleção completa dos livros mais práticos de Horatio Alger.

Acredito que Cohn aceitou, literalmente, todas as palavras de *The purple land* como se tivesse lido um relatório de crédito de R. G. Dun. Entenda, ele fez certas ressalvas, mas, de forma geral, considerava o livro confiável. Foi o necessário para instigá-lo. Não notei o quanto fora encorajado até, certo dia, ele aparecer no meu escritório.

— Oi, Robert — saudei-o. — Veio melhorar meu dia?

— Quer ir à América do Sul, Jake? — perguntou ele.

— Não.

— Por que não?

— Não sei. Nunca quis ir. É caro. E dá para ver um monte de sul-americanos em Paris, de qualquer jeito.

— Não são sul-americanos de verdade.

— Me parecem de verdade, sim.

Eu precisava levar de trem para o porto as matérias da semana, e só tinha escrito metade.

— Sabe alguma fofoca?

— Não.

— Algum dos seus contatos extravagantes está se divorciando?

— Não. Escuta só, Jake. Se eu pagasse por nós dois, você iria comigo à América do Sul?

— Por que eu?

— Você fala espanhol. E a viagem seria mais divertida com você.

— Não — falei. — Gosto desta cidade, e no verão vou à Espanha.

— Quis fazer uma viagem dessas a vida toda — disse Cohn, e se sentou. — Vou acabar envelhecendo antes de viajar.

— Largue de besteira. Você pode ir aonde quiser. Tem muito dinheiro.

— Eu sei. Mas não consigo começar.

— Relaxe — falei. — Todos os países são iguais aos filmes.

Senti pena dele. A coisa estava feia.

— Não aguento mais pensar que minha vida passa rápido sem que eu a viva de verdade.

— Ninguém nunca vive plenamente. Só os toureiros.

— Não tenho interesse em toureiros. É uma vida anormal. Eu quero é viajar ao interior da América do Sul. Poderíamos fazer uma viagem ótima.

— Já pensou em ir caçar na África Oriental Britânica?

— Não, não gostaria disso.

— Eu iria com você.

— Não, não me interessa.

— É porque você nunca leu um livro passado lá. Vá ler um livro cheio de casos românticos com lindas princesas negras reluzentes.

— Quero ir à América do Sul.

Ele tinha um lado teimoso, insistente, judeu.

— Desça comigo para uma bebida.

— Você não está trabalhando?

— Não — respondi.

Descemos para o café do térreo. Eu tinha descoberto que aquele era o melhor jeito de me livrar de amigos. Depois de uma bebida era preciso apenas dizer: "Bom, preciso voltar e mandar uns telegramas", e pronto. É muito importante descobrir saídas elegantes desse tipo no mundo do jornalismo, em que parte importante da ética é nunca parecer estar trabalhando. Enfim, descemos para o bar e tomamos um uísque com soda. Cohn olhou para as garrafas todas nas cestas pela parede.

— É um bom lugar — comentou.

— É mesmo muita bebida — concordei.

— Escuta só, Jake — disse ele, debruçando-se no balcão. — Você nunca sente que a vida está passando sem que você a aproveite? Já reparou que já viveu quase metade do que vai viver?

— De vez em quando, sim.

— Você sabe que daqui a uns trinta e cinco anos estaremos mortos?

— Cacete, Robert — falei. — Cacete.

— Estou falando sério.

— Não me preocupo com isso.

— Mas deveria.

O sol também se levanta

— Já me preocupei com muita coisa. Cansei de preocupação.

— Bom, eu quero ir à América do Sul.

— Escuta, Robert, ir a outro país não faz diferença alguma. Já tentei. Não dá para fugir de si mesmo simplesmente, indo de um lugar a outro. Não dá em nada.

— Mas você nunca foi à América do Sul.

— Que vá às favas a América do Sul! Se você fosse para lá agora, assim como está se sentindo, daria na mesma. Esta cidade é boa. Por que não começa a viver em Paris?

— Cansei de Paris. E cansei do Quartier Latin.

— Afaste-se do *quartier*. Passeie sozinho e veja o que acontece.

— Nada acontece. Certa noite caminhei sozinho e nada aconteceu, exceto que um policial de bicicleta me parou e pediu meus documentos.

— A cidade não fica agradável à noite?

— Não gosto de Paris.

Então era isso. Senti pena dele, mas não dava para fazer nada, porque logo me deparava com duas teimosias: que a América do Sul resolveria o problema e que ele não gostava de Paris. A primeira ideia vinha de um livro, e suponho que a segunda também.

— Bom — falei —, preciso voltar e mandar uns telegramas.

— Precisa mesmo?

— Preciso, sim. Tenho que mandar esses telegramas.

— Posso subir e ficar um tempo no escritório?

— Pode. Venha.

Ele ficou lendo jornal na recepção enquanto eu, o redator e o editor trabalhamos com afinco por duas horas. Então arrumei as cópias, carimbei a assinatura, enfiei tudo em uns dois envelopes grandes de papel pardo e chamei um entregador para levá-los à Gare Saint-Lazare. Fui à recepção e lá encontrei Robert Cohn adormecido na poltrona. Ele estava dormindo com a cabeça nos braços. Não queria acordá-lo, mas precisava trancar o escritório e ir embora. Toquei o ombro dele, que sacudiu a cabeça.

— Não posso — disse ele, afundando ainda mais a cabeça. — Não posso. Nada vai me obrigar.

— Robert — falei, e o sacudi um pouco.

Ele levantou o rosto, sorriu e pestanejou.

— Eu falei alguma coisa?

— Um pouco. Mas não deu para entender.

— Nossa, que pesadelo horrível!

— Você pegou no sono com o barulho da máquina de escrever?

— Acho que sim. Passei a noite em claro ontem.

— Qual foi o problema?

— Conversa — disse ele.

Dava para imaginar. Tenho o péssimo hábito de imaginar as cenas íntimas dos meus amigos. Fomos ao Café Napolitain para tomar um *apéritif* e admirar o movimento noturno do Boulevard.

Capítulo 3

Era uma noite quente de primavera e eu continuei sentado à mesa na calçada do Napolitain depois de Robert ter ido embora, vendo o céu escurecer e as luzes elétricas serem acesas, o sinal de trânsito em verde e vermelho, os pedestres passeando, as charretes trotando ao redor do movimento de táxis, e as *poules* que passavam, sozinhas e em duplas, em busca do trabalho noturno. Vi uma moça bonita passar pela mesa e seguir a rua até eu perdê-la de vista, e vi mais outra, até a primeira voltar. Ela passou outra vez, então eu chamei sua atenção e ela veio se sentar à mesa. O garçom veio atrás.

— Bem, o que quer beber? — perguntei.
— Pernod.
— Isso não é bebida de boas mocinhas.
— A mocinha é você. *Dites, garçon, un pernod.*
— Um pernod para mim também.
— O que foi? — perguntou ela. — Vai a uma festa?
— Vou. E você, não?

— Não sei. Nesta cidade, nunca se sabe.
— Não gosta de Paris?
— Não.
— Por que não vai a outro lugar?
— Não tem outro lugar.
— Você deve estar feliz.
— Porra, feliz?!

Pernod é uma imitação de absinto esverdeada. Com água, fica meio leitoso. Tem gosto de alcaçuz e deixa a gente bem alto, mas a queda é igual. Ficamos ali bebendo e a garota continuou rabugenta:

— E aí? — perguntou ela. — Não vai me pagar um jantar?

Ela sorriu, e entendi por que não ria muito. De boca fechada era bem mais bonita. Paguei as bebidas e saímos pela rua. Chamei uma charrete e o cocheiro parou no meio-fio. No *fiacre* lento, de movimento tranquilo, subimos a Avenue de l'Opéra, passamos pelas lojas trancadas, pelas luzes acesas, pela Avenue larga, brilhante e quase deserta. A charrete passou pelo escritório do *Herald*, de Nova York, cuja vitrine era cheia de relógios.

— Para que servem esses relógios? — perguntou ela.
— Mostram o horário nos Estados Unidos todo.
— Nem brinca!

Viramos da Avenue para a Rue des Pyramides, atravessamos o trânsito da Rue de Rivoli e passamos por um portão escuro nas Tuileries. Ela se aninhou no meu peito e eu a abracei. Ela levantou o rosto para um beijo. Ela me tocou, e eu afastei sua mão.

— Deixe para lá.
— O que foi? Está doente?

— Estou.

— Todo mundo está doente. Eu também estou.

Saímos das Tuileries, voltando à luz, atravessamos o Sena e viramos na Rue des Saints Pères.

— Você não devia beber pernod doente.

— Nem você.

— Comigo, não faz diferença. Para a mulher não faz diferença alguma.

— Como você se chama?

— Georgette. E você?

— Jacob.

— É um nome flamengo.

— É americano.

— Você não é flamengo?

— Não, sou americano.

— Que bom. Eu detesto os flamengos.

Chegamos ao restaurante, e eu pedi ao *cocher* que parasse. Saímos e Georgette não gostou da cara do lugar.

— Não é um restaurante tão bom.

— Não — falei. — Talvez você prefira ir ao Foyot's. Por que não continua na charrete?

Eu a chamara por uma vaga ideia sentimental de que seria bom jantar com alguém. Fazia muito tempo que não jantava com uma *poule* e tinha me esquecido de como podia ser chato. Entramos no restaurante, passamos pela *madame* Lavigne da recepção e seguimos para uma salinha. Georgette se animou com a comida.

— Não é tão ruim aqui — disse ela. — Não é chique, mas a comida é razoável.

— Melhor do que comer em Liège.

— Em Bruxelas, no caso.

Pedimos mais uma garrafa de vinho e Georgette fez uma piada. Ela sorriu, mostrando os dentes estragados todos, e brindamos.

— Você não é nada mal — disse ela. — Pena que está doente. A gente se dá bem. Qual é o seu problema, afinal?

— Fui ferido na guerra — falei.

— Ah, essa guerra horrível.

Provavelmente, teríamos continuado a falar da guerra e concordado que era uma calamidade da civilização e que deveria ter sido evitada. Eu já estava de saco cheio. Foi então que alguém me chamou da sala ao lado:

— Barnes! Ora, Barnes! Jacob Barnes!

— É um amigo me chamando — expliquei, e fui até lá. Braddocks estava lá a uma mesa grande, com um grupo: Cohn, Frances Clyne, a Sra. Braddocks e várias pessoas que eu não conhecia.

— Você vem à festa, não vem? — perguntou Braddocks.

— Que festa?

— Ora, no *dancing*. Não soube que o revivemos? — disse a Sra. Braddocks.

— Você deve ir, Jake. Vamos todos — falou Frances, da cabeceira da mesa.

Ela era alta e sorria.

— É claro que ele vem — disse Braddocks. — Venha tomar café com a gente, Barnes.

— Certo.

— E traga sua amiga — disse a Sra. Braddocks, rindo. Ela era canadense e tinha a típica graça social.

— Obrigado, já vamos — falei e voltei à salinha.

— Quem são seus amigos? — perguntou Georgette.

— Escritores e artistas.

— Tem muitos neste lado do rio.

— Até demais.

— Acho que sim. Mas alguns ainda ganham dinheiro.

— Ah, sim.

Acabamos a comida e o vinho.

— Venha — falei. — Vamos tomar café com os outros.

Georgette abriu a bolsa, ajeitou o rosto olhando no espelho, retocou o batom e endireitou o chapéu.

— Bom — disse ela.

Fomos à sala cheia de gente e Braddocks se levantou, assim como os outros homens da mesa.

— Apresento-lhes minha noiva, *mademoiselle* Georgette Leblanc — falei.

Georgette abriu seu lindo sorriso e todos nos cumprimentamos com apertos de mão.

— Você é parente de Georgette Leblanc, a cantora? — perguntou a Sra. Braddocks.

— *Connais pas* — respondeu Georgette.

— Mas vocês têm o mesmo nome — insistiu a Sra. Braddocks cordialmente.

— Não — disse Georgette. — Não temos. Meu sobrenome é Hobin.

— Mas o Sr. Barnes a apresentou como *mademoiselle* Georgette Leblanc. Tenho certeza — falou a Sra. Braddocks, que, na emoção de falar francês, corria o risco de não fazer ideia do que dizia.

— Ele é um bobo — disse Georgette.

— Ah, então foi uma piada — respondeu a Sra. Braddocks.

— Foi — disse Georgette. — Era brincadeira.

— Ouviu essa, Henry? — disse a Sra. Braddocks para

o marido. — O Sr. Barnes apresentou a noiva como *mademoiselle* Leblanc, mas seu sobrenome na verdade é Hobin.

— É claro, meu bem. *Mademoiselle* Hobin. Eu a conheço há muito tempo.

— Ah, *mademoiselle* Hobin — disse Frances Clyne, falando bem rápido em francês, sem demonstrar o mesmo orgulho e surpresa da Sra. Braddocks ao soar muito francesa. — Está em Paris há muito tempo? Gosta daqui? Deve amar Paris, não?

— Quem é ela? — perguntou Georgette, virando-se para mim. — Preciso falar com ela?

Então, virou-se para Frances, novamente sorrindo, as mãos recolhidas, a cabeça aprumada no longo pescoço, prestes a falar de novo.

— Não, não gosto de Paris. É uma cidade cara e suja.

— Jura? Eu acho extraordinariamente limpa. Uma das cidades mais limpas da Europa.

— Pois eu acho suja.

— Que estranho! Talvez você não esteja aqui há tanto tempo.

— Já faz bastante tempo.

— Mas tem gente simpática aqui. Isso se deve admitir.

Georgette se virou para mim.

— Seus amigos são simpáticos.

Frances estava um pouco bêbada e teria gostado de continuar a conversa, mas o café chegou, e depois Lavigne com os *liqueurs*, e então todos saímos e seguimos para o *dancing-club* de Braddock.

O *dancing* era um *bal musette* na Rue de la Montagne Sainte Geneviève. Cinco noites por semana, a classe trabalhadora do bairro Pantheon dançava lá. Uma noite por semana, era o *dancing*. Às segundas-feiras ficava fechado. Quando chegamos estava bem vazio, exceto por um policial sentado perto da porta, a esposa do proprietário atrás do balcão de zinco e o proprietário em si. A filha também desceu quando entramos. Havia bancos compridos, mesas espalhadas pelo salão, e, no fundo, a pista de dança.

— Queria que as pessoas chegassem mais cedo — disse Braddocks.

A filha veio perguntar o que queríamos beber. O proprietário subiu em um banquinho perto da pista e começou a tocar sanfona. Ele usava sinos amarrados no tornozelo e marcava o ritmo com o pé ao tocar. Todo mundo dançou. Estava muito quente e saímos da pista suando.

— Meu Deus! — disse Georgette. — Que sauna!

— Está quente.

— Quente! Nossa!

— Tire o chapéu.

— Boa ideia.

Alguém convidou Georgette para dançar e eu fui ao bar. Estava mesmo muito quente e a música de *sanfona* era agradável numa noite quente assim. Tomei uma cerveja, parado perto da porta para aproveitar a brisa fresca que vinha da rua. Dois táxis subiram a rua íngreme e pararam em frente ao *Bal*. Um grupo de jovens, alguns de malha e outros de camisa, saiu. Vi suas mãos e o cabelo ondulado e recém-lavado pela luz da porta. O policial na porta me olhou e sorriu. Eles entraram. Ao entrar, sob a luz, vi mãos brancas, cabelos ondulados, rostos brancos, caretas, gestos, conversa. Com eles vinha Brett. Ela estava muito bonita e, definitivamente, entre eles.

Um deles viu Georgette e disse:

— Honestamente. Tem uma puta de verdade ali. Vou dançar com ela, Lett. Veja só.

O tal de Lett, mais alto e de cabelo escuro, falou:

— Pare com isso.

O outro, de cabelo loiro e ondulado, respondeu:

— Não se preocupa, meu caro.

E Brett estava com aquele grupo!

Fiquei com muita raiva. De algum jeito, eles sempre me deixavam com raiva. Sei que é para acharmos graça e sermos tolerantes, mas eu queria socar alguém, qualquer um, só para acabar com aquela pose superior e afetada. Em vez disso, desci a rua e fui tomar uma cerveja no bar ao lado do *Bal*. A cerveja estava ruim e tomei um conhaque pior ainda para tirar o gosto. Quando voltei ao *Bal*, tinha muita gente na pista e Georgette dançava com o jovem loiro e alto, que dançava se requebrando, virando a cabeça de lado, de olhos para cima. Assim que a música parou, outro do grupo a chamou para dançar. Ela fora absorvida por eles. Soube, então, que iam todos dançar com ela. É assim que são.

Eu me sentei à mesa. Cohn estava sentado lá e Frances estava dançando. A Sra. Braddocks chegou com alguém, que apresentou como Robert Prentiss. Ele viera de Nova York, com origem em Chicago, e era um novo romancista em ascensão. Tinha uma espécie de sotaque inglês. Convidei-o para beber.

— Muito obrigado — disse ele —, mas acabei de tomar um trago.

— Tome mais um.

— Obrigado, aceito.

Chamamos a filha da casa e pedimos duas doses de *fine à l'eau*.

— Me disseram que você é de Kansas City — disse ele.

— Sou.

— Tem se divertido em Paris?

— Tenho.

— Jura?

Eu estava um pouco bêbado. Não bêbado de forma positiva, o bastante para ser descuidado.

— Pelo amor de Deus! — falei. — Juro. E você, não?

— Ah, que charme essa sua raiva — disse ele. — Queria ser assim.

Eu me levantei e andei até a pista. A Sra. Braddocks me acompanhou.

— Não se chateie com Robert — disse ela. — Ele ainda é muito jovem, sabe.

— Não me chateei — respondi. — Só achei que ia vomitar.

— Sua noiva está fazendo um sucesso e tanto — disse a Sra. Braddocks, olhando para a pista, onde Georgette dançava com o jovem alto e moreno, Lett.

— Não é?

— É, sim — concordou a Sra. Braddocks.

Cohn se aproximou.

— Venha, Jake. Vamos beber. — Fomos juntos ao bar. — O que houve? Você parece estar irritado com alguma coisa.

— Não é nada. Esse negócio todo me deixa enjoado, só isso.

Brett veio até o bar.

— Olá, rapazes.

— Oi, Brett — cumprimentei. — Por que não está embriagada?

— Nunca mais vou me embriagar. E então, não vai me oferecer um conhaque com soda?

Ela pegou o copo, e vi Robert Cohn olhá-la. Ele parecia seu compatriota ao ver a terra prometida. Cohn, é claro, era muito mais jovem. No entanto, tinha aquela expressão de expectativa ávida e merecedora.

Brett estava muito bonita, com um suéter de malha e uma saia de tweed, e o cabelo penteado para trás, igual a um garoto. Foi ela quem começou esse estilo. Ela tinha as curvas de um iate de corrida e não disfarçava nada com aquele suéter.

— Que amigos você tem, hein, Brett — falei.

— Não são uns amores? E a sua também, meu caro. Onde a arranjou?

— No Napolitain.

— E sua noite foi agradável?

— Ah, impagável — respondi.

Brett riu.

— É um erro seu, Jake. É um insulto a todas nós. Olhe lá para Frances, e para Jo.

Isso foi dito para Cohn.

— É a restrição da livre concorrência — disse Brett, e riu de novo.

— Você está maravilhosamente sóbria — falei.

— Não é? E, no meu grupinho, dá para beber com tanta segurança...

A música recomeçou e Robert Cohn falou:

— Me concede essa dança, lady Brett?

Brett sorriu para ele.

— Já prometi essa dança a Jacob — disse ela, rindo. — Seu nome é muito bíblico. Jacob.

— E a próxima? — perguntou Cohn.

— A gente vai embora — disse Brett. — Temos um compromisso em Montmartre.

Dançando, olhei por cima do ombro de Brett e vi que Cohn, lá do bar, ainda a observava.

— Você arranjou mais um apaixonado — falei.

— Nem me fale. Coitado. Não sabia, até agora.

— Ah, bom — falei. — Acho que você gosta de colecioná-los.

— Não fale besteira.

— Gosta mesmo.

— Ah, tá. E se eu gostar?

— Nada — falei.

Estávamos dançando a música da sanfona, e mais alguém tocava banjo. Fazia calor, e eu estava feliz. Passamos por Georgette, que dançava com outro dos jovens.

— O que o fez trazê-la para cá?

— Não sei. Só trouxe.

— Você está ficando romântico.

— Não, só entediado.

— Agora?

— Não, agora não.

— Vamos embora daqui. Ela está em boas mãos.

— Você quer ir embora?

— Eu ofereceria se não quisesse?

Saímos da pista, peguei meu casaco no cabideiro e o vesti. Brett estava perto do bar e Cohn falava com ela. Fui ao bar e pedi um envelope, que a *patronne* arranjou. Peguei uma nota de cinquenta francos do bolso, pus no envelope, fechei-o e o entreguei à *patronne*.

— Se a garota que veio comigo perguntar por mim, pode dar isto a ela? — pedi. — E, se ela for embora com um desses jovens, você guarda o envelope para mim?

— *C'est entendu, monsieur* — disse a *patronne*. — Vão embora já? Cedo assim?

— Vamos — respondi.

Seguimos para a porta. Cohn ainda falava com Brett. Ela se despediu e tomou meu braço.

— Boa noite, Cohn — falei.

Na rua, procuramos um táxi.

— Você vai perder seus cinquenta francos — disse Brett.

— Eu sei.

— Nada de táxi.

— Podemos andar até o Pantheon e pegar lá.

— Venha, vamos beber um pouco no bar ao lado e chamar um táxi.

— Você não quer andar nem até o outro lado da rua.

— Se puder evitar, não quero mesmo.

Entramos no bar ao lado e pedi ao garçom que arranjasse um táxi.

— Bom — falei —, nos livramos deles.

Nós dois nos encostamos no balcão de zinco e não falamos nada, só ficamos nos olhando. O garçom veio e disse que o táxi estava na porta. Brett apertou minha mão com força. Dei um franco para o garçom e saímos.

— Que endereço dou? — perguntei.

— Ah, mande ele dar uma volta.

Pedi ao motorista que fosse ao Parc Montsouris, entrei e bati a porta. Brett se recostou no canto, de olhos fechados. Eu me sentei ao lado dela. O táxi deu partida, com um solavanco.

— Ah, querido, estou tão triste... — disse Brett.

Capítulo 4

O táxi subiu a ladeira, passou pela praça iluminada, avançou pelo escuro, ainda subindo até uma rua sombria atrás de St. Etienne du Mont, de onde seguiu pelo asfalto reto, passou pelas árvores e por um ônibus na Place de la Contrescarpe, e entrou na rua de paralelepípedos da Rue Mouffetard. Havia bares e lojas abertos dos dois lados da rua. Estávamos sentados afastados e fomos aproximados pelos sacolejos do carro ao descer a velha rua.

Brett tinha tirado o chapéu. Revelado a cabeça. Vi o rosto dela à luz das vitrines, até que o ambiente escureceu e eu voltei a ver seu rosto com clareza quando saímos na Avenue des Gobelins. A rua estava em obras e operários trabalhavam nos trilhos do bonde à luz dos lampiões de carbureto. Voltamos ao escuro e eu a beijei. Unimos as bocas, antes de ela se virar e se encolher no canto do assento, o mais distante possível, de cabeça baixa.

— Não me toque — falou. — Por favor, não me toque.
— O que houve?
— Não aguento.

— Ah, Brett...

— Não. Você deve saber. Não aguento, é só isso. Ah, querido, por favor, me entenda!

— Você não me ama?

— Se eu te amo? Eu simplesmente me derreto toda quando você me toca.

— Não podemos fazer nada a respeito disso?

Ela se endireitou. Eu a abracei e ela se recostou em mim, e ficamos bem calmos. Ela me olhou bem nos olhos, daquele jeito que me fazia questionar se ela enxergava mesmo assim. Os olhos dela continuariam vendo, mesmo depois que os olhos de qualquer um no mundo parassem de enxergar. Parecia não haver no mundo nada que ela não olhasse assim, e, na verdade, tinha medo de tantas coisas.

— E não há nada mesmo a fazer? — repeti a pergunta.

— Não sei — disse ela. — Não quero passar por esse inferno de novo.

— É melhor nos mantermos afastados.

— Mas, querido, preciso vê-lo. Não é só isso.

— Não, mas sempre chega aí.

— A culpa é minha. Mas não pagamos pelo que fazemos?

O tempo todo, ela me olhava. Seus olhos tinham profundidade diferente e, às vezes, pareciam perfeitamente inexpressivos. Dava para ver através deles.

— Quando penso no inferno que fiz uns sujeitos viverem... Agora estou pagando por isso.

— Não diga tolices — falei. — Além do mais, o que aconteceu comigo deveria ser engraçado. Eu nunca penso nisso.

— Ah, não... Aposto que não.

— Bom, vamos parar com esse assunto.

— Eu também já ri disso, uma vez — disse ela, sem me

olhar. — Um amigo do meu irmão voltou assim de Mons. Parecia uma piada e tanto. Os sujeitos nunca sabem de nada, né?

— Não — falei. — Ninguém nunca sabe de nada.

Eu já tinha me cansado do assunto. Em certo momento, provavelmente já o considerara sob todos os ângulos, até mesmo o fato de que determinadas lesões e imperfeições são motivo de piada, embora permaneçam bem sérios para quem as têm.

— É engraçado — falei. — É muito engraçado. E também tem muita graça estar apaixonado.

— Acha mesmo?

Os olhos dela pareciam claros outra vez.

— Não que seja engraçado assim. É um sentimento agradável.

— Não — disse ela. — Eu acho o inferno na Terra.

— É bom a gente se ver.

— Não. Não acho.

— Você não quer?

— Sou forçada a isso.

Estávamos sentados como desconhecidos. À direita, estava o Parc Montsouris. O restaurante com o lago de trutas vivas, onde é possível se sentar e ter vista para o parque, estava fechado, com as luzes apagadas. O motorista esticou a cabeça para trás.

— Aonde você quer ir? — perguntei.

Brett virou o rosto.

— Ah, vamos ao Select.

— Café Select — falei ao motorista. — Boulevard Montparnasse.

Descemos em frente, dando a volta no Lion de Belfort, que vigia os bondes de Montrouge. Brett olhava para a frente.

No Boulevard Raspail, vendo as luzes de Montparnasse, Brett falou:

— Você ficaria muito incomodado se eu pedisse uma coisa?

— Não seja boba.

— Então, beije-me ainda uma vez antes de chegarmos.

Quando o táxi parou, eu saí e paguei. Brett saiu e pôs o chapéu. Ela segurou a minha mão ao descer, e percebi que ela tremia.

— Diga, estou muito bagunçada?

Ela ajeitou o chapéu masculino de feltro e avançou na direção do bar. Lá dentro, ao balcão e pelas mesas, estava a maior parte do grupo que estivera na dança.

— Olá, rapazes — saudou Brett. — Vou beber alguma coisa.

— Ah, Brett! Brett! — disse o pequeno retratista grego que se dizia duque e que todo mundo chamava de Zizi, aproximando-se. — Tenho uma coisa incrível para te contar.

— Olá, Zizi — disse Brett.

— Quero te apresentar um amigo — disse Zizi.

Um homem gordo apareceu.

— Conde Mippipopolous, apresento minha amiga, lady Ashley.

— Como vai? — disse Brett.

— Ora, está se divertindo em Paris, senhorita? — perguntou o conde Mippipopolous, que usava um dente de alce pendurado na corrente do relógio.

— Bastante — respondeu Brett.

— Paris é mesmo uma cidade agradável — disse o conde —, mas imagino que a senhorita também tenha importantes compromissos em Londres.

— Ah, sim — disse Brett. — Importantíssimos.

Braddocks me chamou da mesa.

— Barnes, venha beber um pouco. Aquela sua garota entrou em uma briga terrível.

— Por quê?

— Foi alguma coisa que a filha da *patronne* falou. Uma imensa confusão. Ela foi bem impressionante, sabe? Mostrou o cartão amarelo[1] e exigiu ver o da filha da patroa também. Eu diria que foi mesmo um barulho dos diabos.

— O que aconteceu, no fim?

— Ah, alguém a levou para casa. Não era feia, a garota. E tinha um domínio espetacular do idioma. Fique para beber um pouco, por favor.

— Não — falei. — Tenho que ir. Viu Cohn por aí?

— Ele voltou para casa com Frances — disse a Sra. Braddocks.

— Coitado... Parece estar numa pior — falou Braddocks.

— Eu diria o mesmo — comentou a Sra. Braddocks.

— Tenho mesmo que ir — falei. — Boa noite.

Fui me despedir de Brett no bar. O conde estava pedindo champanhe.

— O senhor quer tomar uma taça conosco? — convidou ele.

— Não. Muito obrigado. Tenho que ir.

— Vai mesmo? — perguntou Brett.

— Vou. Estou morrendo de dor de cabeça.

— Te vejo amanhã?

— Venha me ver no escritório.

---

[1] Conforme o crítico Michael Reynolds, o cartão amarelo era uma licença para trabalhar como prostituta. O cartão requeria fazer exames regulares para várias doenças. Quando Georgette disse a Jake: "Todo mundo está doente. Eu também estou", não estava se referindo às doenças do corpo. (REYNOLDS, Michael. Hemingway: the 1930s. New York: W.W. Norton and Company, 1997) (N.P.)

— De jeito nenhum.

— Bem, então onde nos encontramos?

— Em qualquer lugar, depois das cinco.

— Do outro lado da cidade, então.

— Combinado. Estarei no Crillon às cinco.

— Tente estar mesmo.

— Não se preocupe — disse Brett. — Eu nunca o decepcionei, não é?

— Teve notícias de Mike?

— Recebi uma carta hoje.

— Boa noite, senhor — disse o conde.

Saí para a calçada e desci para o Boulevard Saint-Michel, passando pelas mesas da Rotonde, ainda lotadas, e olhei para o Dome, do outro lado da rua, cujas mesas chegavam até o meio-fio. Alguém acenou para mim de uma mesa, mas eu não vi quem era e segui caminho. Queria chegar em casa. O Boulevard Montparnasse estava deserto. Lavigne tinha fechado e estavam empilhando as mesas na frente de Closerie des Lilas. Passei pela estátua de Ney entre as castanheiras cheias de folhas novas sob a luz das lâmpadas a arco voltaico. Havia uma coroa de flores arroxeadas desbotadas ao pé da estátua. Eu me aproximei para ler a dedicatória: era dos grupos bonapartistas, por alguma data que já esqueci. Ele estava muito elegante, marechal Ney, de botas altas, posando com a espada entre as folhas verdes das castanheiras. Meu apartamento ficava do outro lado da rua, um pouco além, no Boulevard Saint-Michel.

A luz estava acesa no compartimento da zeladora, então eu bati à porta e ela me entregou a correspondência. Desejei boa noite e subi a escada. Eram duas cartas e alguns jornais. Li à luz do lampião a gás na sala de jantar. As cartas tinham chegado dos Estados Unidos. Uma delas era um extrato bancário. Mostrava um saldo de $ 2.432,60. Peguei o talão de cheques e descontei os quatro cheques feitos desde o início do mês, descobrindo que meu saldo atual era de $ 1.832,60. Anotei o valor no verso do extrato.

A outra carta era um anúncio de casamento. O Sr. e a Sra. Aloysius Kirby anunciavam o casamento da filha, Katherine — eu não conhecia a moça nem o homem com quem se casaria. Deviam estar distribuindo convites pela cidade. Era um nome engraçado. Eu tinha certeza de que me lembraria de alguém chamado Aloysius. Era um bom nome católico. Havia um brasão no anúncio. Como Zizi, o duque grego. E aquele conde. O conde era engraçado. Brett também tinha título. Lady Ashley. Que se danasse Brett. Que se danasse lady Ashley.

Acendi a luminária ao lado da cama, desliguei o gás e escancarei a janela. A cama ficava longe da janela, então me sentei sem roupa, com a janela aberta. Lá fora, um trem noturno percorria os trilhos do bonde, carregando verduras para as feiras. Fazia barulho de noite quando eu não conseguia dormir. Ao me despir, olhei-me no espelho do guarda-roupa grande ao lado da cama. Era um jeito tipicamente francês de mobiliar um quarto. Prático, imaginava. Tantas outras lesões possíveis... Acho que era engraçado.

Vesti o pijama e entrei na cama. Eu tinha recebido os dois jornais de tourada e os desembrulhei. Um era laranja. O outro, amarelo. Os dois teriam as mesmas notícias, então o que eu lesse primeiro estragaria o seguinte. *Le Toril* era o jornal melhor, por isso comecei a lê-lo. Li do começo ao fim, inclusive as seções de *petite correspondente* e de *cornigrammes*. Apaguei a luminária. Talvez conseguisse dormir.

Minha cabeça começou a funcionar. A dor de sempre. Bom, foi um péssimo jeito de se ferir, voando em um *front* ridículo como o italiano. No hospital italiano, falamos de formar uma sociedade. Tinha um nome italiano engraçado. Eu me pergunto o que aconteceu com os outros, os italianos. Foi no Ospedale Maggiore, em Milano, Padiglione Ponte. O prédio ao lado era Padiglione Zonda. Tinha uma estátua de Ponte, ou talvez fosse de Zonda. Foi onde o coronel de conexão me visitou. Foi engraçado. Foi a primeira coisa engraçada. Eu estava todo enfaixado, mas tinham explicado para ele. Aí ele fez um discurso maravilhoso:

— O senhor, um estrangeiro, um inglês — (qualquer estrangeiro era inglês) —, deu mais do que sua vida.

Que discurso! Queria mandar ilustrá-lo e pendurar na parede do escritório. Ele nunca riu. Estava se colocando no meu lugar, imagino.

— *Che mala fortuna! Che mala fortuna!*

Acho que nunca notava. Tento seguir em frente sem causar problema para ninguém. Provavelmente, nunca teria enfrentado qualquer problema se não tivesse esbarrado em Brett quando fui mandado à Inglaterra. Acho que ela só queria o que não podia ter. Bem, as pessoas são assim. Que se danem as pessoas. A Igreja Católica tinha um jeito incrível de lidar com isso tudo. Era um bom conselho, pelo menos. Não pensar em nada. Ah, era um ótimo conselho! Tente cumpri-lo um dia. Pode tentar.

Fiquei acordado, pensando, a cabeça a mil. Aí não consegui mais me conter, comecei a pensar em Brett e todo o restante sumiu. Pensando em Brett minha cabeça parou de quicar e passou a avançar em ondas suaves. Até que, de repente, comecei a chorar. Depois de um tempo, melhorei.

Fiquei deitado, ouvindo os bondes pesados subirem e descerem a rua e, finalmente, adormeci.

Acordei. Tinha uma briga lá fora. Escutei e tive a impressão de que reconhecia uma das vozes. Vesti um roupão e fui à porta. A zeladora estava falando lá embaixo. Estava furiosa. Ouvi meu nome e gritei para o térreo.

— É o senhor, *monsieur* Barnes? — gritou a zeladora.

— Sim, sou eu.

— Está aqui uma mulher que já acordou a rua toda. Que safadeza pode ser a essa hora da madrugada? Ela diz que precisa ver o senhor. Falei que estava dormindo.

Foi, então, que ouvi a voz de Brett. Ainda meio adormecido, eu tivera certeza de que era Georgette. Não sei o motivo. Ela não teria como saber meu endereço.

— Pode mandá-la subir, por favor?

Brett subiu a escada. Vi que estava bem bêbada.

— Que estupidez — disse ela. — Um escândalo desses. Me diga, você não estava dormindo?

— O que achou que eu estivesse fazendo?

— Sei lá. Que horas são?

Olhei para o relógio. Quatro e meia.

— Não fazia ideia da hora — disse Brett. — Olha, posso me sentar? Não se zangue, querido. Acabei de me despedir do conde. Ele me trouxe até aqui.

— Como ele é?

Fui pegar conhaque, soda e copos.

— Só um pouquinho — pediu Brett. — Não tente me embebedar. O conde? Ah, sim. É um de nós, sim.

— Ele é conde?

— Assim está bom. Acho que sim, sabe. Merece ser, pelo menos. Sabe um tanto sobre tanta gente. Não sei onde aprendeu isso tudo. É dono de uma rede de lojas de doces nos Estados Unidos.

Ela tomou um gole.

— Acho que chamou de rede. Alguma coisa assim. Tudo conectado. Me contou um pouco. Bem interessante. Ele é um de nós, sim. Ah, é. Sem dúvida. Sempre dá para notar.

Ela tomou outro gole.

— Como eu saio dessa? Você não se incomoda, né? Ele anda sustentando Zizi, sabia?

— E Zizi é mesmo duque?

— Não me surpreenderia. É grego, sabe. Péssimo pintor. Gostei bastante do conde.

— Aonde vocês foram?

— Ah, para todo lado. Ele acabou de me trazer aqui. Me ofereceu dez mil dólares para ir com ele a Biarritz. Quanto é isso em libras?

— Umas duas mil.

— Muito dinheiro. Falei que não podia. Ele foi muito gentil. Expliquei que eu conhecia gente demais em Biarritz.

Brett riu.

— Nossa, você está devagar! — exclamou ela.

Eu estava só bebericando meu conhaque com soda. Tomei um gole maior.

— Melhor assim. Muito engraçado — continuou ela. — Então ele quis que eu fosse com ele a Cannes. Falei que conhecia gente demais em Cannes. Monte Carlo... Falei que conhecia gente demais em Monte Carlo. Falei que conhecia gente demais em todo lugar. É verdade, até. Então pedi a ele que me touxesse para cá.

Ela me olhou, com a mão na mesa, o copo erguido.

— Não faça essa cara — disse ela. — Falei que estava apaixonada por você. É verdade, até. Não faça essa cara. Ele foi muito gentil. Quer nos levar para jantar amanhã. Aceita?

— Por que não?

— É melhor eu ir logo.

— Por quê?

— Só quis vê-lo. Que ideia boba. Quer se vestir e descer? Ele parou o carro logo ali na rua.

— O conde?

— O próprio. Com um chofer de uniforme. Vai me levar para dar uma volta e tomar café no Bois. Trouxe cestas. Comprou tudo em Zelli's. Uma dúzia de garrafas de Mumms. Tentador?

— Tenho que trabalhar de manhã — justifiquei. — Já fiquei muito para trás. Não vou conseguir alcançar vocês e me divertir.

— Não seja cretino.

— Não posso.

— Certo. Quer que eu lhe transmita algum recado afetuoso?

— Pode ser. Claro.

— Boa noite, querido.

— Não seja sentimental.

— Você me deixa enjoada.

Nós nos despedimos com um beijo e Brett estremeceu.

— É melhor eu ir — falou. — Boa noite, querido.

— Você não precisa ir.

— Preciso.

Nós nos beijamos de novo na escada e, quando pedi a chave, a zeladora resmungou alguma coisa do outro lado da porta. Subi de novo e, pela janela aberta, vi Brett subir a rua até a enorme limusine parada no meio-fio sob a lâmpada a arco voltaico. Ela entrou e o carro deu a partida. Eu me virei. Na mesa estavam um copo vazio e um copo meio cheio de conhaque com soda. Levei os dois à cozinha e virei o copo meio cheio na pia. Apaguei o gás da sala de jantar, tirei as pantufas sentado na cama e me deitei.

Aquela era Brett, por quem eu tinha estado chorando. Pensei nela andando na rua e entrando no carro, como eu acabara de vê-la, e é claro que, em pouco tempo, voltei a me sentir péssimo. É terrivelmente fácil encarar tudo com frieza durante o dia, mas à noite é outra história.

Capítulo 5

De manhã, desci o Boulevard até a Rue Soufflot para comprar café e brioche. A manhã estava agradável. As castanheiras no jardim de Luxemburgo estavam em flor. Pairava no ar a sensação agradável da manhã de um dia quente. Li o jornal tomando café e fumei um cigarro. As floristas estavam chegando da feira, arrumando o estoque do dia. Estudantes subiam para a faculdade de direito, ou desciam para a Sorbonne. O Boulevard estava agitado, com bondes e pessoas indo trabalhar.

Peguei um bonde e desci a Madeleine, de pé, na plataforma traseira. De Madeleine, caminhei pelo Boulevard des Capucines até Opéra, e ao meu escritório. Passei pelo homem dos sapos e pelo homem dos brinquedos de boxe. Dei uma volta para não tropeçar no fio que a assistente dele usava para manusear os boxeadores. Ela estava de costas, com o fio nas mãos cruzadas. O homem encorajava dois turistas a comprar. Mais três turistas tinham parado para ver. Segui caminho atrás de um homem que empurrava um rolo que pintava o nome CINZANO na calçada em letras úmidas. Tinha gente indo trabalhar para todo lado. Foi agradável ir trabalhar. Atravessei a avenida e entrei no escritório.

Depois de subir para a minha sala, li os jornais franceses, fumei, sentei-me na frente da máquina de escrever e trabalhei bastante a manhã toda. Às onze, peguei um táxi até o Quai d'Orsay, onde entrei e passei meia hora sentado com mais ou menos uma dúzia de correspondentes, enquanto o porta-voz do Ministério das Relações Exteriores, um jovem diplomata da *Nouvelle Revue Française* que usava óculos de aro de tartaruga, falava e respondia a perguntas. O presidente do conselho estava em Lyon para um discurso, ou melhor, estava voltando. Várias pessoas fizeram perguntas só para se ouvir falar e algumas perguntas foram feitas por homens de agências de notícias que queriam mesmo respostas. Não havia notícia. Na volta, dividi o táxi com Woolsey e Krum.

— O que você faz à noite, Jake? — perguntou Krum. — Nunca o vejo por aí.

— Ah, eu fico pelo Quartier.

— Uma noite dessas vou dar um pulo lá. O Dingo. É o melhor lugar, não é?

— É. Tem também um canto novo, o Select.

— Tenho pensado em visitar — disse Krum. — Mas, sabe como é, com mulher e filhos.

— Tem jogado tênis? — perguntou Woolsey.

— Não — respondeu Krum —, não cheguei a jogar nada este ano. Tentei, mas tem chovido aos domingos e as quadras estão sempre lotadas.

— Os ingleses sempre têm folga no sábado — disse Woolsey.

— Felizardos — disse Krum. — Olha, vou te contar. Um

dia não vou mais trabalhar para agência nenhuma e então terei muito tempo para passar no interior.

— É assim que é bom. Vá morar no campo e compre um carro.

— Estou pensando em comprar um carro no ano que vem.

Bati no vidro. O motorista parou.

— Minha rua é esta — falei. — Entrem para uma saideira.

— Obrigado, meu chapa — disse Krum, e Woolsey sacudiu a cabeça.

— Tenho que arquivar as informações que ele usou esta manhã.

Pus uma moeda de dois francos na mão de Krum.

— Você está doido, Jake! — disse ele. — Eu pago.

— É tudo na conta do escritório.

— Não. Pode deixar que eu pago.

Eu me despedi. Krum pôs a cabeça para fora do carro e falou:

— A gente se vê no almoço quarta-feira.

— Com certeza.

Entrei no elevador do escritório. Robert Cohn estava me esperando.

— Oi, Jake — falou. — Vai sair para almoçar?

— Vou. Só preciso ver se tem alguma novidade.

— Onde vamos comer?

— Qualquer lugar.

Dei uma olhada na minha mesa.

— Onde você quer comer?

— Que tal no Wetzel's? As entradas são boas.

No restaurante, pedimos acepipes e chope. O *sommelier* trouxe o chope em copos altos, suados e gelados. Tinha uma dúzia de pratinhos de acepipe diferentes.

— Se divertiu ontem? — perguntei.
— Não. Acho que não.
— E a escrita, como vai?
— Horrível. Não consigo avançar nesse segundo livro.
— Acontece com todo mundo.
— Ah, certamente. Mas me preocupa.
— Ainda pensa em ir à América do Sul?
— Estou decidido.
— Bom, então por que não vai?
— Frances.
— Bom — falei —, leve ela junto.
— Ela não gostaria. Não é o tipo de coisa de que ela gosta. Ela prefere viver em meio a muita gente.
— Mande-a então para o inferno.
— Não posso. Tenho certas obrigações.

Ele empurrou o prato de pepino cortado e pegou o de arenque em conserva.

— O que você sabe sobre lady Brett Ashley, Jake?
— É lady Ashley. Brett é o nome próprio dela. É uma moça simpática. Está se divorciando e vai se casar com Mike Campbell. Ele agora está na Escócia. Por quê?
— É uma mulher especialmente atraente.
— De fato.
— Há certa qualidade nela, certa elegância. Ela parece ser completamente fina e direita.
— É muito simpática.
— Não sei descrever a qualidade — disse Cohn. — Acho que é de família.
— Você parece ter gostado muito dela.
— Gostei. Não me surpreenderia de estar apaixonado.
— Ela é ébria — falei. — Está apaixonada por Mike

Campbell e vai se casar com ele. Um dia, ele vai ser um rico dos infernos.

— Não acredito que ela vá se casar.

— Por que não?

— Não sei. Só não acredito. Você a conhece há muito tempo?

— Sim — falei. — Ela era enfermeira voluntária no hospital em que fui internado na guerra.

— Ela devia ser uma menina na época.

— Ela está com 34 anos agora.

— Quando ela se casou com lorde Ashley?

— Na guerra. O amor verdadeiro dela tinha acabado de bater as botas, vítima de disenteria.

— Você está falando com certa amargura.

— Perdão. Não foi a intenção. Só queria dar os fatos.

— Não acredito que ela se casaria com alguém que não ama.

— Bom — falei —, ela já fez isso duas vezes.

— Não acredito.

— Certo. Então não me faça perguntas tolas se não for gostar das respostas.

— Eu não perguntei.

— Você me perguntou o que eu sabia sobre Brett Ashley.

— Mas não pedi que a ofendesse.

— Ora, vá para o inferno.

Ele se levantou da mesa, lívido, e ficou ali parado, pálido e furioso, atrás dos pratinhos de acepipes.

— Sente-se — pedi. — Não seja bobo.

— Você precisa retirar o que disse.

— Ora, deixe de infantilidade!

— Retire o que disse.

— Claro. Como quiser. Nunca ouvi falar de Brett Ashley. Que tal?

— Não. Não é isso. É sobre você ter me mandado para o inferno.

— Ah... Não vá para inferno — falei. — Fique aqui. Mal começamos a almoçar.

Cohn voltou a sorrir e se sentou. Ele parecia feliz de estar sentado. O que teria feito se não tivesse se sentado de volta?

— Você fala umas coisas muito ofensivas, Jake.

— Desculpe. Minha língua é cruel. Nunca sou sincero quando falo essas maldades.

— Eu sei — disse Cohn. — Você é praticamente meu melhor amigo, Jake.

"Que Deus o ajude", pensei.

— Esqueça o que eu disse — falei, em voz alta. — Perdão.

— Tudo bem. Tudo certo. Só fiquei chateado por um minuto.

— Que bom! Vamos pedir mais comida.

Quando acabamos o almoço, andamos até o Café de la Pais para um café. Senti que Cohn queria mencionar Brett de novo, mas o contive. Falamos de um assunto atrás do outro e o deixei me acompanhar ao escritório.

Capítulo 6

Às cinco da tarde eu esperava Brett no hotel Crillon. Ela não tinha chegado ainda, então me sentei e escrevi algumas cartas. Não eram cartas muito boas, mas esperava que o papel de carta do Crillon ajudasse. Brett não apareceu; assim, por volta das quinze para as seis, fui ao bar e tomei um Jack Rose com George, o barman. Brett também não estava no bar, então a procurei lá em cima antes de sair e pegar um táxi até o Café Select. Ao atravessar o Sena, vi uma fileira de barcas sendo guinchadas, vazias, pela correnteza, os barqueiros aos remos, aproximando-se da ponte. O rio era bonito. Era sempre agradável atravessar pontes em Paris.

O táxi contornou a estátua do inventor do semáforo envolvido na tarefa de inventá-lo e virou no Boulevard Raspail. Eu me recostei para deixar aquela parte da viagem transcorrer. O Boulevard Raspail era sempre um trajeto chato. Era como um trecho da ferrovia PLM, entre Fontainebleau e Montreal, que sempre me deixava entediado, chateado e desanimado até o fim. Imagino que seja alguma associação de ideias que torne enfadonhos certos trechos de um trajeto.

Há outras ruas parisienses feias como o Boulevard Raspail. É uma rua que não me incomoda se estou a pé, no entanto, não suporto andar por ali de carro. Talvez eu tenha lido algo a respeito disso certa vez. Era assim que Robert Cohn se sentia em Paris inteira. Eu me perguntei de onde Cohn tirara a incapacidade de aproveitar Paris. Provavelmente de Mencken. Mencken odeia Paris, acho. Tantos jovens aprendem a gostar e desgostar com Mencken.

O táxi parou diante do Rotonde. Não importa o nome do café de Montparnasse que damos ao taxista como destino, se ele vem pela margem direita do rio, sempre nos levará ao Rotonde. Daqui a dez anos, provavelmente será o Dome. De qualquer forma, era perto. Passei pelas mesas tristes do Rotonde para chegar ao Select. Havia algumas pessoas dentro do bar e na calçada; sozinho, estava Harvey Stone. Sentado diante de uma pilha de pires, tinha a barba por fazer.

— Sente-se — disse Harvey. — Tenho estado à sua procura.

— O que houve?

— Nada. Apenas te procurando.

— Esteve no turfe?

— Não. Só domingo.

— O que soube dos Estados Unidos?

— Nada. Absolutamente nada.

— O que houve?

— Não sei. Não aguento mais. Não aguento mais mesmo.

Ele se debruçou na mesa e me olhou bem nos olhos.

— Quer saber de uma coisa, Jake?

— Quero.

— Faz cinco dias que não como nada.

Fiz um rápido cálculo mental. Fazia três dias que Harvey tinha ganhado duzentos francos meus em um jogo de dados no New York Bar.

— O que houve?

— Falta dinheiro. Não chegou dinheiro — disse, e hesitou. — Vou te contar, é esquisito, Jake. Quando estou assim, quero apenas ficar sozinho. Quero ficar no meu quarto. Fico como um gato.

Tateei o bolso.

— Cem francos ajudam, Harvey?

— Ajudam.

— Venha. Vamos comer alguma coisa.

— Não tem pressa. Beba comigo.

— É melhor comer.

— Não. Quando estou assim, não ligo para comer.

Bebemos. Harvey acrescentou meu pires à própria pilha.

— Você conhece Mencken, Harvey?

— Conheço. Por quê?

— Como ele é?

— É tranquilo. Diz umas coisas engraçadas. Da última vez que jantamos, falamos de Hoffenheimer. O problema — disse ele — é que ele é um gavião. Mas não é ruim.

— Não é ruim...

— Ele já cansou — continuou Harvey. — Escreveu sobre tudo o que sabe e agora passou para o que não sabe.

— Acho que ele é bom — insisti. — Só não consigo ler o que ele escreve.

— Ah, ninguém mais o lê — disse Harvey —, exceto o pessoal do Instituto Alexander Hamilton.

— Bom... — falei. — Isso também era boa coisa.

— Pois é — disse Harvey.

Passamos um tempo sentados, pensando.

— Mais um porto?

— Pode ser — aceitou Harvey.

— Lá vem Cohn — falei.

Robert Cohn vinha atravessando a rua.

— Esse imbecil — disse Harvey.

Cohn chegou à mesa.

— Olá, seus patifes — saudou ele.

— Olá, Robert — disse Harvey. — Acabei de dizer a Jake que você é um imbecil.

— Como assim?

— Diga logo. Sem pensar. O que você preferiria fazer se pudesse fazer o que quisesse?

Cohn refletiu.

— Não pense. Só fale.

— Não sei — disse Cohn. — Do que isso se trata?

— O que faria, preferencialmente? O que lhe vem primeiro à cabeça? Por mais tolo que pareça.

— Não sei — respondeu Cohn. — Acho que preferiria voltar a jogar futebol, agora que peguei o jeito.

— Foi um erro de julgamento meu — falou Harvey. — Você não é imbecil, tem deficiência mental mesmo.

— Você é muito engraçadinho, Harvey — disse Cohn. — Um dia, alguém vai quebrar a sua cara.

Harvey Stone riu.

— É o que você acha. Mas não vão, não. Porque, para mim, não faria diferença. Não sou de brigar.

— Faria diferença, sim, se alguém tentasse.

— Não faria, não. Aí está o seu erro. Porque você não é inteligente.

— Para de falar de mim.

— Claro — disse Harvey. — Para mim, não faz diferença. Você não me interessa em nada.

— Vamos, Harvey — falei. — Tome mais um porto.

— Não — disse ele. — Vou subir a rua para comer. Até mais, Jake.

Ele se levantou e saiu. Eu o vi atravessar a rua em meio aos táxis, pequeno, pesado e seguro de si mesmo, no meio da multidão.

— Ele sempre me irrita — disse Cohn. — Não o suporto.

— Eu gosto dele — falei. — Sinto carinho por ele. Você não quer se irritar com isso.

— Eu sei — disse Cohn. — Ele só me enche.

— Escreveu hoje?

— Não. Não consegui. É mais difícil do que o primeiro livro. Estou tendo dificuldade de avançar.

A espécie de vaidade saudável que ele tinha quando voltou dos Estados Unidos no começo da primavera se esvaíra. Na época, ele estava confiante no trabalho, apesar dos desejos pessoais de aventura. No entanto, a confiança se fora. De certa forma, sinto que não expus Robert Cohn adequadamente. O motivo é que, até ele se apaixonar por Brett, nunca o tinha visto fazer qualquer observação que o distinguisse dos outros.

Era agradável vê-lo jogar tênis, ele tinha um belo corpo e mantinha a forma; tinha bom domínio das cartas no *bridge* e uma qualidade engraçada, um pouco universitária. Se estivesse em grupo, nada do que dizia chamava a atenção. Ele usava sempre o que, na escola, denominavam de camisa polo — e talvez ainda denominem —, mas não era profissionalmente jovial. Não acredito que ele pensasse muito em roupas.

Exteriormente, tinha se formado em Princeton. Interiormente, tinha sido moldado pelas duas mulheres que o treinaram. Ele tinha uma espécie de alegria simpática, juvenil, que nunca lhe fora tirada, e que eu provavelmente não inspirei. Ele amava ganhar no tênis. Com certeza, amava ganhar tanto quanto Lenglen, por exemplo. Por outro lado, não ficava com raiva se perdesse. Quando se apaixonou por Brett, sua concentração no tênis foi às favas. Gente que antes nunca tivera a chance começou a ganhar. Ele lidou com a situação com muita simpatia.

Enfim, lá estávamos, sentados na calçada do Café Select, e Harvey Stone tinha atravessado a rua.

— vamos ao Lilas? — convidei-o.

— Tenho compromisso.

— Que horas?

— Frances vai chegar às sete e quinze.

— Lá está ela.

Frances Clyne atravessava a rua na nossa direção. Era uma moça muito alta, que andava com bastante movimento. Acenou e sorriu. Nós a vimos atravessar a rua.

— Olá — disse ela. — Fico feliz de vê-lo aqui, Jake. Queria conversar com você.

— Olá, Frances — disse Cohn, e sorriu.

— Ah, olá, Robert. Então, você estava aqui? — continuou ela, falando mais rápido. — Tive um dia complicadíssimo. Este daqui... — falou, sacudindo a cabeça para Cohn — não foi almoçar em casa.

— Eu não disse que iria.

— Ah, eu sei. Mas você não avisou à cozinheira. Depois eu também tinha compromisso e Paula não estava no trabalho. Fui esperá-la no Ritz e ela não apareceu, e é claro que eu não tinha dinheiro para almoçar no Ritz...

— O que você fez?

— Ora, saí, é claro — falou, em uma espécie de imitação de ânimo. — Sempre cumpro meus compromissos. Ninguém os cumpre hoje em dia. Eu já devia saber. E você, Jake, como está, afinal?

— Bem.

— Era bonita aquela moça que o acompanhou à festa, mas depois você foi embora com aquela tal de Brett.

— Você não gostou dela? — perguntou Cohn.

— Achei ela perfeitamente charmosa. Você, não?

Cohn não respondeu.

— Olha, Jake, quero falar com você. Pode vir comigo ao Dome? Você espera aqui, está bem, Robert? Vamos, Jake.

Atravessamos o Boulevard Montparnasse e nos sentamos a uma mesa. Um menino veio oferecer o *Paris Times*, eu comprei um exemplar e o abri.

— O que houve, Frances?

— Ah, nada... — disse ela. — Exceto pelo fato de que ele quer me deixar.

— Como assim?

— Ah, ele disse para todo mundo que íamos nos casar e eu contei para a minha mãe, para todo mundo, e agora ele não quer mais.

— O que houve?

— Ele decidiu que não viveu o suficiente. Eu sabia o que aconteceria quando ele fosse a Nova York.

Ela ergueu o rosto, com os olhos brilhantes, tentando manter um tom de indiferença.

— Eu não me casaria com ele, se ele não quisesse. Claro que não. Agora, não me casaria com ele por nada. Mas já me parece meio tarde, depois de três anos de espera, agora que meu divórcio acabou de sair.

Não falei nada.

— Era para comemorarmos, mas, em vez disso, só temos brigado. É muito infantil. Brigamos horrivelmente, e ele chora e me implora para ser razoável, mas diz que não consegue.

— É um azar.

— Eu que o diga. Já desperdicei dois anos e meio com ele. E agora não sei se algum homem vai querer se casar comigo. Há dois anos eu poderia ter me casado com quem quisesse, lá em Cannes. Todos os velhos que querem se casar com uma moça chique e se acalmar ficaram loucos por mim. Agora, acho que não conseguiria ninguém.

— É claro que você pode se casar com qualquer um.

— Não, não acredito. E ainda por cima gosto dele. E gostaria de ter filhos. Sempre achei que teríamos filhos.

Ela me olhou, animada.

— Nunca gostei muito de crianças, mas não quero pensar que nunca as terei. Sempre achei que teria filhos, e aí gostaria deles.

— Ele tem filhos.

— Ah, sim. Ele tem filhos, e tem dinheiro, e tem uma mãe rica, e escreveu um livro, e ninguém quer publicar minhas coisas, ninguém. E nem é ruim. Eu não tenho dinheiro algum. Poderia ter pedido pensão, mas preferi apressar o divórcio.

Ela me olhou de novo, com a mesma animação.

— Não é certo. É minha culpa, mas também não é. Eu devia ter sabido. E, quando falo disso, ele só chora e diz que não pode se casar. Por que não pode? Eu seria uma boa esposa. Sou de fácil convivência. Deixo ele em paz. Não serve de nada.

— É uma pena.

— É, é uma pena. Mas não adianta falar disso, não é? Vamos voltar ao café.

— E imagino que eu não possa fazer nada.

— Não. Só não diga para ele do que falei. Sei o que ele quer.

Pela primeira vez, ela abandonou os modos animados, exageradamente alegres.

— Ele quer voltar sozinho a Nova York — falou —, e estar lá quando o livro sair, e um monte de galinhas gostarem. É isso o que ele quer.

— Talvez não gostem. Não acho que ele é desse tipo. Honestamente.

— Você não o conhece tão bem quanto eu, Jake. É isso que ele quer fazer. Eu sei. Eu sei. É por isso que não quer se casar. Quer aproveitar um triunfo enorme sozinho no outono.

— Quer voltar ao café?

— Quero. Vamos.

Nós nos levantamos — ainda não tínhamos sido atentidos — e atravessamos a rua até o Select, onde Cohn sorria atrás da mesa de tampo de mármore.

— Está sorrindo para quê? — perguntou Frances. — Está feliz?

— Estava sorrindo para você e Jake e seus segredinhos.

— Ah, não contei segredo algum para Jake. Logo todo mundo vai saber. Só quis contar a versão mais decente.

— O que foi? Sobre sua ida à Inglaterra?

— Isso, minha ida à Inglaterra. Ah, Jake! Esqueci de dizer. Vou à Inglaterra.

— Que beleza!

— Pois é, é o que fazem nas melhores famílias. Robert está me mandando para lá. Vai me dar duzentas libras e vou visitar amigos. Não vai ser uma delícia? Os amigos ainda não sabem.

Ela se virou para Cohn e sorriu. Ele não estava mais sorrindo.

— Você ia me dar só cem libras, não era, Robert? Mas fiz ele me dar duzentas. Ele é muito generoso. Não é, Robert?

Não sei como as pessoas conseguiam dizer coisas tão horríveis para Robert Cohn. Há pessoas a quem não se pode ofender. Elas dão a sensação de que o mundo seria destruído, destruído mesmo, na sua frente, se disséssemos certas coisas. Mas lá estava Cohn, aceitando tudo. Lá estava, tudo acontecendo bem na minha frente, e nem senti o impulso de tentar impedir, e tudo foi só uma brincadeira amigável se comparado ao que veio a seguir.

— Como pode me dizer essas coisas, Frances? — interrompeu Cohn.

— Escute só ele. Eu vou à Inglaterra. Vou visitar meus amigos. Já visitou amigos que não o querem? Ah, vão precisar me aceitar mesmo assim. "Como vai, querida? Há quanto tempo não nos vemos. E como vai sua querida mãe?". Ah, sim, como vai minha querida mãe? Ela investiu todo o dinheiro em títulos de guerra franceses. Pois é. Provavelmente, foi a única pessoa no mundo a fazer isso. "E Robert, como vai?", ou vão evitar falar de Robert com muita cautela. "Precisamos ter cuidado para não mencioná-lo, meu bem, pois a coitada da Frances acabou de viver a experiência mais infeliz". Não vai ser divertido, Robert? Não acha que vai ser divertido, Jake?

Ela se virou para mim com aquele sorriso horrivelmente animado. Estava muito satisfeita de ter público para isso.

— E você, Robert, onde estará? É minha culpa, só pode ser. Tudo minha culpa. Quando fiz você se livrar daquela secretariazinha na revista devia saber que se livraria de mim do mesmo jeito. Jake não sabe disso. Devo contar?

— Cale-se, Frances, pelo amor de Deus.

— Vou contar, sim. Robert tinha uma secretariazinha na revista. A menina mais doce, e ele a achava maravilhosa, até que eu apareci, e ele também me achou bem maravilhosa. Então o fiz se livrar dela, e ele a tinha levado de Carmel a Provincetown na mudança de sede da revista, e nem pagou a passagem dela de volta para a costa. Tudo para me agradar. Na época, ele me achava bem atraente. Não é, Robert?

"Não entenda mal, Jake, a história com a secretária era completamente platônica. Nem platônica era. Não era nada. Era só que ela era muito boazinha. E ele fez isso só para me agradar. Bem, quem semeia vento colhe tempestade. Não é literário? Lembre-se disso para seu próximo livro, Robert.

"Você sabe que Robert vai buscar material para o novo livro, Jake. Não é, Robert? É por isso que está me abandonando. Decidiu que não saio bem na fita. Veja, ele estava tão ocupado no tempo todo em que vivemos juntos, escrevendo esse livro, que não se lembra de nada a respeito de nós. Então vai sair e arranjar novo material. Bem, espero que arranje alguma coisa incrivelmente interessante.

"Me escute, Robert, meu bem. Deixe-me dizer-lhe uma coisa. Você não se incomoda, não é? Não brigue com suas jovens. Tente não brigar. Porque você não sabe brigar sem chorar, e aí acaba se lamentando tanto que não se lembra do que a outra pessoa falou. Assim, nunca vai se lembrar de conversa alguma. Tente se manter calmo. Sei que é horrivelmente difícil, mas lembre-se, é pela literatura. Todos devemos fazer sacrifícios pela literatura. Olhe só para mim. Eu vou para a Inglaterra sem protestar. Tudo pela literatura. Todos devemos ajudar os jovens autores. Não acha, Jake? Mas você não é um jovem autor. E você, Robert? Trinta e quatro anos. Ainda assim, acho que é jovem para um grande escritor. Considere Hardy. Ou Anatole France. Ele morreu faz pouco tempo. Mas Robert não o acha tão bom. Foi o que uns amigos franceses disseram. Ele já não lê francês tão bem. Ele não escrevia bem como você, não é, Robert? Acha que ele já precisou ir atrás de material? O que acha que ele dizia às amantes quando não queria se casar? Será que chorava também? Ah, acabei de pensar em uma coisa...".

 Ela levou a mão enluvada à boca.

 — Sei a verdadeira razão pela qual Robert não quer se casar comigo, Jake. Acabou de me ocorrer. Chegou em uma visão, no Café Select. Que místico, não é? Um dia, vão colocar uma plaquinha aqui, como em Lurdes. Quer saber, Robert? Vou te contar. É tão simples. Não sei como nunca me ocorreu. Ora, veja bem, Robert sempre quis ter uma amante e, se não se casar comigo, então a teve. Fui amante dele por mais de dois anos. Viu como funciona? Se ele se casar comigo, como sempre prometeu fazer, o romance todo acabaria. Não sou esperta de ter entendido? E é verdade. Olhe para ele, veja se não é. Aonde você vai, Jake?

 — Tenho que entrar para falar com Harvey Stone um minuto.

Cohn ergueu o rosto quando eu entrei. Ele estava lívido. Por que ficou ali sentado? Por que continuou a aceitar a situação assim?

Parado junto ao bar, olhando para fora, eu os vi pela vitrine. Frances continuava a falar com ele, sorrindo, animada, olhando para ele sempre que perguntava "Não é, Robert?". Ou talvez não perguntasse mais. Talvez dissesse outra coisa. Falei ao barman que não ia tomar nada e saí por uma portinha lateral. Lá fora, olhei através das duas camadas de vidro, e os vi sentados. Ela ainda falava com ele. Desci por uma rua menor até o Boulevard Raspail. Apareceu um táxi, então eu entrei e dei o endereço do meu apartamento.

Capítulo 7

Enquanto eu subia a escada, a zeladora bateu no vidro da porta de seu alojamento e, quando parei, ela saiu. Trazia cartas e um telegrama.

— Aqui está sua correspondência. E uma moça veio vê-lo.

— Ela deixou um cartão?

— Não. Estava com um senhor. Foi a mesma que esteve aqui ontem. No fim, achei-a muito simpática.

— Ela estava com algum amigo meu?

— Não sei. Ele nunca esteve aqui antes. Era muito grande. Muito, muito grande. Ela foi muito simpática. Muito, muito simpática. Ontem à noite, talvez ela estivesse um pouco... — falou, levando uma mão à cabeça e balançando-a para cima e para baixo. — Serei inteiramente sincera, *monsieur* Barnes. Ontem à noite não a achei tão *gentille*. Ontem tive outra impressão. Mas escute... Ela é *très, très gentille*. Vem de uma boa família. Dá para ver.

— Eles não deixaram recado algum?

— Deixaram. Disseram que voltariam daqui a uma hora.

— Mande eles subirem quando chegarem.

— Sim, *monsieur* Barnes. E aquela moça, aquela moça é alguém. Excêntrica, talvez, mas *quelqu'une, quelqu'une!*

Antes de se tornar zeladora, a mulher fora dona de uma barraca de bebidas no turfe parisiense. O trabalho da vida dela era na *pelouse*, mas ela ficava de olho nas pessoas da *pesage* e se orgulhava ao me dizer quais dos meus convidados eram de boa criação, quais eram de boa família, quais eram *sportsmen*, palavra anglófona para atleta, que, na pronúncia francesa, dava ênfase no *men*. O único problema era que as pessoas que não se encaixavam em nenhuma das três categorias corriam alto risco de ouvirem que não tinha ninguém em casa, *chez* Barnes. Um dos meus amigos, um pintor de aparência extremamente afaimada, que, obviamente, aos olhos de *madame* Duzinell, não tinha boa criação, nem boa família, nem era atleta, escreveu-me uma carta pedindo um documento que lhe desse passagem pela zeladora para que ele pudesse ocasionalmente me visitar à noite.

Subi ao apartamento me perguntando o que Brett fizera com a zeladora. O telegrama fora enviado por Bill Gorton, dizendo que ele estava chegando de *France*. Deixei a correspondência na mesa, voltei ao quarto, despi-me e tomei banho. Estava me secando quando ouvi a campainha. Vesti um roupão e pantufas e fui atender a porta. Era Brett. Atrás dela vinha o conde. Ele carregava um buquê enorme de rosas.

— Olá, querido — disse Brett. — Podemos entrar?

— Entrem. Eu acabei de sair do banho.

— Que homem de sorte. Banho.

— Foi só uma chuveirada. Sente-se, conde Mippipopolous. O que querem beber?

— Não sei se o senhor gosta de flores — falou o conde —, mas tomei a liberdade de trazer estas rosas.

— Aqui, me dê — disse Brett, e as pegou. — Jake, ponha-as a água.

Fui à cozinha encher de água o grande jarro de barro. Brett arranjou as flores ali e o deixou no meio da mesa da sala de jantar.

— Vou dizer. Tivemos um dia e tanto.

— Você não se lembra de nada a respeito de um encontro comigo no Crillon?

— Não. A gente marcou? Eu devia estar apagada.

— Você estava mesmo bastante bêbada, querida — disse o conde.

— Não foi? E o conde foi finérrimo, completamente.

— Você se tornou a pessoa mais amada da zeladora.

— Imagino que sim. Dei duzentos francos para ela.

— Que tolice.

— Dele — disse ela, e apontou com a cabeça para o conde.

— Achei que devíamos compensá-la de alguma forma por ontem. Era muito tarde.

— Ele é uma maravilha — falou Brett. — Lembra tudo que aconteceu.

— Você também, meu bem.

— Que nada — disse Brett. — Quem gostaria disso? Afinal, Jake, vai nos servir uma bebida?

— Pode se servir enquanto eu vou me vestir. Você sabe onde fica.

— Sei.

Enquanto eu me vestia, ouvi Brett pegar os copos e um sifão, e depois os escutei conversar. Eu me vesti devagar, sentado na cama. Estava cansado e me sentindo bastante mal. Brett entrou no quarto, com um copo na mão, e se sentou na cama.

— O que houve, querido? Está se sentindo mal?

Ela me deu um beijo frio na testa.

— Ah, Brett, eu te amo tanto.

— Querido... — falou. E em seguida: — Quer que eu mande ele embora?

— Não. Ele é simpático.

— Vou mandar.

— Não, não.

— Sim, vou mandar.

— Você não pode mandar ele embora assim.

— Não posso? Fique aqui. Ele é louco por mim, já disse.

Ela saiu do quarto. Eu me deitei de barriga para baixo na cama. Estava péssimo. Ouvi a conversa deles, mas não dei atenção. Brett voltou e se sentou na cama.

— Coitadinho de você — disse ela, acariciando-me a cabeça.

— O que você disse para ele?

Eu estava de costas para ela. Não queria vê-la.

— Mandei ele comprar champanhe. Ele ama comprar champanhe.

Depois:

— Está se sentindo melhor, querido? A cabeça está melhor?

— Melhor, sim.

— Fique quietinho. Ele foi para o outro lado da cidade.

— A gente não pode morar juntos, Brett? Não poderíamos viver juntos?

— Acho que não. Eu iria te *tromper* com todo mundo.

Você não aguentaria.

— Eu aguento agora.

— Seria diferente. É culpa minha, Jake. Eu sou assim mesmo.

— A gente não pode ir um pouco para o interior?

— Não adiantaria. Posso ir, se você quiser. Mas eu não aguentaria morar tranquila no interior. Nem com meu grande amor.

— Eu sei.

— Não é um horror? Nem adianta eu dizer que te amo.

— Você sabe que eu te amo.

— Não vamos falar. Falar é uma besteira. Eu vou embora, e Michael vai voltar.

— Por que você vai?

— É melhor para você. E melhor para mim.

— Quando vai?

— Assim que possível.

— Para onde?

— San Sebastian.

— Não podemos ir juntos?

— Não. Seria uma péssima ideia depois dessa conversa.

— Não chegamos a concordar.

— Ah, você sabe tão bem quanto eu. Não seja teimoso, querido.

— Ah, claro — falei. — Sei que você está certa. Só estou desanimado e, quando estou assim, falo tolices.

Eu me sentei, curvei-me, encontrei os sapatos perto da cama e os calcei. Então me levantei.

— Não me olhe assim, querido.

— Como quer que a olhe?

— Ah, pare de tolice. Vou embora amanhã.

— Amanhã?

— Isso. Não falei? Pois vou.

— Vamos beber um pouco, então. O conde logo volta.

— Sim. Deve voltar. Sabe, ele é incrível na compra de champanhe. É muito importante para ele.

Fomos à sala de jantar. Peguei a garrafa de conhaque e servi um copo para Brett e um para mim. A campainha tocou. Fui à porta e lá estava o conde. Atrás dele vinha o chofer, carregando uma cesta de champanhe.

— Onde devo deixar, senhor? — perguntou o conde.

— Na cozinha — respondeu Brett.

— Deixe aqui, Henry — indicou o conde. — Agora desça para buscar o gelo.

Ele ficou cuidando da cesta, na porta da cozinha.

— Acho que notarão que é um vinho muito bom — falou. — Sei que agora não temos muita oportunidade de analisar vinho nos Estados Unidos, mas este eu comprei de um amigo que trabalha na área.

— Ah, você sempre conhece alguém da área — disse Brett.

— Esse chapa cria uvas. Tem milhares de hectares.

— Como ele se chama? — perguntou Brett. — Veuve Cliquot?

— Não — disse o conde. — Mumms. É um barão.

— Que maravilha! — disse Brett. — Todos temos títulos. Por que você não tem título também, Jake?

— Posso garantir, senhor — disse o conde, com a mão no meu braço —, nunca adianta de nada. Na maior parte do tempo só custa dinheiro.

— Ah, não sei... Às vezes é bem útil — disse Brett.

— Nunca me serviu de nada.

— Porque não o usa como deveria. O meu me deu um crédito tremendo.

— Sente-se, por favor, conde — falei. — Deixe-me pegar sua bengala.

O conde olhava para Brett do outro lado da mesa, à luz do lampião a gás. Ela estava fumando um cigarro e batendo as cinzas no tapete. Ela me viu notar.

— Ora, Jake, não quero estragar seu tapete. Me arranja um cinzeiro?

Encontrei uns cinzeiros e os ofereci. O chofer voltou com um balde cheio de gelo com sal.

— Ponha duas garrafas para gelar, Henry — disse o conde.

— Mais alguma coisa, senhor?

— Não. Espere no carro — respondeu ele, e se virou para mim e para Brett. — Vamos jantar no Bois?

— Se você quiser — falou Brett. — Eu não aguento comer mais nada.

— Eu sempre gosto de uma boa refeição — disse o conde.

— Devo trazer o vinho, senhor? — perguntou o chofer.

— Sim. Traga, sim, Henry — respondeu o conde.

Ele pegou uma charuteira pesada de couro de porco e me ofereceu.

— Quer provar um charuto americano de verdade?

— Obrigado — falei. — Vou acabar o cigarro.

Ele cortou a ponta do charuto com um cortador de ouro pendurado na corrente do relógio.

— Eu gosto de charuto que queime bem — disse o conde. — Metade dos charutos por aí não queima.

Ele acendeu o charuto e começou a fumar, olhando para Brett, do outro lado da mesa.

— E quando se divorciar, lady Ashley? Não terá mais título.
— Não. Que pena.
— Não — disse o conde. — Você não precisa de título. Já é cheia de classe.
— Obrigada. Muito amável da sua parte.
— Não é brincadeira — disse o conde, soprando uma nuvem de fumaça. — Você tem mais classe do que qualquer pessoa que já conheci. Tem mesmo. Só isso.
— Muita gentileza — falou Brett. — Minha mãe ficaria satisfeita. Pode escrever isso, para eu mandar numa carta para ela?
— Eu diria o mesmo para ela — disse o conde. — Não é brincadeira. Nunca brinco com essas coisas. Zombar das pessoas só gera inimizade. É o que sempre digo.
— É verdade — disse Brett. — Você está totalmente certo. Eu vivo zombando das pessoas e não tenho um único amigo. Exceto Jake.
— Dele você não zomba.
— É isso.
— Ou sim? — perguntou o conde. — Zomba dele?
Brett me olhou e franziu o canto dos olhos.
— Não — respondeu. — Não zombaria dele.
— Viu — disse o conde. — Não zomba dele.
— Essa conversa é muito chata — falou Brett. — Que tal um pouco de champanhe?
O conde esticou a mão e girou as garrafas no balde brilhante.
— Ainda não gelaram. Você bebe muito, querida. Por que não se limita a apenas conversar?
— Já falei até demais. Falei com Jake até cansar.

— Eu adoraria ouvir você falar assim, querida. Quando fala comigo nunca nem termina as frases.

— Deixo você terminar. Deixo todo mundo terminar como quiser.

— É um sistema muito interessante — disse o conde, girando as garrafas outra vez. — Ainda assim, eu gostaria de ouvi-la falar um dia.

— Ele não é um tolo? — perguntou Brett.

— Agora — disse o conde, tirando uma garrafa — acho que gelou.

Peguei um pano de prato, ele secou a garrafa e a levantou.

— Gosto de beber champanhe de garrafas grandes. O vinho é melhor, mas teria sido muito difícil esfriar.

Ele levantou a garrafa e a olhou. Eu peguei as taças.

— É mesmo. Pode abrir — sugeriu Brett.

— Sim, querida. Vou abrir.

Era um champanhe maravilhoso.

— Isso sim é vinho — disse Brett, erguendo a taça. — Devíamos brindar. "Viva a realeza!".

— Esse vinho é bom demais para brindar, querida. Não queremos misturar emoções com um vinho desses. É de perder o gosto.

A taça de Brett estava vazia.

— O senhor devia escrever um livro sobre vinho, conde — falei.

— Sr. Barnes — respondeu o conde —, tudo o que quero dos vinhos é apreciá-los.

— Vamos provar mais um pouco desse — disse Brett, estendendo a taça.

O conde a serviu com muita cautela.

— Pronto, querida. Agora, pode provar devagar, e depois ficar bêbada.

— Bêbada? Bêbada?

— Querida, você é um charme quando bêbada.

— Escute só.

— Sr. Barnes — disse o conde, enchendo minha taça —, ela é a única moça que já conheci que fica igualmente charmosa bêbada e sóbria.

— Você não conheceu tanta gente assim, não é?

— Sim, querida. Conheci muita gente. Conheci muita coisa mesmo.

— Beba seu vinho — falou Brett. — Todos conhecemos. Ouso dizer que Jake viveu tanto quanto você.

— Querida, tenho certeza de que o Sr. Barnes já conheceu muita coisa. Não ache que não acredito, senhor. Eu também já vi de tudo.

— É claro, meu bem — disse Brett. — Estava só brincando.

— Estive presente em sete guerras e quatro revoluções — disse o conde.

— Como soldado? — perguntou Brett.

— Às vezes, querida. E tenho cicatrizes de flechada. Já viu feridas de flecha?

— Mostre-nos.

O conde se levantou, desabotoou o colete e abriu a camisa. Ele puxou a regata até o peito e expôs o peito peludo, e os músculos da barriga volumosos sob a luz.

— Viu?

Abaixo da linha do fim das costelas havia duas cicatrizes brancas em relevo.

— Vejam nas costas onde saíram.

Acima da lombar havia duas cicatrizes iguais, da grossura de um dedo.

— Nossa! É impressionante!

— Me atravessaram.

O conde voltou a vestir a camisa.

— Onde foi isso? — perguntei.

— Na Abissínia. Aos 21 anos.

— O que estava fazendo lá? Estava no exército?

— Foi uma viagem de negócios, querida.

— Falei que ele era um de nós, não falei? — disse Brett, virando-se para mim. — Eu te amo, conde. Você é um querido.

— Você me faz muito feliz, querida. Mas não é verdade.

— Não seja tolo.

— Veja bem, Sr. Barnes, é exatamente porque vivi tanto que agora posso aproveitar as coisas assim. Não sente o mesmo?

— Sim. Certamente.

— Eu sei — disse o conde. — É esse o segredo. É preciso saber os valores.

— Nada nunca acontece com seus valores? — perguntou Brett.

— Não. Hoje, não mais.

— Nunca se apaixona?

— Sempre — respondeu o conde. — Estou sempre apaixonado.

— E o que isso faz com seus valores?

— Isso também tem lugar nos meus valores.

— Você não tem valor algum. Só está morto.

— Não, querida. Está equivocada. Não estou nada morto.

Bebemos três garrafas de champanhe, e o conde deixou a cesta na minha cozinha. Jantamos em um restaurante em Bois. O jantar estava bom. A comida tinha lugar de destaque na escala de valores do conde. O vinho também. O conde estava em sua melhor forma no jantar. Brett, também. Tivemos um momento agradável.

— Aonde querem ir? — perguntou o conde após o jantar.

Só tínhamos sobrado nós no restaurante. Os dois garçons estavam parados perto da porta. Queriam ir embora.

— Podemos subir a colina — propôs Brett. — Não tivemos uma festa esplêndida?

O conde sorria. Estava muito feliz.

— Vocês são pessoas muito agradáveis — falou, fumando mais um charuto. — Por que não se casam?

— Queremos viver independentes — respondi.

— Temos nossas carreiras — disse Brett. — Vamos. Vamos sair daqui.

— Tome mais um conhaque — disse o conde.

— Vamos tomar na colina.

— Não. Tome aqui, onde faz mais silêncio.

— Você e seu silêncio — falou Brett. — Qual é a dos homens com o silêncio?

— Gostamos dele — disse o conde. — Como você gosta de ruído, querida.

— Tudo bem — respondeu Brett. — Vamos tomar mais um.

— *Sommelier*! — chamou o conde.

— Pois não, senhor.

— Qual é o conhaque mais antigo que vocês têm?

— De 1811, senhor.

— Traga uma garrafa.

— Nossa. Não ostente tanto. Faça ele parar, Jake.

— Me escute, querida. Emprego melhor o meu dinheiro num conhaque antigo do que em qualquer outra antiguidade.

— E tem muitas antiguidades?

— Uma casa cheia delas.

Finalmente, subimos até Montmartre. O Zelli's estava cheio, barulhento e fumacento. A música nos atingiu em cheio ao entrarmos. Eu e Brett dançamos. Estava tão lotado que mal conseguíamos nos mexer. O percussionista negro cumprimentou Brett. Ficamos presos na multidão, dançando no mesmo lugar, na frente dele.

— Como vai?

— Ótima.

— Que bom.

Ele era só boca e dentes.

— Ele é meu amigo — disse Brett. — Um percussionista e tanto.

A música parou e nós fomos à mesa onde estava o conde. Quando a música voltou a tocar, recomeçamos a dança. Olhei para o conde. Ele estava sentado à mesa, fumando um charuto. A música parou de novo.

— Vamos lá.

Brett começou a caminhar na direção da mesa. A música voltou e nós dançamos, apertados, na multidão.

— Você dança muito mal, Jake. Michael é o melhor dançarino que conheço.

— Ele é esplêndido.

— Tem talento.

— Eu gosto dele — falei. — Gosto muito dele.

— Eu vou me casar com ele — disse Brett. — Que

engraçado. Faz uma semana que não penso nele.

— Você não escreve para ele?

— Eu, não. Nunca escrevo cartas.

— Aposto que ele escreve para você.

— Pois sim. Cartas esplêndidas, por sinal.

— Quando vocês vão se casar?

— Como vou saber? Assim que conseguirmos o divórcio. Michael está tentando convencer a mãe a pagar.

— Posso te ajudar?

— Não seja tolo. A família de Michael tem muita grana.

A música parou. Andamos até a mesa. O conde se levantou.

— Muito bem — disse ele. — Vocês estavam muito, muito bem.

— O senhor não dança, conde? — perguntei.

— Não. Sou velho demais para isso.

— Ah, pare com isso! — falou Brett.

— Querida, eu dançaria se gostasse. Gosto é de vê-la dançar.

— Esplêndido! — disse Brett. — Um dia desses, danço de novo para você. Me diga... E o seu amiguinho Zizi?

— Deixe-me dizer. Sustento aquele garoto, mas não quero tê-lo por perto.

— Ele é bem difícil.

— Acho que ele tem futuro, você sabe. Mas, pessoalmente, não o quero por perto.

— Jake sente o mesmo.

— A presença dele me dá calafrios.

— Bem... — falou o conde, e deu de ombros. — Do futuro dele nunca dá para saber. Enfim, o pai dele era muito amigo do meu pai.

— Venha! Vamos dançar — convidou Brett.

Dançamos. Estava apertado e cheio.

— Ah, querido... — comentou Brett. — Estou tão triste. Senti que passava por algo que já tinha acontecido antes.

— Você estava feliz há um minuto.

O percussionista gritou:

— *You can't two time...*

— Acabou tudo.

— O que houve?

— Não sei. Só me sinto péssima.

— ... — cantou o percussionista, e se voltou para as baquetas.

— Quer ir embora?

Senti, como em um pesadelo, que tudo se repetia, como se já tivesse vivido aquilo antes e precisasse viver de novo.

— ... — cantou baixinho o percussionista.

— Vamos — disse Brett. — Se não se importa.

— ... — gritou o percussionista, e sorriu para Brett.

— Tudo bem — falei.

Saímos da multidão e Brett foi ao banheiro.

— Brett quer ir embora — disse para o conde.

Ele assentiu com a cabeça.

— Quer? Tudo bem. Peguem o carro. Vou ficar mais um tempo aqui, Sr. Barnes.

Nós nos cumprimentamos com um aperto de mãos.

— Foi muito divertido — falei. — Por favor, me deixe pagar.

Tirei uma nota do bolso.

— Sr. Barnes, não seja ridículo — disse o conde.

Brett voltou, envolta no xale. Ela beijou o conde e pôs a mão no ombro dele para impedi-lo de se levantar. Quando saímos, olhei para trás e vi que havia três garotas à mesa dele. Entramos no carro. Brett deu ao chofer o endereço do hotel.

— Não, não suba — disse ela, à porta do hotel.

Ela já tinha tocado a campainha e a porta estava aberta.

— Tem certeza?

— Não. Por favor.

— Boa noite, Brett — falei. — Sinto muito por você estar se sentindo mal assim.

— Boa noite, Jake. Boa noite, querido. Não vou vê-lo de novo.

Nós nos beijamos, parados na porta. Ela me empurrou. Nós nos beijamos de novo.

— Ah, não! — disse Brett.

Ela deu meia-volta rápido e entrou no hotel. O chofer me levou até em casa. Dei-lhe vinte francos, e ele se despediu com um toque no boné e me dando boa noite antes de ir embora. Toquei a campainha. A porta foi aberta e eu subi para me deitar.

Ernest Hemingway

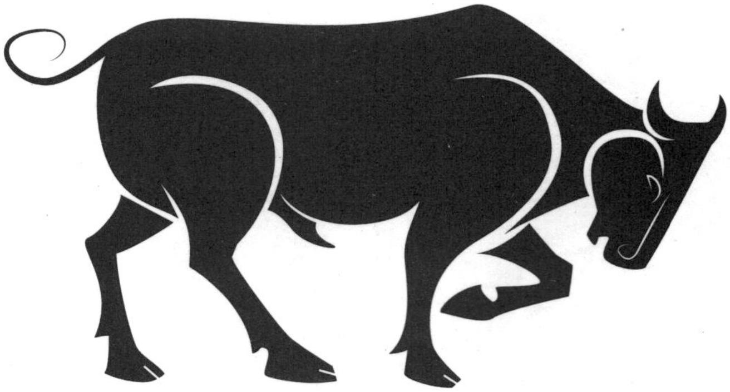

LIVRO DOIS

Capítulo 8

Só vi Brett novamente quando ela voltou de San Sebastian. Chegou um cartão-postal que enviara de lá. Tinha uma foto da Concha e dizia: "Querido, muito tranquila e saudável. Beijos para todo mundo. Brett".

Também não voltei a ver Robert Cohn. Soube que Frances tinha ido à Inglaterra e recebi um recado de Cohn avisando que passaria duas semanas no interior, não sabia bem onde, mas queria cobrar de mim a viagem de pescaria à Espanha da qual tínhamos falado no inverno. Eu poderia entrar em contato, escreveu ele, por intermédio do banco.

Brett se fora, eu não estava sendo incomodado pelos problemas de Cohn, gostava bastante de não precisar jogar tênis e havia muito trabalho a fazer. Eu ia muito ao turfe, jantava com amigos e fazia hora extra no escritório para adiantar as coisas e deixar a secretária encarregada de tudo quando eu e Bill Gorton fôssemos à Espanha no fim de junho.

Bill Gorton chegou, passou dois dias na minha casa e

foi a Viena. Ele estava muito alegre e disse que os Estados Unidos estavam uma maravilha. Nova York estava uma maravilha. A temporada de teatro tinha sido espetacular e surgira uma nova geração de jovens meio-pesados. Qualquer um deles tinha potencial de crescer, ganhar peso e encarar Dempsey.

Bill estava muito feliz. Ele ganhara muito dinheiro com o último livro e ia ganhar muito mais. Nós nos divertimos quando ele estava em Paris, mas então ele foi a Viena. Voltaria dali a três semanas, e partiríamos para a Espanha para pescar e ir à *fiesta* em Pamplona. Ele escreveu que Viena estava uma maravilha. E depois, um cartão de Budapeste: "Jake, está uma maravilha em Budapeste". Por fim, recebi um telegrama: "Volto segunda".

Na noite de segunda-feira, ele apareceu no apartamento. Ouvi o táxi parar e fui à janela para chamá-lo. Ele acenou e começou a subir a escada, carregando as malas. Eu o encontrei na escada e peguei uma das malas.

— Bem — falei —, soube que sua viagem foi uma maravilha.

— Uma maravilha! — disse ele. — Budapeste é uma maravilha absoluta.

— E Viena?

— Não é lá grande coisa, Jake. Não foi tão bom. Parecia melhor do que realmente era.

— Como assim?

Fui pegar copos e um sifão.

— Fiquei doido, Jake. Fiquei bem doido.

— Que estranho. Quer uma bebida?

Bill esfregou a testa.

— Foi notável — disse ele. — Não sei como aconteceu.

De repente, aconteceu.

— Muito tempo?

— Quatro dias, Jake. Foram quatro dias.

— Aonde você foi?

— Não lembro. Enviei-lhe um cartão. Disso me lembro perfeitamente.

— Fez mais alguma coisa?

— Não sei bem. É possível.

— Vamos. Conte-me tudo.

— Não lembro. Contei tudo o que pude me lembrar.

— Vamos, beba um pouco e tente se lembrar.

— Consigo lembrar um pouco — disse Bill. — Lembro que teve uma luta. Uma luta de boxe profissional enorme em Viena. Tinha um negro. Lembro perfeitamente dele.

— Continue.

— Maravilhoso, esse negro. Parecia o Tiger Flowers, mas tinha quatro vezes o tamanho dele. De repente, todo mundo começou a jogar coisas no ringue. Eu, não. O cara tinha acabado de nocautear o garoto local. O negro levantou a luva. Queria fazer um discurso. Tinha um ar de nobreza formidável. Começou o discurso. Então o branquelo local bateu nele. E ele nocauteou o branquelo de vez. Todo mundo começou a jogar as cadeiras. O negro foi com a gente para casa no nosso carro. Não conseguiu pegar as roupas. Vestiu meu casaco. Agora lembrei tudo. Uma noite e tanto.

— O que aconteceu?

— Emprestei umas roupas para ele e voltei com ele para tentar recuperar o dinheiro. Disseram que o negro devia dinheiro pela destruição do lugar. Quem teria servido de intérprete? Eu?

— Provavelmente não tenha sido você.

— Verdade. Não fui eu mesmo. Foi outro cara. Acho que a gente o chamava de Harvard. Lembrei agora. Estudava música.

— Como você se saiu?

— Não muito bem, Jake. Injustiça para todo lado. O promotor alegou que o negro tinha prometido deixar o garoto local ganhar. Argumentou que o negro tinha violado o contrato. Não podia nocautear o menino de Viena em Viena. "Meu Deus, Sr. Gorton", disse o negro, "por quarenta minutos não fiz nada além de tentar deixá-lo ganhar. Aquele branquelo deve ter se machucado tentando me socar. Eu nem bati nele".

— Conseguiu o dinheiro?

— Dinheiro nenhum, Jake. Só conseguimos as roupas do cara. Alguém roubou o relógio dele também. Um negro esplêndido. Um erro enorme ter ido a Viena. Não foi bom, Jake. Não foi bom.

— O que aconteceu com o cara?

— Voltou a Colônia. Mora lá. Tem família. Vai me mandar uma carta com o dinheiro que lhe emprestei. Um negro maravilhoso. Espero ter dado o endereço certo para ele.

— Provavelmente deu.

— Bom, enfim, vamos comer — disse Bill. — A não ser que você queira que eu conte mais umas histórias de viagem.

— Pode contar.

— Vamos comer.

Descemos para o Boulevard Saint-Michel na noite quente de junho.

— Aonde vamos?

— Quer comer na ilha?

— Pode ser.

Descemos o Boulevard. No cruzamento da Rue

Denfert-Rochereau com o Boulevard há uma estátua de dois homens usando becas esvoaçantes.

— Sei quem são esses — disse Bill, olhando para o monumento. — São os caras que inventaram a farmácia. Nem ouse me enganar em Paris.

Seguimos caminho.

— Tem um taxidermista aqui — disse Bill. — Quer comprar alguma coisa? Um belo cão empalhado?

— Venha. Você já está trocando as pernas.

— São bem bonitos, os cães empalhados — comentou Bill. — Certamente, dariam uma graça ao seu apartamento.

— Venha.

— Um cão empalhado, só. Posso pegar ou largar. Mas, escute, Jake. Um só.

— Venha.

— Vai virar a coisa mais importante para você depois de comprar. Uma simples troca de bens. Você dá dinheiro, eles lhe dão um cachorro empalhado.

— A gente compra na volta.

— Tá bom. Como quiser. De cachorros empalhados ignorados o inferno está cheio. A culpa não é minha.

Seguimos caminho.

— De onde veio esse seu sentimento por cachorros de repente?

— Sempre me senti assim. Sempre adorei animais empalhados.

Paramos para beber.

— Gosto mesmo de beber — disse Bill. — Você deveria tentar, Jake.

— Você deve estar com uma vantagem de uns 144 copos.

— Não se deixe abalar. Nunca se abale. É o segredo do meu

sucesso. Nunca se abale. Nunca se deixe abalar em público.

— Onde você estava bebendo?

— Parei no Crillon. George fez uns Jack Roses. George é um chapa daqueles. Sabe o segredo do sucesso dele? Nunca se deixa abalar.

— Você vai ficar bem abalado daqui a uns três pernods.

— Em público, não. Se eu começar a me abalar vou embora sozinho. Sou como um gato.

— Quando você encontrou Harvey Stone?

— No Crillon. Harvey estava um pouquinho abalado. Não comia fazia três dias. Não come mais. Só sai por aí, como um gato. É bem triste.

— Ele é legal.

— É esplêndido. Só queria que ele não fosse embora como um gato. Me deixa nervoso.

— O que faremos hoje?

— Não faz diferença. Só não nos deixemos abalar. Será que servem ovo cozido aqui? Se servirem ovo cozido não precisamos ir até a ilha comer.

— Negativo — falei. — Vamos comer uma refeição decente.

— Foi só uma sugestão — disse Bill. — Quer ir logo?

— Vamos.

Voltamos a andar pelo Boulevard. Um fiacre passou por nós. Bill o olhou.

— Viu esse fiacre? Vou mandar empalhar para te dar de Natal. Vou dar animais empalhados para todos os meus amigos. Sou escritor naturalista.

Um táxi passou e o passageiro acenou e bateu na porta, pedindo ao chofer que parasse. O táxi parou no meio-fio. A passageira era Brett.

— Que linda moça — disse Bill. — Veio nos sequestrar.

— Oi! — cumprimentou Brett. — Oi!

— Esse é Bill Gorton. Lady Ashley.

Brett sorriu para Bill.

— Acabei de chegar. Ainda nem tomei banho. Michael chega à noite.

— Que bom! Venha jantar conosco, e depois vamos encontrá-lo juntos.

— Preciso de um banho.

— Ah, deixe disso! Venha.

— Tenho que tomar banho. Ele só chega às nove.

— Venha beber um pouco, então, antes do banho.

— Isso, pode ser. Agora não é tanta besteira.

Entramos no táxi. O chofer nos olhou.

— Pare no bistrô mais próximo — pedi a ele.

— É melhor ir à Closerie — disse Brett. — Não aguento beber esses conhaques horríveis.

— Closerie des Lilas.

Brett se virou para Bill.

— Está há muito tempo nesta cidade pestilenta?

— Cheguei hoje, de Budapeste.

— Como estava Budapeste?

— Uma maravilha. Budapest estava uma maravilha.

— Pergunte de Viena.

— Viena — disse Bill — é uma cidade estranha.

— Muito parecida com Paris — falou Brett, e sorriu para ele, franzindo os olhos.

— Exatamente — concordou Bill. — Muito parecida com Paris neste momento.

— Você está *mesmo* na vantagem.

Nas mesas da calçada de Lilas, Brett pediu um uísque com soda, eu pedi o mesmo, e Bill, outro Pernod.

— Como vai você, Jake?

— Ótimo — respondi. — Tenho estado bem.

Brett me olhou.

— Foi tolice minha ter ido embora — disse ela. — É muita burrice sair de Paris.

— Você se divertiu?

— Ah, foi razoável. Interessante. Não tão divertido assim.

— Encontrou alguém?

— Não, quase ninguém. Mal saí.

— Não nadou?

— Não. Não fiz nada.

— Parece Viena — falou Bill.

Brett sorriu para ele, e os cantos de seus olhos se enrugaram.

— Então foi assim em Viena.

— Foi tudo em Viena.

Brett sorriu de novo.

— Seu amigo é simpático, Jake.

— É razoável — falei. — Ele é taxidermista.

— Isso foi em outro país — disse Bill. — E todos os animais já estavam mortos.

— Mais um drinque — pediu Brett —, e preciso ir. Peça ao garçom que chame um táxi, por favor.

— Há uma fila de táxis bem aqui na frente.

— Que bom.

Tomamos mais um drinque e pusemos Brett no táxi.

— Venha ao Select lá pelas dez. Traga-o. Michael já terá chegado.

— Nos vemos lá — disse Bill.

O táxi deu a partida e Brett acenou.

— Que garota! — comentou Bill. — Ela é muito

simpática. Quem é Michael?

— O homem com quem ela vai se casar.

— Ora, ora — disse Bill. — É sempre nessa época que eu conheço as pessoas. O que mando de presente de casamento? Será que gostariam de uns dois cavalos de corrida empalhados?

— É melhor a gente jantar.

— Ela é mesmo uma lady fulana? — perguntou Bill no táxi, a caminho da Île Saint Louis.

— Ah, é, sim. Tem pedigree e tudo.

— Ora, ora.

Jantamos no restaurante de *madame* Lecomte, do outro lado da ilha. Estava lotado de americanos e tivemos que esperar de pé por uma mesa. Alguém tinha incluído o lugar na lista do Clube de Mulheres Americanas como um restaurante charmoso no *quais* de Paris que ainda não fora tocado por americanos, então tivemos que esperar 45 minutos para conseguir uma mesa. Bill já tinha comido no restaurante em 1918, logo após o armistício, e *madame* Lecomte fez todo um bafafá ao vê-lo de novo.

— Para arranjar uma mesa, nada — disse Bill. — Mas é uma mulher ótima.

Comemos bem: frango assado, vagem, purê de batata, salada, torta de maçã e queijo.

— A senhora atraiu o mundo todo para cá, mesmo — disse Bill a *madame* Lecomte.

Ela levantou a mão.

— Meu Deus!

— Vai ficar rica.

— Espero que sim!

Depois do café e uma *fine*, pedimos a conta, calculada,

como sempre, em giz no quadro-negro, o que certamente era uma das características "charmosas" do lugar. Pagamos, despedimo-nos e saímos.

— O senhor não aparece nunca, *monsieur* Barnes — disse *madame* Lecomte.

— Tem compatriotas demais.

— Venha para o almoço. Fica mais vazio.

— Boa ideia! Virei em breve.

Caminhamos sob as árvores que cresciam por cima do rio no lado do Quai d'Orléans. Do outro lado do rio vimos os muros desmoronados das casas antigas que estavam sendo demolidas.

— Vão abrir uma rua ali.

— Faz sentido — disse Bill.

Continuamos a caminhar e demos a volta na ilha. O rio estava escuro e um *bateau-mouche* passou, todo iluminado, rápido e silencioso, desaparecendo sob a ponte. Rio abaixo estava a Notre Dame, em contraste com o céu noturno. Atravessamos até a margem esquerda do Sena pela ponte de madeira no Quai de Béthune e paramos na ponte para olhar a Notre Dame. Da ponte, a ilha ficava escura, as casas altas contra o céu e as árvores viravam sombras.

— É bem bonito — disse Bill. — Nossa, como eu amo voltar!

Nós nos apoiamos no anteparo de madeira da ponte e olhamos rio acima, para as luzes das pontes maiores. Abaixo de nós, a água era um breu, lisa. Não fazia som ao passar pelas vigas da ponte. Um homem e uma moça passaram por nós, andando abraçados.

Atravessamos a ponte e subimos a Rue du Cardinal Lemoine — era uma caminhada íngreme — e subimos até a Place de la Contrescarpe. A luz das lâmpadas a arco voltaico brilhava através das folhas das árvores da praça, e sob as árvores estava um bonde pronto para partir. Música saía pela porta do Nègre Joyeux. Pela vitrine do Café Aux Amateurs vi o bar comprido de zinco. Lá fora, na calçada, trabalhadores bebiam. Na cozinha aberta do Amateurs, uma garota fritava batata em óleo. Tinha uma panela de ferro cheia de ensopado. A garota serviu um pouco em um prato para um senhor que estava de pé, com uma garrafa de vinho tinto na mão.

— Quer tomar alguma coisa?

— Não — disse Bill. — Não precisa.

Viramos à direita, saindo da Place de la Contrescarpe, e seguimos por ruas estreitas e lisas, com casas antigas e altas dos dois lados. Algumas delas eram salientes, entrando na calçada, e outras, recuadas. Saímos na Rue du Pot de Fer e a seguimos até chegarmos ao norte e sul rígido da Rue Saint Jacques, de onde andamos ao sul, passando por Val de Grâce, recuado atrás do pátio e da grade de ferro, até o Boulevard du Port Royal.

— O que quer fazer? — perguntei. — Ir ao café encontrar Brett e Mike?

— Por que não?

Caminhamos por Port Royal até virar Montparnasse, passamos por Lilas, Lavigne, e todos os cafezinhos; então Damoy, atravessamos a rua até a Rotonde e passamos por suas luzes e mesas para chegar ao Select.

Michael veio até nós, levantando-se da mesa. Ele estava bronzeado, com aparência sadia.

—O-lá, Jake — falou. — O-lá! O-lá! Como vai, meu chapa?

— Como você está em forma, Mike!

— Ah, estou. Estou incrivelmente em forma. Tudo que fiz foi andar. Ando o dia todo. E beber uma vez por ida, na hora do chá com minha mãe.

Bill tinha entrado no bar. Estava de pé, conversando com Brett, que estava sentada em uma banqueta, de pernas cruzadas, sem meia-calça.

— Que bom tornar a vê-lo, Jake — disse Michael. — Estou um pouquinho bêbado, sabe. Incrível, não é? Viu meu nariz?

Tinha uma mancha de sangue seco no nariz dele.

— Foram as sacolas de uma senhora — disse Mike. — Fui ajudar e caiu tudo na minha cara.

Brett fez sinal para ele do bar, acenando com a piteira, e enrugou o canto dos olhos.

— Uma senhora — disse Mike. — As sacolas *caíram* em mim. Vamos entrar para encontrar Brett. Sério, que beleza que ela é. Você *é* uma mulher linda, Brett. De onde veio esse chapéu?

— Um cara comprou para mim. Não gostou?

— É horroroso. Compre um chapéu melhor.

— Ah, agora que temos tanto dinheiro... — disse Brett. — Mas ainda não foi apresentado a Bill? Você é *mesmo* um ótimo anfitrião, Jake.

Ela se virou para Mike e continuou:

— Este é Bill Gorton. Este bêbado é Mike Campbell. O Sr. Campbell é um falido por liquidar.

— E não é? Sabe, encontrei meu ex-sócio ontem em Londres. O cara que me defraudou.

— O que ele disse?

— Me pagou uma bebida. Achei que era melhor aceitar. Vou dizer, Brett, você *é* uma beleza. Não acha ela linda?

— Linda. Com esse nariz?

— É um belo nariz. Vamos, erga-o para mim. Ela não é uma beleza?

— Não podíamos ter deixado o homem na Escócia?

— Venha, Brett, vamos mais cedo para casa.

— Não seja indecente, Michael. Lembre que há damas neste bar.

— Ela não é uma beleza? Você não acha, Jake?

— Tem uma luta hoje — disse Bill. — Querem ir?

— Luta! — disse Mike. — Quem vai lutar?

— Ledoux e alguém.

— Esse Ledoux é muito bom — disse Mike. — Eu até gostaria de ver... — falou, esforçando-se para se recompor. — mas não posso. Meu compromisso é com esta coisinha aqui. Olha, Brett, compre um chapéu novo.

Brett puxou o chapéu de feltro para cobrir um olho e sorriu.

— Vocês dois podem ir para a luta. Vou ter que levar o Sr. Campbell para casa imediatamente.

— Não estou tão bêbado — disse Mike. — Talvez um pouco. Vou dizer, Brett, você é mesmo uma beleza.

— Podem ir para a luta — repetiu Brett. — O Sr. Campbell está ficando difícil. Qual é a desses rompantes de afeto, Michael?

— Você é uma beleza, digo mesmo.

Nós nos despedimos.

— Desculpe por não poder ir — disse Mike.

Brett riu. Olhei para trás da porta. Mike tinha apoiado uma mão no bar e se debruçado para mais perto de Brett, conversando. Brett o olhava com bastante frieza, mas sorria com o canto dos olhos.

Na calçada falei:

— Quer ir à luta?

— Pode ser — disse Bill. — Se não tivermos que ir a pé.
— Mike estava bem animado com a namorada — falei, no táxi.
— Bom — disse Bill —, não dá para culpá-lo por isso.

Capítulo 9

A luta Ledoux *vs.* Kid Francis foi na noite do dia 20 de junho. Foi uma boa luta. Na manhã seguinte, recebi uma carta de Robert Cohn enviada de Hendaye. Ele estava passando um tempo tranquilo, disse, nos banhos e nos jogos, um pouco de golfe e muito *bridge*. Hendaye tinha uma praia esplêndida, mas ele estava ávido para partir para a nossa viagem de pesca. Quando eu chegaria? Se eu pudesse comprar uma linha *double-tapered* para ele, Cohn me pagaria quando chegasse.

Na mesma manhã escrevi para Cohn do escritório, dizendo que Bill e eu sairíamos de Paris no dia 25, a não ser que eu lhe telegrafasse dizendo outra coisa, e o encontraríamos em Bayonne, onde poderíamos pegar o ônibus para atravessar as montanhas e chegar a Pamplona. À noite, por volta das sete, fui ao Select encontrar Michael e Brett. Eles não estavam, então fui ao Dingo. Lá estavam, sentados ao bar.

— Oi, querido — cumprimentou Brett, esticando a mão.

— Oi, Jake — disse Mike. — Soube que ontem eu estava muito bêbado.

— E não estava? — perguntou Brett. — Uma desgraça.

— Então — disse Mike —, quando você vai à Espanha? Que tal a gente ir com vocês?

— Seria ótimo.

— Você não se incomoda mesmo? Já estive em Pamplona, sabia? Brett está louca para ir. Tem certeza de que não seríamos um incômodo?

— Pare de tolice.

— Estou meio bêbado, sabe. Não perguntaria assim se não estivesse. Tem certeza de que não incomoda?

— Ah, cale-se, Michael! — falou Brett. — Como ele conseguiria dizer que se incomoda depois disso tudo? Pergunto mais tarde.

— Mas não se incomoda, não é?

— Não pergunte de novo, senão vai me irritar. Bill e eu vamos viajar na manhã do dia 25.

— Por sinal, onde está o Bill? — perguntou Brett.

— Foi jantar com um pessoal em Chantilly.

— Ele é um cara legal.

— Um cara esplêndido — disse Mike. — É mesmo, sabe.

— Você nem se lembra dele — comentou Brett.

— Lembro, sim. Lembro perfeitamente. Olha, Jake, podemos ir na noite do 25. Brett não consegue acordar cedo.

— Não consigo mesmo!

— Se tivermos dinheiro e você tiver certeza de que não se incomoda.

— Teremos, sim. Vou garantir.

— Me diga que material comprar.

— Compre duas ou três varas com carretel, linhas e umas iscas.

— Eu não vou pescar — disse Brett.

— Então duas varas, e Bill não vai precisar comprar nenhuma.

— Certo — disse Mike. — Vou mandar um telegrama pedindo.

— Vai ser esplêndido! — exclamou Brett. — Espanha! A gente *vai* se divertir.

— Vinte e cinco. Que dia é mesmo?

— Sábado.

— A gente *precisa* se preparar.

— Pois é — disse Mike. — Vou ao barbeiro.

— Preciso tomar um banho — falou Brett. — Me acompanhe ao hotel, Jake. Por favor.

— *Estamos* no melhor hotel — disse Mike. — Acho que é um bordel!

— Deixamos as malas aqui no Dingo quando chegamos e no tal hotel nos perguntaram se queríamos o quarto somente para a tarde. Pareciam incrivelmente satisfeitos ao saber que iríamos passar a noite.

— *Eu* acho que é um bordel — falou Mike. — E *eu* saberia.

— Ah, cale-se e vá cortar o cabelo.

Mike saiu. Brett e eu nos sentamos ao bar.

— Mais uma rodada?

— Pode ser.

— Eu estava precisando — comentou Brett.

Subimos a Rue Delambre.

— Não a vi desde minha volta — disse Brett.

— Não.

— Como *vai* você, Jake?

— Bem.

Brett me olhou.

— Deixe-me perguntar... — disse ela. — O Robert Cohn vai nessa viagem?

— Vai. Por quê?

— Não acha que vai ser um pouco difícil para ele?

— Por que seria?

— Com quem você acha que eu estive em San Sebastian?

— Parabéns — falei.

Continuamos o caminho.

— Por que você disse isso?

— Não sei. O que queria que eu dissesse?

Continuamos andando e viramos a esquina.

— Ele se comportou bastante bem, até. Fica um pouco desanimado.

— Fica?

— Achei que faria bem para ele.

— Você pode entrar no serviço social.

— Não seja cruel.

— Não serei.

— Você não sabia mesmo?

— Não — falei. — Acho que não pensei no assunto.

— Será que vai ser difícil para ele?

— É problema dele — falei. — Diga para ele que você vai. Ele pode simplesmente desistir de ir.

— Vou escrever para ele e dar a oportunidade de desistir.

Só voltei a ver Brett na noite do dia 24 de junho.

— Teve notícias de Cohn?

— Tive. Ele está bem animado.

— Nossa!

— Eu também achei bem estranho.

— Ele disse que mal pode esperar para me ver.

— Acha que você vai sozinha?

— Não. Falei que íamos todos juntos. Michael e os outros.

— Ele é maravilhoso.

— Não é mesmo?

Eles esperavam que o dinheiro fosse chegar no dia seguinte. Combinamos de nos encontrar em Pamplona. Eles iriam direto para San Sebastian e de lá pegariam o trem. Nós nos encontraríamos no Montoya, em Pamplona. Se eles não chegassem até segunda-feira, seguiríamos para Burguete, nas montanhas, para pescar. Tinha um ônibus que levava a Burguete. Escrevi o itinerário para eles nos acompanharem.

Bill e eu pegamos o trem na Gare d'Orsay. O dia estava lindo, não quente demais, e o campo estava bonito desde o início. Fomos à lanchonete e tomamos café. Ao sair do vagão da lanchonete pedi ao cobrador tíquetes para o primeiro serviço.

— Não tem. Só para o quinto.

— Como assim?

Naquele trem nunca serviam mais de dois almoços e sempre tinha espaço nos dois.

— Está tudo reservado — avisou o cobrador. — Vai ter um quinto serviço às três e meia.

— É sério? — falei para Bill.

— Dê dez francos a ele.

— Aqui — disse. — Queremos comer no primeiro serviço.

O cobrador guardou os dez francos no bolso.

— Obrigado — falou ele. — Recomendo que os senhores comprem sanduíches. Os quatro primeiros serviços foram inteiramente reservados na sede da empresa.

— Você vai chegar longe, meu irmão — disse Bill a ele, em inglês. — Imagino que, por cinco francos, teria recomendado que a gente pulasse do trem.

— *Comment?*

— Vá para o inferno! — respondeu Bill. — Peça os sanduíches e uma garrafa de vinho. Peça, Jake.

— E entregue no outro vagão.

Descrevi nossos lugares.

No nosso compartimento havia um homem, com a esposa e o filho jovem.

— Imagino que vocês sejam americanos, não é? — perguntou o homem. — Estão fazendo boa viagem?

— Uma maravilha — respondeu Bill.

— Assim que é bom. Viajar quando jovem. Eu e minha senhora sempre quisemos vir, mas precisamos esperar um pouco.

— A gente poderia ter vindo há mais de dez anos, se você quisesse — comentou a esposa. — O que você sempre dizia era: "Veja os Estados Unidos primeiro!". Pois digo que já vimos muito, de um jeito ou de outro.

— Olha, tem muitos americanos neste trem — disse o marido. — São sete vagões, todos de Dayton, Ohio. Eles estavam em uma peregrinação a Roma e agora estão seguindo para Biarritz e Lurdes.

— Ah, então é isso que são. Peregrinos. Malditos puritanos! — falou Bill.

— De que parte dos Estados Unidos vocês são?

— Kansas City — respondi. — Ele é de Chicago.

— Estão indo para Biarritz?

— Não. Vamos pescar na Espanha.

— Ah, eu nunca gostei muito de pesca. Mas tem muita

pesca de onde venho. É dos melhores lugares para pescar em todo o estado de Montana. Já fui com os meninos, mas nunca gostei muito.

— Até porque mal pescou nessas viagens — disse a esposa.

Ele deu uma piscadela.

— Vocês sabem como são as mulheres. Se a gente leva um vinho, ou um pouco de cerveja, elas acham que vamos arder no inferno.

— Homens são assim — falou a esposa, ajeitando a roupa no colo. — Eu votei contra a lei seca para agradá-lo e porque gosto de tomar uma cervejinha em casa, mas aí lá vai ele falar desse jeito. É impressionante os homens arranjarem com quem se casar.

— Olha — disse Bill —, vocês sabiam que aquele bando de romeiros lotou o vagão-refeitório até as três e meia da tarde?

— Como assim? Eles não podem fazer uma coisa dessas.

— Pode tentar arranjar um lugar.

— Bom, minha senhora, parece que é melhor irmos lá tomar mais um café da manhã.

Ela se levantou e ajeitou o vestido.

— Vocês ficam de olho nas nossas coisas, moços? Venha, Hubert.

Os três foram ao vagão do restaurante. Um pouco depois, um funcionário veio anunciar o primeiro almoço e os peregrinos desceram o corredor em fila, acompanhados dos padres. Nosso amigo não voltou com a família.

Um garçom parou no corredor com nossos sanduíches e a garrafa de Chablis, e nós o chamamos.

— Você vai trabalhar bem hoje — falei.

Ele concordou com a cabeça.

— Já começa agora, às dez e meia.

— Quando a gente vai comer?

— Hum! Quando eu vou comer?

Ele deixou duas taças com a garrafa, nós pagamos os sanduíches e lhe demos uma gorjeta.

— Depois venho recolher os pratos — disse ele —, ou vocês podem levar.

Comemos os sanduíches, bebemos o Chablis e vimos o campo pela janela. Os grãos começavam a ficar maduros e os prados tinham se enchido de papoulas. O pasto era verde e havia belas árvores, além de, às vezes, rios largos e *chateaux* ao longe.

Em Tours, saímos e compramos mais uma garrafa de vinho. Quando voltamos ao compartimento encontramos o senhor de Montana, com a esposa e o filho, Hubert, os três sentados, confortáveis.

— Dá para nadar em Biarritz? — perguntou Hubert.

— Esse menino fica doido até poder mergulhar — disse a mãe. — É difícil viajar nesta idade.

— Dá para nadar — falei. — Mas o mar fica perigoso quando está de ressaca.

— Vocês conseguiram comer? — perguntou Bill.

— Conseguimos, sim. Nos instalamos bem quando eles começaram a chegar e devem ter achado que estávamos no mesmo grupo. Um dos garçons falou com a gente em francês e aí mandaram três do grupo embora.

— Acharam mesmo que a gente estava no grupo — disse o homem. — É para ver o poder da Igreja Católica. Que pena que vocês não sejam católicos. Teriam conseguido uma refeição também.

— Pior que eu sou — falei. — Por isso fiquei tão ofendido.

Finalmente, às quatro e quinze, conseguimos almoçar. Bill estava ficando bem difícil. Ele encurralou um padre que voltava com um dos grupos de peregrinos.

— Quando é que nós, protestantes, poderemos comer, padre?

— Não faço ideia. Não reservou uma mesa?

— É de fazer querer entrar na Klan — disse Bill, e o padre o olhou.

No vagão-refeitório os garçons serviram a quinta rodada de pratos feitos do dia. O garçom que nos serviu estava encharcado. O paletó branco tinha ficado roxo nas axilas.

— Ele deve beber muito vinho.

— Ou usar regata roxa por baixo.

— Vamos perguntar.

— Não. Ele está exausto.

O trem parou por meia hora em Bordeaux e nós saímos para dar uma volta na estação. Não havia tempo de ir à cidade. Depois, passamos por Landes e vimos o pôr do sol. Tinha aceiros abertos entre os pinheiros e dava para acompanhá-los com o olhar, como avenidas, e enxergar as colinas e os bosques ao longe. Por volta das sete e meia, jantamos e admiramos o campo pela janela aberta no vagão-refeitório. Era um campo todo de pinheiros, cheio de ericáceas. Havia pequenas clareiras com casas, e vez ou outra passávamos por uma serração. Escureceu e sentíamos o campo quente, arenoso e escuro do outro lado da janela. Por volta das nove chegamos a Bayonne. O homem, a esposa e Hubert se despediram de nós com apertos de mão. Eles seguiriam até LaNegresse e então pegariam outro trem para Biarritz.

— Bem, espero que vocês tenham muita sorte — disse ele.
— Cuidado com as touradas.
— Talvez a gente se veja em Biarritz — falou Hubert.

Saímos com as malas e as varas de pescar embaladas, e passamos pela estação escura para chegar às luzes da rua, onde estavam enfileirados os táxis e ônibus dos hotéis. Ali, com os mensageiros do hotel, estava Robert Cohn. De início, ele não nos viu. Então avançou.

— Oi, Jake. Fez boa viagem?
— Fizemos — respondi. — Este é Bill Gorton.
— Como vai?
— Venha — disse Robert —, já tenho condução.

Ele era um pouco míope. Eu nunca tinha notado. Ele estava olhando para Bill, tentando identificá-lo. Era tímido também.

— Vamos ao hotel onde estou. É tranquilo. Bem confortável.

Subimos no fiacre. O cocheiro pôs as malas ao seu lado, subiu e estalou o chicote, e assim atravessamos a ponte escura e entramos na cidade.

— É um prazer conhecê-lo — disse Robert a Bill. — Jake fala sempre de você, e ainda li seus livros. Você recebeu meu recado, Jake?

O fiacre parou na frente do hotel, então todos saltamos e entramos. Era um bom hotel, os funcionários da recepção eram simpáticos. Deram a cada um de nós um pequeno quarto confortável.

Capítulo 10

Na manhã seguinte, o céu estava luminoso e estavam molhando as ruas da cidade; tomamos café da manhã fora. Bayonne é uma cidade agradável. Parece uma cidade espanhola muito limpa e fica à margem de um rio grande. Mesmo cedo, fazia muito calor na ponte que atravessava o rio. Cruzamos a ponte e depois caminhamos pela cidade.

 Eu não confiava que as varas de Mike chegariam a tempo da Escócia, então procuramos uma loja de pescaria e acabamos encontrando uma vara para Bill no segundo andar de um armarinho. O homem que vendia o equipamento tinha saído e precisamos esperá-lo voltar. Ele finalmente chegou; compramos uma vara bem razoável por bom um preço e dois passaguás.

 Voltamos à rua e demos uma olhada na catedral. Cohn comentou que era bom exemplo de alguma coisa qualquer, que já não lembro. Parecia uma boa catedral, bonita e escura, como as igrejas espanholas. Aí passamos pelo antigo forte e seguimos para a central local do Syndicat d'Initiative, de onde deveria partir o ônibus. Lá nos disseram que o serviço de ônibus só começava no dia primeiro de julho. Descobrimos na central de turismo o que deveríamos pagar por um carro para Pamplona e contratamos um em uma garagem grande, pertinho do Teatro Municipal, por quatrocentos francos. O carro nos buscaria no hotel dali a quarenta minutos, então paramos no café, na praça onde tínhamos comido, para tomar uma cerveja.

Fazia calor, mas a cidade tinha um cheiro fresco e vivo de manhã e o clima no café era agradável. Uma brisa começou a soprar e dava para sentir o ar marinho. Tinha pombos na praça e as casas eram de uma cor amarela, queimada pelo Sol, e eu não queria sair do café. No entanto, tínhamos que ir ao hotel fazer as malas e fechar a conta. Pagamos as cervejas, depois de jogar cara ou coroa, e acho que Cohn foi quem pagou, e fomos ao hotel. Eram apenas dezesseis francos cada um, para mim e Bill, com mais 10% de serviço, e pedimos que trouxessem as malas enquanto esperávamos Robert Cohn. Na espera, vi no chão de taco uma barata que devia ter quase oito centímetros. Mostrei para Bill antes de pisar nela. Concordamos que o bicho devia ter entrado pelo jardim, porque o hotel era incrivelmente limpo.

Cohn desceu, finalmente, e seguimos todos para o carro. Era um carro grande e fechado, conduzido por um chofer de jaqueta branca com gola e punhos azuis; pedimos que abaixasse a capota. Ele empilhou as malas e deu a partida, e logo saímos da cidade. Passamos por uns belos jardins e tivemos uma boa vista da cidade, então seguimos pelo campo, verde e amplo, a estrada subindo sem parar.

Passamos por muitos bascos com bois, ou vacas, puxando carroças pela estrada, e fazendas agradáveis, as casas caiadas e de telhado baixo. No País Basco, a terra é muito rica e verde, e as casas e aldeias, arrumadas e limpas. Toda aldeia tinha uma quadra de pelota e, às vezes, havia crianças jogando sob o sol quente. Nos muros das igrejas havia placas dizendo que era proibido usá-los para jogar pelota, e as casas das aldeias tinham telhados de telha vermelha.

Então a estrada fez uma curva e se tornou íngreme, acompanhando uma colina, abaixo da qual ficava um vale e colinas que se estendiam ao mar. Não dava para ver o mar. Estava muito longe. Viam-se apenas colinas e mais colinas, e se sabia onde estava o mar.

Cruzamos a fronteira espanhola. Havia um riacho e uma ponte, e carabineiros espanhóis, de chapéus bicorne de couro envernizado, com armas curtas amarradas às costas, e, do outro lado, franceses gordos de quepe e bigode. Eles abriram apenas uma valise e pegaram os passaportes para examinar. De cada lado da fronteira havia uma mercearia e uma pousada.

O chofer precisou entrar para preencher uns documentos a respeito do carro, então saímos e fomos até o riacho para ver se havia trutas. Bill tentou falar espanhol com um dos carabineiros, mas não deu certo. Robert Cohn perguntou, apontando com o dedo, se havia trutas no riacho; o carabineiro disse que sim, mas que eram poucas. Perguntei se ele pescava e ele disse que não, pois não gostava.

Foi, então, que um senhor idoso, de barba e cabelo comprido e queimado de sol, com roupas que pareciam feitas de estopa, veio andando até a ponte. Ele carregava um cajado comprido e um cabrito amarrado nas costas, preso pelas quatro patas, com a cabeça para baixo.

O carabineiro acenou para ele com a espada. O homem deu meia-volta sem dizer nada e seguiu de volta à estrada branca que levava à Espanha.

— O que houve com o velho? — questionei.

— Ele não tem passaporte.

Ofereci um cigarro ao guarda. Ele aceitou e agradeceu.

— O que ele vai fazer? — perguntei.

O guarda cuspiu no chão de terra.

— Ah, vai atravessar o riacho.

— Vocês lidam com muitos clandestinos?

— Ah — disse ele —, às vezes eles passam.

O chofer saiu, dobrando os documentos, que guardou no bolso de dentro da jaqueta. Entramos todos no carro e partimos pela estrada branca e poeirenta que levava à Espanha. Por um tempo, o campo continuou igual ao que era, até que, subindo sem parar, atravessamos uma ravina, na qual a estrada sinuosa ia e vinha e, finalmente, estávamos mesmo na Espanha.

Havia montanhas marrons compridas, alguns pinheiros e florestas distantes de faias em algumas das encostas. A estrada acompanhou o cume da ravina e então desceu. O motorista precisou buzinar, desacelerar e desviar para não atropelar dois burros que dormiam no meio do caminho. Ao descer, saímos das montanhas e atravessamos uma floresta de carvalho, em que havia gado branco pastando. Lá embaixo havia planícies de grama e riachos límpidos; então cruzamos um riacho, atravessamos uma aldeiazinha lúgubre e voltamos a subir. Subimos e subimos, atravessamos outra ravina alta, que seguimos às curvas, até que a estrada desceu à direita, e vimos uma nova cadeia montanhosa ao sul, toda marrom e queimada, entalhada em formas estranhas.

Depois de um tempo saímos das montanhas e encontramos árvores dos dois lados da estrada, um riacho e campos de grãos maduros. A estrada continuou, muito branca e reta, e subiu em uma pequena inclinação. À esquerda ficava uma colina com um castelo antigo, cercado por construções e uma plantação de grãos, que chegava até o muro e balançava ao vento. Eu estava no banco do carona, ao lado do motorista, e me virei. Robert Cohn tinha dormido, mas Bill me olhou e acenou com a cabeça.

Então atravessamos uma planície vasta, à direita da qual um rio grande reluzia ao sol entre a fileira de árvores, e ao longe se via o planalto de Pamplona se destacando na planície, as muralhas da cidade, a grande catedral marrom e o horizonte irregular das outras igrejas. No fundo do planalto ficavam as montanhas, e para todo lado havia mais montanhas; à frente, a estrada se estendia em branco pela planície até Pamplona.

Chegamos à cidade do outro lado do planalto, a estrada subindo em uma inclinação íngreme e poeirenta, com árvores fazendo sombra dos dois lados, e voltando ao plano na parte nova da cidade, construída fora da muralha antiga. Passamos pela arena de tourada, alta, branca e concreta ao sol, e chegamos por uma rua lateral à praça principal, onde paramos diante do Hotel Montoya.

O chofer nos ajudou com a bagagem. Tinha um monte de crianças de olho no carro. Fazia calor na praça, as árvores eram verdes e as bandeiras tinham sido erguidas nos mastros. Era bom sair do sol e se proteger à sombra da galeria que cerca a praça. Montoya ficou feliz de nos ver. Nos cumprimentou com um aperto de mão e nos deu bons quartos, com vista para a praça. Então tomamos banho, arrumamo-nos e descemos para almoçar no restaurante. O chofer também ficou para almoçar; depois nós o pagamos e ele começou o trajeto de volta a Bayonne.

Há dois restaurantes no Montoya. Um fica no segundo andar, virado para a praça. O outro fica no térreo e tem uma porta que dá para a rua de trás, onde os touros passam de manhã cedo a caminho da arena. Sempre fica mais fresco no restaurante do térreo, e almoçamos uma ótima comida. A primeira refeição na Espanha era sempre chocante, com aperitivos, ovos, dois pratos de carne, verduras, salada, sobremesa e fruta. É preciso beber muito vinho para engolir tudo.

Robert Cohn tentou recusar o segundo prato de carne, mas não traduzimos para ele, então a garçonete trouxe outra coisa no lugar, acho que um prato de frios. Cohn estava bem nervoso desde que nos encontramos em Bayonne. Ele não sabia se tínhamos conhecimento de que Brett estivera com ele em San Sebastian, o que o deixava constrangido.

— Bom — falei —, Brett e Mike devem chegar hoje à noite.

— Não sei se eles vêm — disse Cohn.

— Por quê? — perguntou Bill. — É claro que vêm.

— Eles sempre se atrasam — comentei.

— Acho mesmo que não devem vir — disse Robert Cohn.

Ele falava com um ar de superioridade que nos irritou.

— Aposto cinquenta *pesetas* que eles chegam hoje à noite — falou Bill.

Ele sempre aposta quando está com raiva, então é frequente que as apostas sejam tolas.

— Apostado — disse Cohn. — Que bom! Lembre, Jake. Cinquenta *pesetas*.

— Eu mesmo vou lembrar — disse Bill.

Vi que ele estava com raiva e quis acalmá-lo.

— Eles com certeza virão — falei. — Mas talvez não cheguem hoje.

— Quer desistir da aposta? — perguntou Cohn.

— Não. Por que desistiria? Pode aumentar para cem, se quiser.

— Tudo bem. Aceito.

— Já basta — falei. — Ou vocês vão precisar organizar isso melhor e me dar comissão.

— Já estou satisfeito — disse Cohn, sorrindo. — E você provavelmente vá ganhar tudo de volta no *bridge*, de qualquer modo.

— Você ainda nem ganhou — retrucou Bill.

Saímos para caminhar pela galeria para tomar um café no Café Iruña. Cohn disse que daria um pulo no barbeiro.

— Me diga — perguntou Bill —, tenho alguma chance nessa aposta?

— Suas chances são péssimas — respondi. — Eles nunca chegam na hora. Se não chegar o dinheiro, certamente não virão esta noite.

— Eu me arrependi na hora em que abri a boca. Mas precisei discutir. Ele é simpático, até, mas de onde tirou essa certeza? Mike e Brett combinaram conosco que viriam.

Vi Cohn se aproximar pela praça.

— Lá vem ele.

— Bom, não o deixe ficar todo judeu e superior.

— O barbeiro está fechado — disse Cohn. — Só abre às quatro.

Tomamos café no Iruña, sentados em cadeiras de palha confortáveis, na galeria fresca, com vista para a praça.

Depois de um tempo, Bill foi escrever cartas e Cohn foi ao barbeiro. Ainda estava fechado, então ele decidiu subir ao hotel para tomar um banho de banheira, e eu fiquei sentado no café mais um tempo antes de sair para caminhar pela cidade. Fazia muito calor, mas me mantive na sombra, atravessei a feira, e gostei de rever a cidade.

Fui ao Ayuntamiento e encontrei o senhor que me arranja os ingressos de tourada todo ano. Ele tinha recebido o dinheiro que eu mandara de Paris e pagado minha assinatura, então estava tudo certo. Ele era o arquivista, e todos os arquivos da cidade ficavam em seu escritório. Isso não tem nada a ver com a história. Enfim, o escritório dele tinha uma porta de feltro verde e outra de madeira grande. Quando saí, deixei-o sentado entre os arquivos, que revestiam todas as paredes, e fechei as duas portas. Saindo do prédio para a rua, o porteiro me parou para espanar meu paletó.

— O senhor devia estar em um carro — recomendou.

A parte de trás do colarinho e os ombros estavam cinza de tanta poeira.

— Vim de Bayonne.

— Ora, ora — disse ele. — Eu soube que estava em um carro por causa da poeira.

Paguei duas moedas de cobre a ele.

No fim da rua vi a catedral e andei até lá. A primeira vez que a vi, achei a fachada feia, mas ao revê-la, gostei. Entrei. Estava escuro, pouco iluminado, e as pilastras eram altas. Havia gente rezando lá dentro, cheirava a incenso e as janelas eram lindas e enormes. Eu me ajoelhei e comecei a rezar, e rezei por todas as pessoas que conhecia — Brett, Mike, Bill, Robert Cohn, por mim e pelos toureiros, separadamente por aqueles de quem eu gostava e misturando o restante, e por mim de novo, e, enquanto rezava por mim, notei que estava ficando com sono, então rezei para as touradas serem boas, para ser uma boa *fiesta* e para conseguirmos pescar um pouco.

Eu me perguntei se haveria mais motivos para rezar e pensei que gostaria de ter um pouco de dinheiro, assim rezei para ganhar muito dinheiro. E então comecei a pensar em como o ganharia, e pensar em dinheiro me lembrou do conde; comecei a me perguntar onde ele estava e a me lamentar por não tê-lo visto desde aquela noite em Montmartre. Também pensei em uma coisa engraçada que Brett me dissera sobre ele.

Durante o tempo que passei ajoelhado com a testa encostada na madeira, considerando que rezava, senti certa vergonha e lamentei ser um católico tão relapso, mas notei que não podia fazer nada a respeito disso, pelo menos naquele momento, e talvez mesmo nunca, mas que, mesmo assim, era uma grande religião. Eu só queria me sentir religioso e talvez me sentisse da próxima vez. Então saí para o sol quente nos degraus da catedral. O indicador e o polegar da minha mão direita ainda estavam úmidos e os senti secar ao sol, cuja luz era forte e ardente. Atravessei perto das construções e caminhei de volta ao hotel por ruas menores.

No jantar, notamos que Robert Cohn tomara banho, fizera a barba, cortara e lavara o cabelo, e ainda pusera algum produto para o cabelo ficar no lugar. Ele estava nervoso e eu não tentei ajudar. O trem que vinha de San Sebastian chegaria às nove e, se Brett e Mike viessem, estariam nele. Às vinte para as nove ainda não estávamos nem na metade do jantar. Robert Cohn se levantou da mesa e disse que ia à estação. Eu disse que iria também, só para provocá-lo. Bill disse que nem morto largaria o jantar. Falei que logo voltaríamos.

Fomos à estação de trem. Eu estava me divertindo com o nervosismo de Cohn. Esperava que Brett estivesse no trem. Quando chegamos, o trem estava atrasado, então nos sentamos em um carrinho de bagagem e esperamos no escuro. Nunca vi um homem na vida civil tão nervoso quanto Robert Cohn, nem tão ávido. Eu estava me divertindo. Era péssimo isso, mas eu me sentia mesmo péssimo. Cohn tinha a qualidade maravilhosa de inspirar o pior em todo mundo.

Depois de um tempo ouvimos o apito da locomotiva lá longe, do outro lado do planalto, e vimos o farol subir a colina. Entramos na estação e nos juntamos à multidão logo atrás do portão. O trem chegou e parou, e todo mundo começou a passar.

Eles não estavam lá. Esperamos todo mundo sair da estação e entrar nos ônibus, pegar táxis ou caminhar com amigos e parentes pela cidade escura.

— Eu sabia que não viriam — disse Robert.

Voltamos ao hotel.

— Eu achei que talvez viessem — falei.

Bill estava comendo fruta quando chegamos, e acabando de tomar uma garrafa de vinho.

— Não vieram, hein?

— Não.

— Posso te pagar as cem *pesetas* de manhã, Cohn? — perguntou Bill. — Ainda não troquei o dinheiro.

— Ora, deixe para lá — disse Robert Cohn. — Vamos apostar em outra coisa. Dá para apostar em tourada?

— Dá — disse Bill —, mas não é preciso.

— Seria como apostar na guerra — falei. — Não é preciso ter interesse econômico.

— Estou muito curioso para vê-las — disse Robert.

Montoya veio à nossa mesa, trazendo um telegrama.

— É para o senhor — falou, e me entregou.

O telegrama dizia: "Paramos noite San Sebastian".

— É deles — falei.

Guardei o telegrama no bolso. Normalmente, eu o teria mostrado.

— Eles pararam em San Sebastian para dormir — disse. — Mandaram beijos.

Por que eu sentia aquele impulso de provocá-lo, não sei. É claro que sei. Eu estava cego por um ciúme implacável pelo que acontecera com ele. O fato de aceitar como parte da vida não alterava isso em nada. Eu certamente o odiava. Acho que não tinha chegado a odiá-lo até aquele momento de superioridade no almoço — isso, e a saga do barbeiro. Por isso, guardei o telegrama no bolso. O telegrama era endereçado a mim, afinal.

— Bem... — falei. — É melhor pegarmos o ônibus de meio-dia para Burguete. Eles podem ir atrás se chegarem amanhã à noite.

Só tinha dois trens que vinham de San Sebastian, um de manhã cedo e aquele que tínhamos ido esperar.

— Parece boa ideia — disse Cohn.

— Quanto mais cedo chegarmos ao rio, melhor.

— Para mim, tanto faz quando partirmos — falou Bill. — Quanto mais cedo, melhor.

Ficamos um tempo no Iruña, tomamos café e depois saímos para uma pequena caminhada ao redor da arena, pelo campo, e sob as árvores à beira do penhasco vimos o rio no escuro; e eu fui me deitar cedo. Bill e Cohn ficaram no café até tarde, creio, porque eu já estava dormindo quando chegaram.

De manhã comprei três passagens de ônibus para Burguete. Estava marcado para as duas da tarde. Não tinha nenhum mais cedo. Eu estava sentado no Iruña, lendo jornal, quando vi Robert Cohn se aproximar, vindo do outro lado da praça. Ele veio à mesa e se sentou em uma das cadeiras de palha.

— Que café confortável — comentou. — Dormiu bem, Jake?

— Dormi como uma pedra.

— Eu não dormi tão bem. Eu e Bill ficamos fora até tarde.

— Onde vocês ficaram?

— Aqui. E depois de fechar, em outro café. O homem de lá fala alemão e inglês.

— O Café Suizo.

— Isso. Ele parece ser um senhor simpático. Acho que o café é melhor do que este aqui.

— De dia não é tão bom — falei. — Faz muito calor. Por sinal, comprei as passagens de ônibus.

— Eu não vou hoje. Pode ir na frente com Bill.

— Já comprei sua passagem.

— Pode me dar? Vou pedir reembolso.

— Foi cinco *pesetas*.

Robert Cohn pegou uma moeda prateada de cinco *pesetas* e me deu.

— É melhor eu ficar — disse ele. — Veja bem, eu temo que tenha ocorrido um mal-entendido.

— Ora — falei. — Eles podem levar mais uns três ou quatro dias para chegar se ficarem para as festas em San Sebastian.

— É essa a questão — disse Robert. — Temo que eles esperavam me encontrar em San Sebastian e que seja por isso que tenham parado lá.

— De onde você tirou essa ideia?

— Bem, eu escrevi para Brett com a sugestão.

"Então por que diabos não ficou lá para lhes fazer companhia?", eu ia dizer, mas me interrompi.

Achei que a ideia fosse chegar a ele sozinha, mas não acredito que tenha chegado.

Ele estava todo confidencial e lhe dava prazer falar com o subentendido de que eu sabia que havia algo rolando entre ele e Brett.

— Bem, eu e Bill iremos logo depois do almoço — falei.

— Eu queria ir. Estou ansioso para pescar desde o inverno — disse ele, ficando sentimental. — Mas é melhor ficar. Melhor mesmo. Assim que chegarem, subirei com eles.

— Vamos encontrar Bill.

— Quero dar um pulo no barbeiro.

— Então te vejo no almoço.

Encontrei Bill no quarto, fazendo a barba.

— Ah, sim, ele me falou isso tudo ontem à noite — disse Bill. — Ele é um ótimo confidente. Disse que tinha marcado de encontrar Brett em San Sebastian.

— Que mentiroso de merda!

— Ah, não — disse Bill. — Não fique chateado. Não se chateie neste momento da viagem. Como você conheceu esse sujeito, afinal?

— Não exagere.

Bill olhou ao redor, meio barbeado, e continuou a falar olhando para o espelho enquanto passava espuma no rosto.

— Você não o mandou me entregar uma carta em Nova

York no inverno passado? Graças a Deus sou um homem viajado. Você não tinha mais amigos judeus que podia trazer?

Ele esfregou o queixo com o polegar, olhou e voltou a raspar.

— Você tem uns ótimos também.

— Ah, sim. Tenho uns sucessos. Mas nada como esse tal de Robert Cohn. O engraçado é que ele é simpático, até. Gostei dele. Mas ele é terrível.

— Ele, às vezes, é muito simpático.

— Eu sei. É essa a parte terrível.

Eu ri.

— Sim, pode rir — disse Bill. — Não foi você que ficou com ele até as duas da manhã de ontem.

— Ele foi tão ruim assim?

— Horrível. A propósito, que história é essa entre ele e Brett? Ela já teve alguma coisa com ele?

Ele levantou o queixo e virou de um lado para o outro.

— Teve. Foi com ele a San Sebastian.

— Que ideia completamente besta. Por que ela fez isso?

— Queria sair da cidade um pouco e não pode ir a lugar algum sozinha. Falou que achava que faria bem para a ele.

— Que tolices essa gente faz. Por que ela não foi com amigos? Ou com você? — falou, arrastando a voz. — Ou comigo? Por que não eu?

Ele olhou para o reflexo com cuidado e jogou um monte de espuma dos dois lados do rosto.

— É um rosto honesto — continuou. — Um rosto com o qual qualquer mulher estaria em segurança.

— Ela nunca tinha visto.

— Pois deveria. Toda mulher deveria. Este rosto deveria ser projetado em todas as telas do país. Toda mulher deveria receber um exemplar deste rosto ao sair do altar. Mães deveriam falar deste rosto às filhas. Meu filho — disse ele, apontando a navalha para mim —, leve este rosto ao oeste e cresça com o país.

Ele se abaixou para lavar o rosto com água fria, espalhou um pouco de álcool e se olhou com atenção no reflexo, puxando o lábio superior comprido.

— Meu Deus! — disse ele. — Não é um rosto horrível?

Ele se olhou no espelho.

— Quanto a esse Robert Cohn — continuou Bill —, ele me dá nojo, e pode ir para o inferno. Estou muito feliz por ele ficar aqui e não nos acompanhar na pesca.

— Você está certíssimo.

— Vamos pescar trutas. Vamos pescar trutas no rio Irati, vamos encher a cara de vinho nacional agora no almoço e depois fazer uma linda viagem de ônibus.

— Venha. E para começar vamos ao Iruña — falei.

Capítulo 11

O sol na praça era intenso quando saímos depois do almoço com as malas e as varas de pescar, prontos para partir para Burguete. Tinha gente em cima do ônibus e outras subindo por uma escada. Bill subiu e Robert se sentou ao lado de Bill para guardar meu lugar enquanto eu voltava ao hotel para pegar umas garrafas de vinho para levarmos. Quando saí, o ônibus estava lotado. Homens e mulheres estavam sentados nas bagagens e nas caixas no alto, e todas as mulheres se abanavam sob o sol. Fazia mesmo calor. Robert desceu e eu me enfiei no lugar que ele guardara para mim no banco de madeira ao longo do alto.

Robert Cohn ficou na sombra da galeria, esperando partirmos. Um homem basco carregando no colo um odre enorme de couro estava em cima do ônibus, na frente do nosso lugar, recostado nas nossas pernas. Ele ofereceu o odre para mim e para Bill e, quando fui beber, ele imitou o barulho de uma buzina tão bem e tão repentinamente que eu derramei um pouco de vinho, e todo mundo riu. Ele pediu desculpas e me disse que bebesse outro gole.

Um pouco depois, ele repetiu o barulho da buzina, e mais uma vez me enganou. Ele era muito bom nisso. Os bascos gostaram. O homem ao lado de Bill tentava falar com ele em espanhol e Bill não estava entendendo, então ofereceu ao homem uma das garrafas de vinho. O homem recusou com um gesto. Falou que estava muito quente e que tinha bebido demais no almoço. Quando Bill ofereceu a garrafa de novo, o homem tomou um gole demorado, e aí a garrafa foi passada por aquela parte toda do ônibus. Todo mundo tomou um gole, com muita educação, e depois nos mandaram fechar a garrafa e guardá-la. Queriam todos que bebêssemos de seus odres. Eram camponeses subindo as colinas.

Finalmente, após mais algumas buzinas em falso, o ônibus deu a partida. Robert Cohn acenou para a gente e os bascos acenaram para ele. Assim que entramos na estrada, saindo da cidade, o ar ficou mais fresco. Era agradável avançar no alto, perto das árvores. O ônibus era bem rápido, causando uma boa brisa, e ao longo da estrada, com pó salpicando as árvores e a colina, tínhamos uma bela vista, através das árvores, da cidade se erguendo da falésia acima do rio. O basco encostado nos meus joelhos apontou a vista com o odre e piscou para nós. Ele acenou com a cabeça.

— Bem bonito, não é?
— Esses bascos são muito bacanas — disse Bill.

O basco recostado em mim era bronzeado, a pele da cor do couro. Ele usava um guarda-pó preto, como os outros. O pescoço bronzeado era enrugado. Ele se virou e ofereceu o odre a Bill. Bill ofereceu uma das nossas garrafas. O basco recusou, com um movimento do dedo indicador, e entregou-lhe a garrafa, dando um tapa na rolha.

— *Arriba*! *Arriba*! — falou. — Levante-o!

Bill levantou o odre e inclinou a cabeça para trás, deixando o vinho jorrar na boca. Quando parou de beber e virou o odre de novo, algumas gotas lhe escorreram pelo queixo.

— Não! Não! — gritaram vários bascos. — Assim, não!

Um deles pegou o odre do dono, que estava prestes a demonstrar. Era um homem jovem, que afastou o odre do corpo, esticando o braço, e o levantou bem alto, apertando o couro para que o jato de vinho caísse em sua boca. Ele manteve o odre levantado, o vinho fazendo um trajeto reto e rígido até a boca, e continuou a engolir, regular e suavemente.

— Ei! — gritou o dono do odre. — E de quem é esse vinho?

O jovem que bebia sacudiu o dedo mindinho para ele e sorriu para nós com os olhos. Finalmente, cortou o jato de repente, levantando o odre rapidamente e o abaixando para o dono. Ele piscou para nós. O dono sacudiu o odre, triste.

Passamos por uma cidade e paramos na frente da *posada*, onde o motorista pegou vários pacotes. Então partimos de novo, e além da cidade a estrada começou a subir. Estávamos atravessando as fazendas, com colinas rochosas que desciam para os campos. As plantações de grãos subiam as encostas. Enquanto subíamos, o vento soprava as sementes. A estrada era branca e poeirenta e as rodas levantavam poeira, que pairava no ar atrás de nós. O trajeto foi subindo as colinas, deixando as plantações vivas de grãos para trás. Finalmente, restavam apenas trechos de plantação nas encostas nuas e ao lado dos córregos.

Fizemos uma curva brusca para o acostamento para deixar passar uma fileira comprida de seis mulas em fila que iam puxando uma carroça de carga fechada. A carroça e as mulas estavam cobertas de pó. Logo atrás vinha mais uma fileira de mulas, puxando outra carroça. Esta segunda carregava madeira, e o *arriero* que conduzia as mulas se recostou e puxou os freios de madeira grossos quando passamos. Lá no alto o terreno era bastante árido e as colinas eram rochosas, cheias de argila seca, esburacada pela chuva.

Viramos uma curva e entramos em uma cidade, e dos dois lados se abriu um vale verdejante repentino. Um riacho atravessava o centro da cidade e plantações de uva chegavam às casas.

O ônibus parou diante de uma *posada* e muitos passageiros desceram; muitas bagagens foram desamarradas do ônibus, de sob a lona, e descidas. Bill e eu descemos e entramos na *posada*. Encontramos um cômodo baixo e escuro, contendo selas e arreios, forcados feitos de madeira branca, pilhas de sapatos de lona com sola de corda, presuntos e fatias de toucinho, alho branco, e linguiças compridas penduradas do teto. Era fresco e cheio de sombra. Paramos diante de um balcão de madeira comprido, atrás do qual duas mulheres serviam bebida. Atrás delas estavam prateleiras repletas de mercadorias.

Cada um de nós tomou uma *aguardiente* e pagamos quarenta centavos pelas duas bebidas. Dei à mulher cinquenta centavos para acrescentar gorjeta, mas ela me devolveu a moeda de cobre achando que eu tinha calculado errado.

Dois dos bascos que viajavam conosco entraram e insistiram em comprar algo para bebermos. Então eles pediram uma bebida, e depois nós pedimos, então eles deram um tapa nas nossas costas e pediram mais uma. Aí nós pedimos, depois fomos todos para o sol e o calor, e subimos de volta no ônibus. Tinha espaço o suficiente para todo mundo nos bancos, então o basco que antes estivera esticado no teto de latão se sentou entre nós. A mulher que servira as bebidas saiu, esfregando as mãos no avental, e falou com alguém dentro do ônibus. Então o motorista saiu, carregando dois envelopes de correio de couro, subiu no ônibus e deu a partida, com todo mundo acenando.

A estrada se afastou imediatamente do vale verde e voltamos a subir as colinas. Bill e o basco do odre conversavam. Um homem se esticou do outro lado do banco e perguntou, em inglês:

— Vocês são americanos?

— Isso.

— Já fui lá — falou ele. — Quarenta anos atrás.

Ele era um senhor mais velho, com a pele tão escura quanto a dos outros e barba branca por fazer.

— Como era?

— Como é?

— Como era nos Estados Unidos?

— Ah, eu estive na Califórnia. Era bom.

— Por que foi embora?

— Como é?

— Por que voltou para cá?

— Ah! Volto para casar. Ia voltar para lá, mas minha esposa não gosta de viajar. De onde vocês são?

— Kansas City.

— Já estive lá — disse ele. — Estive em Chicago, St. Louis, Kansas City, Denver, Los Angeles, Salt Lake City.

Ele listou os nomes com cuidado.

— Quanto tempo ficou lá?

— Quinze anos. Aí volto e caso.

— Quer uma bebida?
— Pode ser — falou. — Não tem isso na América, hein?
— Até tem, para quem pode pagar.
— Por que vocês vieram?
— Vamos à *fiesta* em Pamplona.
— Gosta das touradas?
— Gosto. Você não gosta?
— Gosto — disse ele. — Acho que sim.
Então, depois de um instante:
— Aonde vão agora?
— Pescar em Burguete.
— Bem — comentou ele —, tomara que peguem alguma coisa.

Ele apertou minha mão e se virou de novo. Os outros bascos ficaram impressionados. Ele se recostou, confortável, e sorriu para mim quando eu me virei para admirar a paisagem. Mas o esforço de falar inglês pareceu tê-lo cansado. Ele não disse mais nada depois disso.

O ônibus continuou a subir a estrada. O terreno era árido e rochas irrompiam da argila. Não havia grama perto da estrada. Olhando para trás víamos o interior se espalhar lá embaixo. Ao longe, as plantações eram quadrados de verde e marrom nas encostas. Marcando o horizonte estavam as montanhas marrons. Elas tinham formatos estranhos. Conforme subíamos, o cenário mudava. À medida que o ônibus subia devagar, dava para ver outras montanhas surgindo ao sul. Até que a estrada chegou ao cume, voltou ao plano e entrou em uma floresta.

Era uma floresta de sobreiros e o sol atravessava as árvores em trechos, e havia gado pastando atrás delas. Atravessamos a floresta e a estrada surgiu novamente e contornou uma elevação de terreno. À nossa frente havia uma planície vasta e verdejante, atrás da qual estavam montanhas escuras. Não eram iguais às montanhas marrons e queimadas de sol que tínhamos deixado para trás. Eram cobertas por bosques e delas desciam nuvens.

A planície verde se estendia. Era cortada por cercas, e a estrada branca aparecia por entre os troncos de uma fileira dupla de árvores que cruzava a planície, levando ao norte. Quando chegamos à beira do planalto, vimos os telhados vermelhos e as casas brancas de Burguete enfileiradas na planície, e mais longe, no contraforte da primeira montanha escura, as telhas metálicas cinzentas do monastério de Roncesvalles.

— Ali é Roncevaux — falei.
— Onde?
— Bem ali, no começo da montanha.
— Faz frio lá — disse Bill.
— É alto — falei. — Deve ter 1.200 metros.
— Um frio horrível — disse Bill.

O ônibus desceu e seguiu na linha reta da estrada que levava a Burguete. Passamos por uma encruzilhada e cruzamos uma ponte que passava por um riacho. As casas de Burguete margeavam os dois lados da estrada. Não havia ruas paralelas. Passamos pela igreja e pela escola, e o ônibus parou. Descemos e o motorista nos entregou nossa bagagem e nossas varas. Um carabineiro se aproximou, com o chapéu pontudo e as tiras de couro amarelo.

— O que é isso aí? — perguntou, e apontou para a bolsa das varas.

Abri e mostrei. Ele pediu para ver nossas autorizações de pesca, e eu as peguei. Ele olhou a data e fez sinal para que seguíssemos caminho.

— Tudo certo? — perguntei.

— Sim. Claro.

Subimos a rua, passando pelas casas de pedra caiada, onde famílias sentadas na soleira nos olhavam, e chegamos à pousada.

A mulher gorda que cuidava da pousada saiu da cozinha e apertou nossas mãos. Ela tirou os óculos, limpou-os e os pôs de novo. Fazia frio na pousada e o vento estava apertando lá fora. A mulher mandou uma moça subir conosco para nos mostrar o quarto. Tinha duas camas, um lavatório, uma cômoda e uma enorme gravura em metal da Nuestra Señora de Roncesvalles, emoldurada. O vento sacudia as venezianas. O quarto ficava no lado norte da pousada. Nós nos lavamos, vestimos suéteres e descemos para a sala de jantar. Tinha chão de pedra, teto baixo e paredes forradas de carvalho. As venezianas estavam fechadas e fazia tanto frio que dava para ver nossa respiração.

— Deus do céu! — disse Bill. — Não pode fazer frio assim amanhã. Não vou entrar no rio com um frio desses.

Tinha um piano vertical no fundo da sala, atrás das mesas de madeira, e Bill foi tocar.

— Preciso me esquentar — falou.

Fui encontrar a dona da pousada e perguntar quanto custava a hospedagem com refeição. Ela enfiou as mãos por baixo do avental e desviou o olhar.

— Doze *pesetas*.

— Ora, só pagamos isso em Pamplona.

Ela não disse nada, só tirou os óculos e os esfregou no avental.

— É muito caro — falei. — Não pagamos mais do que isso nem em um hotel grande.

— A gente instalou um banheiro.

— Não tem nada mais barato?

— Não no verão. É alta temporada.

Nós éramos os únicos hóspedes da pousada. "Bem", pensei, "são só alguns dias".

— O vinho está incluso?

— Ah, sim.

— Bom — falei. — Tudo bem.

Voltei para Bill. Ele soprou no ar para me mostrar como estava frio e voltou a tocar. Eu me sentei a uma das mesas e olhei para os quadros na parede. Havia um painel de coelhos, mortos, um de faisões, também mortos, e um de patos, mortos. Os painéis eram todos escuros, com aparência fuliginosa. Tinha um armário cheio de garrafas de bebida. Olhei para todas. Bill ainda estava tocando.

— Que tal um ponche de rum quente? — sugeriu ele.

— Isso aqui não vai me aquecer de forma permanente.

Fui procurar a mulher da pousada e expliquei o que era o ponche de rum quente e como prepará-lo. Depois de alguns minutos, uma moça trouxe uma jarra de pedra fumegante. Bill veio do piano e bebemos o rum quente enquanto escutávamos o vento.

— Não tem muito rum aqui.

Fui ao armário, peguei a garrafa de rum e acrescentei meio copo à jarra.

— Ação direta — disse Bill. — É melhor que legislação.

A moça voltou e botou a mesa para o jantar.

— Faz um vento dos infernos aqui — reclamou Bill.

A moça trouxe uma tigela grande de sopa de legumes e o vinho. Depois, comemos truta frita, uma espécie de ensopado e morangos silvestres, servidos em uma tigela grande e cheia. Não perdemos dinheiro no vinho; a moça era tímida, mas gentil, ao nos servir. A senhora da pousada veio apenas uma vez para olhar e contar as garrafas vazias.

Depois do jantar, subimos, fumamos e lemos na cama para nos aquecer. Em certo momento da noite, acordei e ouvi o vento uivar. Era bom estar aquecido, na cama.

Capítulo 12

De manhã, quando acordei, fui olhar pela janela. O tempo tinha clareado e não havia nuvens nas montanhas. Lá fora, sob a janela, havia algumas carroças e uma velha diligência, cujo teto de madeira tinha sido rachado e lascado pelo clima. Devia ser sobra da época antes dos ônibus motorizados. Um bode pulou em uma das carroças, e dali na diligência. Ele sacudiu a cabeça para as outras cabras no chão e, quando acenei, desceu de um pulo.

Bill ainda estava dormindo, então eu me vesti, calcei-me no corredor e desci. Não tinha ninguém lá embaixo, assim destranquei a porta e saí. Estava fresco lá fora naquele início de manhã e o sol ainda não tinha secado o orvalho que caíra quando o vento parara. No depósito atrás da pousada encontrei uma espécie de enxadão. Desci para o riacho na tentativa de encontrar algumas minhocas para usar de isca. O riacho era límpido e raso, mas não parecia ter trutas. Na parte úmida da margem coberta por grama, enfiei o enxadão na terra e soltei um pedaço. Tinha minhocas lá embaixo. Elas se arrastaram quando levantei o pedaço de solo e, cavando com cuidado, consegui uma boa quantidade. Cavando na margem do chão úmido, enchi duas latas de tabaco vazias com minhocas e joguei um pouco de terra por cima. Os bodes ficaram me vendo cavar.

Quando voltei para a pousada, a mulher estava na cozinha. Pedi a ela que fizesse café e avisei que quereríamos almoçar. Bill estava acordado, sentado na beira da cama.

— Vi você pela janela — disse ele. — Não quis interrompê-lo. O que estava fazendo? Enterrando seu dinheiro?

— Seu vagabundo preguiçoso!

— Estava trabalhando pelo bem comum? Esplêndido! Quero que você faça isso todas as manhãs.

— Venha — falei. — Levante-se.

— Como assim? Levantar? Eu nunca levanto.

Ele subiu na cama e se cobriu até o pescoço.

— Pode tentar me convencer a levantar.

Continuei a procurar equipamento e arrumar tudo na bolsa.

— Não está interessado? — perguntou Bill.

— Vou descer para comer.

— Comer? Por que você não falou de comida? Achei que quisesse que eu me levantasse só por diversão. Mas para comer? Claro! Agora, sim, é razoável. Pode sair para cavucar mais minhocas. Eu já desço.

— Ah, vá para o inferno!

— Trabalhe pelo bem comum — disse Bill, vestindo as roupas de baixo. — Mostre ironia e piedade.

Comecei a sair do quarto, carregando a mala de equipamento, os passaguás e as varas.

— Ei! Volte!

Passei a cabeça para dentro do quarto.

— Não vai mostrar um pouco de ironia e piedade?

Fiz um gesto de desprezo.

— Isso não é ironia.

Ao descer, ouvi Bill cantarolando lá em cima.

"Ironia e piedade. Quando você está se sentindo... Oh! Trate-os com ironia e piedade. Trate-os com ironia. Quando eles estão se sentindo... Só os trate com um pouco de ironia. Com um pouco de piedade..."

Ele continuou a cantar até descer. A melodia era *The bells are ringing for me and my Gal*. Eu estava lendo um jornal espanhol da semana anterior.

— Que história é essa de ironia e piedade?

— Como assim? Não ouviu falar de ironia e piedade?

— Não. Quem levantou essa bola?

— Todo mundo. É uma febre em Nova York. Como os Fratellinis foram um dia.

A moça veio trazendo café e torradas com manteiga. Ou, melhor, pão torrado e amanteigado.

— Pergunte se tem geleia — disse Bill. — Seja irônico.

— Tem geleia?

— Não foi irônico. Eu queria saber falar espanhol.

O café era bom e o bebemos em canecos grandes. A moça trouxe um pratinho de vidro com geleia de framboesa.

— Obrigado.

— Ei! Não é assim — disse Bill. — Seja irônico. Faça uma piadinha sobre Primo de Rivera.

— Posso perguntar se o que deu no Riff foi marmelada.

— Ruim — comentou Bill. — Muito ruim. Você não consegue. Pronto. Não entende ironia. Não tem piedade. Diga algo que inspire piedade.

— Robert Cohn.

— Menos mal. Melhor. Agora, por que Cohn é lastimável? Seja irônico.

Ele tomou um bom gole de café.

— Ah, que inferno! — falei. — Está cedo demais para isso.

— Lá vai. E você ainda diz que quer ser escritor. Você é só um jornalista. Um jornalista expatriado. Devia ser irônico desde o minuto em que sai da cama. Devia acordar com a boca cheia de piedade.

— Vamos — falei —, de onde tirou essa ideia?

— De todo mundo. Você não lê? Nunca vê ninguém? Sabe o que você é? Expatriado. Por que não mora em Nova York? Então, saberia dessas coisas. O que quer que eu faça? Que venha aqui te dizer isso todo ano?

— Tome mais café — incitei.

— Bom. Café faz bem. É a cafeína. Cafeína, lá vamos nós! Cafeína põe o homem no cavalo dela e a mulher na tumba dele. Sabe qual é o seu problema? Você é expatriado. Dos piores. Não soube disso? Ninguém que abandona o próprio país escreve nada que valha a pena publicar. Nem mesmo no jornal.

Ele bebeu o café.

— Você é expatriado. Perdeu o contato com a terra. Tornou-se presunçoso. Os padrões europeus falsos te estragaram. Você bebe até morrer. Fica obcecado por sexo. Passa o tempo todo falando, e não trabalhando. É expatriado, viu? Vive aí pelos cafés.

— Parece uma vida formidável — falei. — E quando eu trabalho?

— Não trabalha. Um grupo alega que mulheres o

sustentam. Outro, que você é impotente.

— Não — falei —, só sofri um acidente.

— Nunca mencione isso — disse Bill. — É o tipo de coisa que não pode ser dita. Você tem que transformar em um mistério. Igual à bicicleta do Henry.

Ele estava em um ritmo esplêndido, mas, de repente, parou. Temi que ele achasse ter me magoado com a piada sobre impotência. Queria que ele recomeçasse.

— Não era uma bicicleta — falei. — Ele estava a cavalo.

— Soube que foi um triciclo.

— Bom... — falei. — Um avião até parece um triciclo. A alavanca funciona igual.

— Mas não tem pedal.

— Não — falei —, acho que não tem pedal.

— Deixe isso para lá — disse Bill.

— Tudo bem. Só quis defender o triciclo.

— Acho que ele é bom escritor, até — disse Bill. — E, caramba, você é um homem muito bom. Já te disseram que você é um homem muito bom?

— Não sou.

— Ouça. Você é um ótimo sujeito, e gosto mais de você do que de qualquer outra pessoa nesta Terra. Eu não poderia lhe dizer isso em Nova York porque seria considerado afeminado. Foi por isso a guerra civil. Abraham Lincoln era afeminado. Estava apaixonado pelo general Grant. Jefferson Davis também. Lincoln só libertou os escravos por causa de uma aposta. O caso Dred Scott foi armado pela Liga Antitaberna. Sexo explica tudo. A mulher do coronel e Judy O'Grady no fundo são lésbicas.

Ele parou.

— Quer ouvir mais um pouco?

— Manda — respondi.
— Não sei mais nada. Continuo no almoço.
— Velho Bill — falei.
— Seu vagabundo!

Guardamos o almoço e duas garrafas de vinho na mochila, que Bill carregou. Eu carreguei as varas e os passaguás pendurados nas costas. Começamos a subir a estrada, atravessamos um prado e encontramos uma trilha que cruzava os campos e seguia para o bosque na encosta da primeira colina. Transpomos os campos na trilha arenosa. Eles eram verdejantes, cheios de grama curta porque as ovelhas pastavam ali. O gado ficava mais alto nas colinas. Ouvimos os sinos no bosque.

A trilha atravessava um riacho com um tronco, que ficava na superfície, e havia uma árvore mais jovem inclinada, que servia de corrimão. No laguinho ao lado do riacho, girinos salpicavam a areia. Subimos uma encosta íngreme e passamos por campos ondulantes. Ao olhar para trás, vimos Burguete, casas brancas, telhados vermelhos e a estrada branca, onde passava um caminhão levantando poeira.

Além do campo, atravessamos outro riacho, de correnteza mais rápida. Uma trilha de areia levava ao vau e depois ao bosque. A trilha passava pelo riacho por outro tronco abaixo do vau e se unia à estrada; então entramos no bosque.

Era um bosque de faias e as árvores eram muito antigas. As raízes faziam volume no chão e os galhos eram retorcidos. Andamos pela trilha entre os troncos grossos das antigas faias e o sol atravessava as folhas em manchas de luz na grama. As árvores eram grandes e a folhagem, espessa, mas não ficava escuro. Não crescia mato no chão, só grama macia, bem verde e fresca, e as árvores grandes e cinzentas eram bem espaçadas, como se fosse um parque.

— Esse é o interior — disse Bill.

A trilha subia uma colina. Entramos na mata mais cerrada e o caminho continuou a subir. Às vezes descia um pouco, mas logo voltava a subida, íngreme. O tempo todo ouvimos o gado no bosque. Finalmente, a trilha saiu no cume das colinas. Estávamos no topo de um trecho de terra que era a parte mais alta da cadeia de colinas de bosque que tínhamos visto de Burguete. Morangos silvestres cresciam no lado ensolarado da serrania, em uma pequena clareira.

Adiante, a trilha saía da floresta e acompanhava o contraforte da cordilheira de colinas. As colinas à frente não tinham bosque, apenas campos vastos de tojos amarelos. Ao longe, vimos falésias íngremes, escuras de tantas árvores e rochas cinzentas e salientes, que marcavam o curso do rio Irati.

— Temos que seguir a trilha pela escarpa, atravessar as colinas, passar pelo bosque nas colinas de trás e descer para o vale Irati — indiquei para Bill.

— É uma caminhada e tanto.

— É muito distante para ir, pescar e voltar no mesmo dia, com conforto.

— Conforto... Que bela palavra. Vamos ter que andar como condenados para chegar, voltar e conseguir pescar um pouco.

Era uma longa caminhada e a área era muito bonita, mas estávamos muito cansados ao descer a trilha íngreme que saía do bosque da colina e levava ao vale do rio de la Fabrica.

A estrada saiu da sombra do bosque e entrou sob o sol quente. Adiante ficava o vale do rio. Além do rio, uma colina íngreme, onde havia uma plantação de trigo-sarraceno.

Vimos uma casa branca embaixo de algumas árvores na encosta. Fazia muito calor e paramos sob umas árvores ao lado de uma represa que atravessava o rio.

Bill apoiou a mochila em uma das árvores. Montamos as varas, prendemos as carretilhas, amarramos as linhas e nos preparamos para pescar.

— Tem certeza de que tem truta aí? — perguntou Bill.

— Aos montes.

— Vou pescar com pluma. Tem McGinty?

— Tem umas aí.

— Você vai pescar com minhoca?

— É. Vou pescar ali na represa.

— Bom, então vou pegar a caixa de pluma — disse ele, e amarrou uma isca. — Aonde é melhor eu ir? Para cima ou para baixo?

— Para baixo é melhor. Mas tem muito em cima também.

Bill desceu pela margem.

— Leve uma lata de minhoca.

— Não, não quero. Se não pegarem a pluma, eu balanço.

Bill já estava lá embaixo, olhando para a correnteza.

— Olhe! — gritou ele, em meio ao barulho da represa. — Que tal colocar o vinho para gelar naquela nascente na trilha?

— Boa ideia! — gritei.

Bill acenou e começou a descer o rio. Eu peguei as duas garrafas de vinho e subi a trilha até a nascente de água que jorrava de um cano de ferro. Tinha uma tábua acima da fonte, então eu a levantei, empurrei bem as rolhas nas garrafas e as coloquei na água. Estava tão frio que minha mão e meu braço ficaram dormentes. Coloquei a tábua de volta e torci para ninguém encontrar o vinho.

Peguei a vara, que tinha deixado encostada em uma árvore, a lata de iscas e o passaguá, e subi a represa, construída para fornecer água para o transporte de madeira. A comporta estava aberta; eu me sentei em uma das vigas e vi o lençol d'água liso antes do rio cair na cascata. Na água branca, ao pé da represa, o leito do rio era fundo. Enquanto eu preparava a isca, uma truta pulou dali para a cachoeira e foi carregada para baixo. Antes que eu acabasse o preparo, outra truta pulou na cachoeira, fazendo o mesmo lindo arco e desaparecendo na água, que descia às trovejadas. Prendi um chumbo de bom tamanho e joguei a linha na água branca, perto da beirada da madeira da represa.

Não senti a primeira truta morder. Quando comecei a puxar, senti que tinha pegado uma. Ela se debateu e dobrou a vara quase ao meio; arrastei-a da água borbulhante ao pé da cachoeira, e a joguei em cima da represa. Era uma boa truta. Bati a cabeça dela na madeira para que parasse de tremer, antes de enfiá-la na bolsa.

Enquanto eu cuidava dela, várias outras trutas pulavam na cachoeira. Assim que preparei outra isca e joguei na água, peguei outra e a puxei do mesmo jeito. Em pouco tempo consegui seis. Eram todas mais ou menos do mesmo tamanho. Eu as dispus, lado a lado, com todas as cabeças viradas no mesmo sentido, e as olhei. Eram lindas, coloridas e firmes, endurecidas por causa da água fria. O dia estava quente, então as abri e arranquei as entranhas, com guelras e tudo, que joguei no rio. Levei as trutas para a margem, lavei-as na água fria e pesada acima da represa, e, então, colhi umas samambaias e guardei tudo na bolsa: três trutas em uma camada de folha de samambaia, depois mais uma camada de folhas, mais três trutas, e uma última camada de folhas. Elas estavam com uma cara boa nas samambaias. A bolsa ficou pesada, então a pus à sombra da árvore.

Fazia muito calor na represa. Deixei minha lata de minhocas na sombra com a bolsa, peguei um livro na mochila e me ajeitei sob a árvore para ler até Bill subir para o almoço.

Tinha passado um pouco de meio-dia e não havia muita sombra, mas me recostei no tronco de duas árvores que cresciam juntas, e li. O livro era de A. E. W. Mason, uma história incrível sobre um homem que tinha congelado nos Alpes, caído em uma geleira e desaparecido. A esposa esperaria exatamente vinte e quatro anos pelo aparecimento do corpo na geladeira, enquanto o amor verdadeiro dela também esperava, e eles ainda estavam esperando quando Bill chegou.

— Pegou alguma? — perguntou ele.

Ele estava carregando a vara, a bolsa e o passaguá na mesma mão, e suava. Eu não o ouvira subir por causa do barulho da represa.

— Seis. E você?

Bill se sentou, abriu a bolsa e deitou uma truta grande na grama. Ele tirou mais três, cada uma um pouco menor do que a outra, e as colocou lado a lado na sombra da árvore. O rosto dele estava suado e feliz.

— E as suas, como são?

— Menores.

— Quero ver.

— Já guardei.

— Qual é o tamanho delas?

— Todas mais ou menos do tamanho da sua menor.

— Não está me enganando?

— Queria dizer que sim.
— Pegou tudo de minhoca?
— Isso.
— Seu vagabundo!

Bill pôs as trutas na bolsa e desceu para o rio, sacudindo a bolsa aberta. Ele estava molhado da cintura para baixo, e entendi que ele devia ter entrado na água.

Subi a trilha e peguei as duas garrafas de vinho. Estavam frias. Umidade se acumulava nas garrafas enquanto eu voltava para as árvores. Dispus o almoço em um jornal, abri uma das garrafas e encostei a outra na árvore. Bill subiu, secando as mãos, com a bolsa cheia de folhas de samambaia.

— Deixe-me ver essa garrafa — pediu.

Ele tirou a rolha, virou a garrafa e bebeu.

— Nossa! — exclamou. — Meus olhos até doeram.
— Deixa eu provar.

O vinho estava gelado e tinha um gosto um pouco enferrujado.

— Não é um vinho tão ruim — disse Bill.
— O frio ajuda — falei.

Desembrulhamos o almoço.

— Frango.
— E ovo cozido.
— Achou sal?
— Primeiro o ovo — disse Bill. — Depois a galinha. Até Bryan sabia disso.
— Ele morreu. Li ontem no jornal.
— Não! Jura?
— É. Bryan morreu.

Bill abaixou o ovo que estava descascando.

— Senhores — falou, e desembrulhou uma coxinha do

jornal. — Vou inverter a ordem. Em nome de Bryan, como tributo ao Grande Populista, primeiro a galinha; depois o ovo.

— Que dia será que Deus criou a galinha?

— Ah — disse Bill, chupando a coxa —, como vou saber? É melhor não questionar. Nosso tempo nesta terra não é tanto. Vamos nos rejubilar, crer e agradecer.

— Coma um ovo.

Bill gesticulou, com a coxa de galinha em uma mão e a garrafa de vinho na outra.

— Nos rejubilemos de nossas bençãos. Utilizemos as aves do ar. Utilizemos o produto do vinhedo. Quer utilizar um pouco, irmão?

— Depois de você, irmão.

Bill tomou um gole demorado.

— Utilize um pouco, irmão — disse ele, entregando-me a garrafa. — Não duvidemos, irmão. Não questionemos os mistérios sagrados do galinheiro com dedos símios. Aceitemos com fé e digamos simplesmente, e quero que se junte a mim ao dizer... O que diremos, irmão?

Ele apontou a coxa de galinha para mim e continuou:

— Eu direi. Diremos, e digo com orgulho, e quero que diga comigo, ajoelhado, meu irmão. Que nenhum homem se envergonhe de se ajoelhar aqui, na grande natureza. Lembremos que a mata foi o primeiro templo de Deus. Ajoelhemo-nos e digamos: "Não coma isso, senhora... É Mencken".

— Aqui — falei. — Utilize um pouco disso.

Abrimos a outra garrafa.

— O que foi? — perguntei. — Era praticamente meu irmão.

— Onde vocês se conheceram?

— Ele, eu e Mencken estudamos todos juntos em Holy Cross.

— Com Frankie Fritsch.

— É mentira. Frankie Fritsch estudou em Fordham.

— Bem — falei —, eu estudei em Loyola com o bispo Manning.

— Mentira — disse Bill. — Eu mesmo estudei em Loyola com o bispo Manning.

— Você está tonto — falei.

— De tanto vinho?

— Por que não?

— É a umidade — comentou Bill. — Deveriam acabar com essa umidade.

— Tome mais um pouco.

— Só temos isso?

— Só as duas garrafas.

— Sabe o que você é? — perguntou Bill, olhando com carinho para a garrafa.

— Não — respondi.

— Pau-mandado da Liga Antitaberna.

— Eu estudei em Notre Dame com Wayne B. Wheeler.

— Mentira — disse Bill. — Eu estudei na faculdade de administração de Austin com Wayne B. Wheeler. Ele foi presidente do grêmio.

— Bem — falei —, a taberna precisa acabar.

— Está certíssimo, velho colega — disse Bill. — A taberna precisa acabar, e eu acabarei com ela.

— Você está tonto.

— De tanto vinho?

— De tanto vinho.

— Bom, talvez esteja.

— Quer cochilar?

— Pode ser.

Deitamos com a cabeça na sombra, olhando para as árvores.

— Dormiu?

— Não — disse Bill. — Estava pensando.

Fechei os olhos. Era bom me deitar no chão.

— Diga — falou Bill —, qual é essa história da Brett?

— O que tem?

— Você já foi apaixonado por ela?

— Fui.

— Por quanto tempo?

— Indo e vindo, há muito tempo.

— Ah, que inferno! — disse Bill. — Sinto muito, meu chapa.

— Tudo bem — falei. — Não dou mais a mínima.

— Jura?

— Juro. Só prefiro não falar muito do assunto.

— Não ficou chateado por eu perguntar?

— Por que ficaria?

— Vou dormir — disse Bill.

Ele cobriu o rosto com o jornal.

— Escute, Jake — falou —, você é mesmo católico?

— Tecnicamente.

— O que isso quer dizer?

— Sei lá.

— Tá, agora vou dormir — disse ele. — Não me acorde com tanta conversa.

Também dormi. Quando acordei, Bill estava arrumando a mochila. Já era tarde avançada e a sombra das árvores tinha ficado comprida, cobrindo a represa. Eu estava todo duro de dormir no chão.

— O que você fez? Acordou? — perguntou Bill. — Por que não passou a noite aí?

Eu me espreguicei e esfreguei os olhos.

— Tive um sonho delicioso — falou Bill. — Não lembro o que era, mas foi delicioso.

— Acho que não sonhei.

— Pois deveria — disse Bill. — Todos os nossos maiores homens de negócios foram sonhadores. Veja Ford. Presidente Coolidge. Rockefeller. Jo Davidson.

Desmontei minha vara e a de Bill e as guardei na mala. Guardei os carretéis na bolsa. Bill tinha arrumado a mochila, e guardamos nela uma das sacolas de truta. A outra, eu carreguei.

— Bem — perguntou Bill —, já pegamos tudo?

— Faltam as minhocas.

— Suas minhocas. Guarde aí.

Ele estava com a mochila nas costas, e eu guardei as latas de minhoca em um dos bolsos externos.

— Agora pegou tudo?

Olhei pela grama ao pé das árvores.

— Peguei.

Começamos a subir a trilha bosque adentro. Foi uma caminhada longa para voltar a Burguete, e já estava escuro quando descemos dos campos à estrada, e pela estrada entre as casas até a cidade, as janelas iluminadas, a pousada.

Ficamos cinco dias em Burguete e pescamos bastante. Fazia frio à noite e calor de dia, e sempre soprava uma brisa, mesmo no dia quente. O calor era suficiente para ser agradável entrar no riacho frio e o sol nos secava quando saíamos para nos sentar na margem. Encontramos um rio com um lago fundo o suficiente para nadar. À noite, jogávamos *bridge* com um inglês de nome Harris, que viera caminhando de Saint Jean Pied de Port e tinha feito uma parada na pousada para pescar. Ele era muito agradável e foi conosco duas vezes ao rio Irati. Não recebemos notícias de Robert Cohn, nem de Brett e Mike.

Capítulo 13

Certa manhã desci para tomar café e o inglês, Harris, já estava à mesa. De óculos, lia o jornal. Ele me olhou e sorriu.

— Bom dia — saudou ele. — Chegou carta para você. Passei no correio e entregaram com a minha.

A carta estava no meu lugar da mesa, encostada na xícara de café. Harris voltou a ler o jornal. Abri a carta. Tinha sido encaminhada de Pamplona. A data era domingo e viera de San Sebastian.

Caro Jake,

Chegamos na sexta-feira, Brett desmaiou no trem, então a trouxe aqui para descansar por três dias com antigos amigos nossos. Vamos ao Hotel Montoya em Pamplona na terça-feira e não sei a que horas chegaremos. Envie-nos recado pelo ônibus para dizer o que fazemos para encontrá-los na quarta-feira. Todo o nosso afeto e mil desculpas pelo atraso, mas Brett estava realmente esgotada. Até terça, estará completamente restabelecida. Já está praticamente bem, na verdade. Conheço-a bem e tento cuidar dela, mas não é tão fácil. Lembrança a todos,

Michael.

— Que dia da semana é hoje? — perguntei a Harris.

— Acho que é quarta. Isso. Quarta. Incrível como perdemos a noção do tempo aqui na montanha.

— Pois é. Já faz quase uma semana que chegamos.

— Espero que não estejam pensando em ir embor.

— Estamos. Iremos no ônibus da tarde, provavelmente.

— Que pena. Eu tinha esperança de darmos mais um pulo ao Irati juntos.

— Temos que ir a Pamplona. Vamos encontrar gente por lá.

— Azar o meu. Nos divertimos muito aqui em Burguete!

— Venha conosco a Pamplona. Podemos jogar *bridge* lá, e a *fiesta* vai ser ótima.

— Eu adoraria. Muito simpático o convite. Mas é melhor eu ficar por aqui. Não tenho muito mais tempo para pescar.

— Quer pegar aqueles grandões do Irati.

— Confesso que quero mesmo. Tem trutas enormes lá.

— Eu gostaria de tentar pegá-las mais uma vez.

— Faça isso. Fique mais um dia aqui. Faça isso.

— Precisamos mesmo ir à cidade — falei.

— Que pena.

Depois do café, Bill e eu nos sentamos ao sol em um banco na frente da pousada para discutir a situação. Vi uma moça vindo pela rua do centro da cidade. Ela parou na nossa frente e tirou um telegrama da carteira de couro pendurada na saia.

— *Por ustedes?*

Olhei para a carta. Estava dirigida a "Barnes, Burguete".

— Sim, é nossa.

Ela pegou um caderno para eu assinar e lhe dei algumas moedas. O telegrama estava em espanhol: "*Vengo Jueves Cohn*".

Mostrei para Bill.

— O que quer dizer a palavra Cohn? — perguntou ele.

— Que telegrama péssimo! — falei. — Ele podia ter mandado dez palavras pelo mesmo preço. "Vou na quinta". Muito informativo, né?

— Informa tudo que interessa a Cohn.

— Vamos de qualquer jeito — disse. — Não adianta tentar fazer Brett e Mike virem e voltarem antes da *fiesta*. Respondo?

— Melhor — respondeu Bill. — Não precisamos de arrogância.

Fomos ao correio e pedimos um cartão de telegrama.

— O que diremos? — perguntou Bill.

— "Chegamos hoje", já basta.

Pagamos pela mensagem e voltamos à pousada. Harris estava lá. Nós três caminhamos até Roncesvalles. Andamos pelo monastério.

— É um lugar impressionante — disse Harris quando saímos. — Mas vocês sabem que não sou muito desse tipo de lugar.

— Nem eu — disse Bill.

— Mas é um lugar impressionante — falou Harris. — Eu não teria deixado de visitar. Todo dia estava pensando em vir.

— Mas não é igual a pescar, não é? — perguntou Bill.

Ele gostava de Harris.

— Não é mesmo.

Estávamos na frente da velha capela do monastério.

— Tem um *pub* do outro lado da rua? — perguntou Harris. — Ou meus olhos me enganam?

— Tem cara de *pub* — disse Bill.

— Parece mesmo um *pub* — falei.

— Ora — disse Harris —, vamos utilizá-lo!

Ele pegara a mania de usar o verbo "utilizar" com Bill.

Cada um de nós pediu uma garrafa de vinho. Harris não nos deixou pagar. Ele falava espanhol bastante bem e o estalajadeiro não aceitava nosso dinheiro.

— Vou dizer. Vocês nem sabem a importância para mim de encontrá-los aqui.

— A gente se divertiu muito, Harris.

Harris estava um pouco bêbado.

— Vou dizer. Vocês nem imaginam mesmo. Não me divirto assim desde a guerra.

— Vamos pescar juntos outra vez, um dia desses. Não se esqueça, Harris.

— Precisamos. Nos divertimos muito *mesmo*.

— Que tal outra garrafa de saideira?

— Muito boa ideia! — respondeu Harris.

— Essa eu pago — disse Bill. — Ou não bebemos.

— Adoraria que você me deixasse pagar. É *mesmo* um prazer.

— Mas essa vai ser um prazer para mim — disse Bill.

O estalajadeiro trouxe a quarta garrafa. Continuamos com as mesmas taças. Harris levantou a taça dele.

— É verdade que isso se utiliza muito bem.

Bill deu um tapa nas costas dele.

— O bom e velho Harris.

— Vou dizer. Meu nome não é Harris. É Wilson-Harris. Um nome só. Com hífen, sabe.

— O bom e velho Wilson-Harris — disse Bill. — A gente o chama de Harris de tanto carinho.

— Vou dizer, Barnes. Você nem imagina a importância disso para mim.

— Vamos utilizar outra taça — falei.

— Barnes. Sério, Barnes, você nem imagina. É só isso.

— Beba, Harris.

Voltamos andando de Roncesvalles, Harris entre nós dois. Almoçamos na pousada e Harris nos acompanhou até o ônibus. Ele nos deu seu cartão, com o endereço de Londres, de seu clube e de seu escritório, e, quando entramos no ônibus, ele deu um envelope para cada um. Abri o meu e estava cheio de iscas de pluma, uma dúzia. Harris as fizera sozinho. Ele mesmo fazia as iscas.

— Ora, Harris... — comecei.

— Não, não! — disse ele, descendo do ônibus. — Não são iscas da melhor qualidade nem nada. Só achei que, se pescassem com elas às vezes, se lembrariam de como nos divertimos.

O ônibus deu a partida. Harris ficou parado na frente do correio. Ele acenou. Quando saímos pela estrada, ele deu meia-volta e foi andando até a pousada.

— Esse tal de Harris é simpático, não? — comentou Bill.

— Acho que ele se divertiu mesmo.

— Harris? Pode apostar.

— Queria que ele viesse a Pamplona.

— Ele queria pescar.

— É. E não dá para saber como os ingleses iam se misturar, de qualquer forma.

— Acho que não.

Chegamos a Pamplona no fim da tarde. O ônibus parou na frente do Hotel Montoya. Na praça estavam passando cabos de luz elétrica para iluminar a área para a *fiesta*. Algumas crianças vieram quando o ônibus parou e um oficial da alfândega da cidade fez todos os passageiros que saíam do ônibus abrirem as bagagens na calçada. Entramos no hotel e, na escada, encontrei Montoya. Ele nos cumprimentou com um aperto de mão, sorrindo daquele jeito tímido.

— Seus amigos chegaram — disse ele.

— O Sr. Campbell?

— Sim. O Sr. Cohn, o Sr. Campbell e a lady Ashley.

Ele sorriu, como se eu fosse ouvir falar de alguma coisa.

— Quando chegaram?

— Ontem. Reservei seus quartos para vocês.

— Tudo bem. Deu para o Sr. Campbell o quarto na *plaza*?

— Sim. Todos os quartos que vimos.

— Onde estão nossos amigos agora?

— Acho que foram à *pelota*.

— E os touros?

Montoya sorriu.

— Hoje à noite — disse ele. — Hoje, às sete, trazem os touros de Villar, e amanhã vêm os *miuras*. Vocês todos vão?

— Ah, sim. Eles nunca viram a *desencajonada*.

Montoya pôs a mão no meu ombro.

— Nos vemos lá.

Ele sorriu de novo. Ele sempre sorria como se as touradas fossem um segredo muito especial entre nós dois, um segredo chocante, mas muito profundo, que nós conhecíamos. Ele ria como se tivesse algo de malicioso no segredo para os estrangeiros, mas que nós entendíamos. Não adiantaria expor para quem não entenderia.

— Seu amigo também é *aficionado*? — perguntou Montoya, com um sorriso para Bill.

— É. Ele veio lá de Nova York para ver os San Fermines.

— É? — perguntou Montoya, educadamente duvidando. — Mas não é *aficionado* como você.

Ele pôs a mão no meu ombro de novo, tímido.

— Sim — falei. — É *aficionado* de verdade.

— Mas não é *aficionado* como você.

Aficion é paixão. Um *aficionado* é um apaixonado pelas touradas. Todos os melhores toureiros ficavam no hotel de Montoya; quer dizer, os que tinham *aficion* ficavam lá. Os toureiros comerciais talvez tivessem ficado, um dia, mas não voltavam. Os bons vinham todo ano. No quarto de Montoya ficavam suas fotos. As fotos eram dedicadas a Juanito Montoya ou à irmã. As fotos dos toureiros em quem Montoya acreditara mesmo eram emolduradas. Já as fotos dos toureiros sem *aficion* ficavam guardadas em uma gaveta da escrivaninha. Muitas vezes tinham dedicatórias muito lisonjeiras, mas não significavam nada. Um dia, Montoya as tirou todas e as jogou no lixo. Não queria tê-las ali.

Conversávamos muito sobre touros e toureiros. Eu ficava no Hotel Montoya havia muitos anos. Nunca conversávamos por muito tempo de uma vez. Era simplesmente o prazer de descobrir o que cada um sentia. Homens vinham de cidades distantes e, antes de deixar Pamplona, paravam para conversar por alguns minutos sobre touros com Montoya. Esses homens eram *aficionados*. Os *aficionados* sempre arranjavam quartos, mesmo que o hotel estivesse cheio. Montoya me apresentou a alguns deles. Eram sempre educados de início e achavam muita graça por eu ser americano. De algum modo se supunha que americanos não podiam ter *aficion*. Poderiam fingir ou confundi-la com animação, mas não poderiam tê-la de verdade. Quando viam que eu tinha *aficion* e não havia senha nem perguntas fixas para demonstrá-la, e, sim, uma espécie de exame oral espiritual com indagações sempre um pouco defensivas e nunca aparentes, havia aquele mesmo gesto tímido da mão no ombro, ou um *buen hombre*. Mas quase sempre havia um toque. Parecia que queriam me tocar para ter certeza.

Montoya perdoava tudo em um toureiro com *aficion*. Perdoaria ataques de nervos, pânico, atos ruins e inexplicáveis, todo tipo de lapso, pois, se houvesse *aficion*, ele perdoava tudo. No mesmo instante, perdoou-me por todos os meus amigos. Sem precisar dizer nada, eles eram simplesmente uma coisinha vergonhosa entre nós, como os cavalos escorneados na tourada.

Bill tinha subido assim que entramos e eu o encontrei se lavando e se trocando no quarto.

— E aí? Falou muito espanhol? — perguntou.

— Ele estava me contando dos touros que chegam hoje.

— Vamos achar o pessoal e descer.

— Tudo bem. Eles devem estar no café.

— Pegou os ingressos?

— Peguei. Comprei para todos os descarregamentos.

— Como é?

Ele estava puxando o rosto na frente do espelho, procurando trechos de barba por fazer abaixo da mandíbula.

— É bem legal — falei. — Soltam os touros da jaula um de cada vez, e há bois castrados no cercado para recebê-los e impedi-los de brigar. Os touros atacam os bois e estes correm como velhas tentando fazê-los se acalmar.

— Eles chegam a escornear os bois?

— Claro. Às vezes vão bem atrás deles e os matam.

— Os bois não podem fazer nada?

— Não. Estão tentando fazer amizade.

— Para que eles servem?

— Para aquietar os touros e impedi-los de quebrar os chifres nas paredes de pedra, ou matar uns aos outros.

— Deve ser uma delícia ser um boi.

Descemos a escada, saímos e atravessamos a praça até o Café Iruña. Havia duas bilheterias solitárias na praça. As vitrines, marcadas SOL, SOL Y SOMBRA e SOMBRA, estavam fechadas. Só abririam na véspera da *fiesta*.

Do outro lado da praça ficavam as mesas e as cadeiras de palha do Iruña, avançando da galeria até o meio-fio.

Procurei Brett e Mike nas mesas. Ali estavam. Brett, Mike e Robert Cohn. Brett usava uma boina basca. Mike também. Robert Cohn não usava chapéu, mas usava óculos. Brett nos viu e acenou. Ela enrugou os olhos quando chegamos à mesa.

— Olá, garotos! — exclamou.

Brett estava feliz. Mike dava um jeito de transmitir sentimentos intensos no aperto de mãos. Robert Cohn apertou nossa mão porque tínhamos voltado.

— Onde você estava? — perguntei.

— Trouxe eles para cá — respondeu Cohn.

— Que mentira! — disse Brett. — Teríamos chegado antes se você não viesse.

— Nunca teriam chegado.

— Que mentira! Vocês estão morenos. Olhe só para o Bill.

— Pescaram bastante? — perguntou Mike. — Queríamos encontrar vocês lá.

— Não foi ruim. Sentimos saudades.

— Eu queria ir — disse Cohn —, mas achei que era melhor trazê-los.

— Trazer a gente... Que mentira.

— Foi mesmo bom? — perguntou Mike. — Pegaram muitos peixes?

— Teve dias em que cada um pegava uma dúzia. Tinha um inglês lá também.

— De nome Harris — disse Bill. — Você o conhece, Mike? Ele também esteve na guerra.

— Que sorte dele — afirmou Mike. — Que bons tempos! Como desejo um retorno desses lindos dias.

— Pare de bobagem.

— Você esteve na guerra, Mike? — perguntou Cohn.

— E não estive?

— Ele foi um soldado muito distinto — disse Brett. — Conte da vez que seu cavalo saiu correndo por Piccadilly.

— Não contarei. Já contei quatro vezes.

— Nunca me contou — falou Robert Cohn.

— Não vou contar a história. Pega mal para mim.

— Conte das suas medalhas.

— Não contarei. Pega muito mal para mim.

— Que história é essa?

— Brett vai contar. Ela conta todas as histórias que pegam mal para mim.

— Vamos, Brett, conte.
— Conto?
— Eu mesmo conto.
— Que medalhas você tem, Mike?
— Não tenho medalha alguma.
— Deve ter alguma.
— Acho que tenho as de costume. Mas nunca mandei buscá-las. Um dia, tive um jantar importante para ir. O príncipe de Gales devia comparecer e o convite avisava que se usariam medalhas. Então, naturalmente, eu estava sem as medalhas. Fui a um alfaiate, que se impressionou com o convite, e eu pensei que era boa ideia, então falei: "Você precisa me arranjar umas medalhas". Ele perguntou: "Que medalhas o senhor quer?". Eu respondi: "Ah, qualquer uma. Só me arranja umas medalhas". E ele disse: "Que medalhas o senhor *tem*?". E eu: "Como você quer que eu saiba?" Ele, por acaso, achava que eu passava todo o tempo lendo a porcaria da gazeta? "Só me dá um bom grupo. Pode escolher". Então ele me arranjou umas medalhas, sabe, em miniatura, e me deu a caixa, que guardei no bolso e esqueci. Bom, fui ao jantar. Foi na noite que atiraram em Henry Wilson, então o príncipe não foi, nem o rei, e ninguém usou as medalhas; estava todo mundo ocupado tirando as próprias, e eu com as minhas no bolso.

Ele parou para rirmos.

— É só isso?
— Só isso. Talvez eu não tenha contado direito.
— Não contou — disse Brett. — Mas tudo bem.

Estávamos todos rindo.

— Ah, sim! — disse Mike. — Lembrei. O jantar estava um saco e eu não aguentava mais, então fui embora. Mais tarde, encontrei a caixa no bolso. "O que é isso?", pensei. "Medalhas? Umas porcarias de medalhas militares?". Então arranquei todas da fita em que estavam presas... as distribuí por aí. Dei uma para cada garota. Como suvenir. Elas acharam que eu era um soldado bacana à beça. Distribuindo medalhas na boate. Que cara charmoso!

— Conta o resto — pediu Brett.

— Não acharam engraçado? — perguntou Mike, e todos rimos. — Foi engraçado, sim. Juro que foi. Enfim, o alfaiate me escreveu, pedindo as medalhas. Mandou um cara ir buscar. Passou meses pedindo. Parece que eram de um cara que as tinha deixado lá para limpar. Um militar apavorante. Causou um estardalhaço na loja por causa disso — falou Mike, e hesitou. — Foi um azar para o alfaiate.

— Não é verdade — disse Bill. — Acho que teria sido incrível para o alfaiate.

— Um alfaiate bom à beça. Nem acreditaria ao me ver agora — disse Mike. — Eu pagava cem libras ao ano para ele só para ele ficar quieto. Para não me cobrar mais nada. Foi um baque e tanto para ele quando fui à falencia. Foi logo depois das medalhas. As cartas ganharam um tom bem amargo.

— Como você faliu? — perguntou Bill.

— De dois jeitos — respondeu Mike. — Aos poucos, e depois de repente.

— O que causou a falência?

— Amigos — disse Mike. — Eu tinha muitos amigos. Amigos falsos. E depois credores também. Provavelmente, tive mais credores do que qualquer outra pessoa na Inglaterra.

— Conta a história do tribunal — comentou Brett.

— Nem lembro — falou Mike. — Eu estava um pouco bêbado.

— Um pouco? — escarneceu Brett. — Você estava trocando as pernas.

— Extraordinário — disse Mike. — Esbarrei com meu ex-sócio outro dia. Ele me ofereceu uma bebida.

— Conte a história do seu sábio advogado — pediu Brett.

— Não vou contar — disse Mike. — Meu advogado também estava trocando as pernas. Vou te dizer, que assunto deprimente! A gente vai ver aqueles touros, afinal, ou não?

— Vamos lá!

Chamamos o garçom, pagamos e começamos a caminhar pela cidade. De início, eu estava andando com Brett, mas Robert Cohn logo veio andar do outro lado dela. Nós três seguimos, passando pelo Ayuntamiento, com as bandeiras penduradas da varanda, pela feira e pela rua íngreme que levava à ponte que cruzava o Arga. Tinha muita gente a caminho dos touros e carruagens descendo a colina e cruzando a ponte, cocheiros, cavalos e chicotes acima dos pedestres na rua. Do outro lado, viramos para ir ao cercado. Passamos por uma adega com uma placa na vitrine: Bom vinho 30 centavos por litro.

— É aqui que viremos quando acabar o dinheiro — disse Brett.

A mulher na porta da adega nos olhou quando passamos. Ela chamou alguém na casa e três meninas foram olhar pela janela. Estavam todas de olho em Brett.

No portão do cercado, dois homens pegavam os ingressos das pessoas. Entramos pelo portão. Lá dentro havia árvores e uma casa baixa de pedra. Na ponta oposta ficava o muro de pedra do cercado, com aberturas que eram como frestas na frente de cada cerca. Uma escada levava ao topo do muro, e tinha gente subindo e se espalhando por cima dos muros que separavam os dois cercados. Quando chegamos à escada, andando pela grama sob as árvores, passamos jaulas grandes, pintadas de cinza, com os touros. Havia um touro em cada jaula. Eles tinham vindo de trem de um rancho de touros em Castela, sido descarregados na estação e trazidos para serem soltos das gaiolas nos cercados. Em cada gaiola tinham sido pintados o nome e a marca do criador do touro.

Subimos e encontramos um lugar no muro com vista para um cercado. As paredes de pedra eram caiadas e havia feno no chão, comedouros de madeira e bebedouros neles.

— Olhem ali — falei.

Do outro lado do rio se erguia o planalto da cidade. Tinha gente de pé em todos os muros e ameias antigos. As três fileiras de muralha compunham três linhas pretas de gente. Acima dos muros viam-se cabeças nas janelas das casas. No fundo do planalto, garotos trepados em árvores.

— Devem achar que vai acontecer alguma coisa — disse Brett.

— Querem ver os touros.

Mike e Bill estavam no outro muro, no lado do oposto do curral. Eles acenaram para a gente. As pessoas que tinham chegado mais tarde estavam de pé atrás da gente, esmagando-nos quando eram esmagadas por mais gente.

— Por que não começam? — perguntou Robert Cohn.

Uma só mula estava amarrada em uma das jaulas e a arrastou até o portão no muro do cercado. Os homens empurraram e levantaram com pé de cabra até acertar a posição do portão. Tinha homens de pé no muro, prontos para levantar o portão do cercado e depois da jaula. Do outro lado do cercado, abriu-se um portão, e dois bois entraram, balançando a cabeça e trotando, sacolejando os flancos magros. Eles ficaram juntos, no lado oposto, virados para o portão de onde entrariam os touros.

— Eles não parecem felizes — disse Brett.

Os homens no alto do muro se inclinaram para trás e puxaram o portão. Então abriram a porta da gaiola.

Eu me inclinei muito no muro, tentando enxergar dentro da gaiola. Estava escuro. Alguém bateu na gaiola com uma barra de ferro. Lá dentro, alguma coisa pareceu explodir. O touro, atingindo a madeira com os chifres, fez um estrépito. Eu vi um focinho escuro e a sombra de chifres, e então, com um estrondo na madeira da caixa oca, o touro investiu e saiu para o cercado, derrapando com a pata anterior na palha ao parar, de cabeça erguida, a bossa de músculo enorme do pescoço inchada, os músculos trêmulos quando olhou para a multidão nos muros de pedra. Os dois bois recuaram contra a parede, de cabeça funda, de olho no touro.

O touro os viu e investiu. Um homem gritou de trás de uma das caixas e bateu com o chapéu nas tábuas, e o touro, antes de chegar aos bois, virou-se, recompôs-se e investiu contra onde o homem estivera, tentando alcançá-lo atrás das tábuas com meia dúzia de arremetidas rápidas e penetrantes.

— Meu Deus do céu! Ele não é lindo? — disse Brett.

Estávamos olhando bem de cima.

— Parece que sabe usar os chifres — falei. — Ataca direto e cruzado, como um boxeador.

— Jura?

— Pode ver.

— É rápido demais.

— Espere. Daqui a um minuto vai ter mais um.

Tinham empurrado mais uma jaula até a entrada. Na

ponta oposta, um homem, atrás de um dos abrigos de tábua, atraiu o touro e, enquanto ele estava de costas, a jaula foi aberta e o segundo animal entrou no cercado.

Ele mirou imediatamente nos bois. Os dois homens vieram correndo e gritando de trás das tábuas para desviá-los. Ele não mudou de direção, então os homens sacudiram os braços e gritaram:

— Ei! Ei! Toro!

Os dois bois se viraram de lado para amortecer o choque, e o touro arremeteu contra um dos bois.

— Não olhe — falei para Brett.

Ela estava assistindo à cena, fascinada.

— Tudo bem — disse. — Se não a impacta.

— Eu vi — comentou ela. — Vi ele mudar do chifre, direto para cruzado.

— Assim que é bom!

O boi tinha sido derrubado, o pescoço esticado, a cabeça virada, largado como caíra. De repente, o touro se virou e avançou contra o outro boi, que tinha ficado do outro lado, balançando a cabeça, de olho em tudo. O boi correu desajeitado e o touro o pegou, arranhou-o de leve no flanco e se virou para o olhar a multidão nos muros, o músculo da bossa inchando. O boi se aproximou e fez como se fosse cutucá-lo com o focinho. Então agitou o chifre em um gesto superficial. Em seguida, cutucou o boi com o focinho e os dois foram trotando até o outro touro.

Quando o touro seguinte saiu, os três — dois touros e um boi — estavam juntos, de cabeça lado a lado, chifres contra o novato. Em poucos minutos, o boi buscou o novo touro, acalmou-o e o fez juntar-se ao bando. Quando os últimos dois touros foram soltos, a manada se juntou.

O boi que tinha sido atacado se levantara e ficou de pé junto ao muro. Nenhum dos touros se aproximou e ele não tentou se juntar à manada.

Descemos do muro com a multidão e demos uma última olhada nos touros pelas aberturas no muro do cercado. Estavam todos quietos, de cabeça baixa. Lá fora, pegamos uma carruagem e fomos ao café. Mike e Bill chegaram meia hora depois. No caminho, tinham parado para beber.

Nós todos nos sentamos no café.

— É um negócio extraordinário — disse Brett.

— Esses últimos vão lutar tão bem quanto o primeiro? — perguntou Robert Cohn. — Eles pareceram se acalmar rápido demais.

— Eles todos se conhecem — falei. — Só são perigosos sozinhos, ou só em dupla, ou trio.

— Como assim, perigosos? — perguntou Bill. — Todos me pareceram perigosos.

— Eles só querem matar quando estão sozinhos. É claro que, se você entrasse, provavelmente desgarraria um da manada, e ele seria perigoso.

— Isso é complicado demais — falou Bill. — Nunca me desgarre da manada, Mike.

— Vou te contar — disse Mike —, eram *mesmo* belos touros, não é? Viram aqueles chifres?

— E não vi! — disse Brett. — Eu não fazia ideia de como eles eram.

— Viu aquele que feriu o boi? — perguntou Mike. — Foi extraordinário.

— Que vida ruim deve ser a do boi — disse Robert Cohn.

— Jura? — falou Mike. — Eu imaginei que você fosse adorar ser boi, Robert.

— Como assim, Mike?

— Eles levam uma vida tão tranquila. Nunca dizem nada e só ficam por aí atrás dos outros.

Ficamos constrangidos. Bill riu. Robert Cohn ficou com raiva. Mike continuou a falar.

— Imaginei que você adoraria. Nunca teria que dizer uma palavra. Vamos, Robert. Diga alguma coisa. Não fique aí quieto.

— Eu falei, Mike. Não lembra? Do boi.

— Ah, diga outra coisa. Uma coisa engraçada. Não viu que estamos todos nos divertindo aqui?

— Pare com isso, Michael. Você está bêbado — disse Brett.

— Não estou bêbado. Estou falando sério. Robert Cohn vai *mesmo* ficar o tempo todo atrás da Brett como um boi?

— Cale a boca, Michael. Tente mostrar um pouco da sua criação.

— Dane-se a criação. Quem é criado, afinal, além dos touros? Os touros não são lindos? Não gostou deles, Bill? Por que não diz nada, Robert? Não fique aí quieto, parecendo estar numa porcaria de um velório. E daí, que Brett dormiu com você? Ela já dormiu com muita gente melhor que você.

— Cale-se — disse Cohn, levantando-se. — Cale-se, Mike.

— Ah, não adianta se levantar e fingir que vai me socar. Não vai fazer diferença alguma para mim. Fale, Robert. Por que você anda atrás da Brett como um coitadinho de um boi? Não sabe que não é desejado? Eu sei quando não sou desejado. Por que você não sabe quando não é desejado? Você foi a San Sebastian, onde não era desejado, e andou atrás da Brett igual a uma porcaria de um boi. Acha que está certo, isso?

— Cale-se. Você está bêbado.

— Talvez eu esteja. Por que você não está? Por que você nunca fica bêbado, Robert? Sabe, você não se divertiu em San Sebastian porque nenhum dos nossos amigos o convidou para nenhuma festa. Não dá para culpá-los, não é? Eu pedi. Eles não quiseram. Mas não dá para culpá-los. Dá? Vamos, me responda. Dá para culpá-los?

— Vá para o inferno, Mike.

— Eu não os culpo. E você? Por que você vive atrás da Brett? Não tem modos? Como acha que *eu* me sinto?

— Que maravilha! Você falando de modos — disse Brett. — Porque seus modos são tão agradáveis...

— Vamos nessa, Robert — disse Bill.

— Por que você vive atrás dela?

Bill se levantou e segurou Cohn.

— Não vá — disse Mike. — Robert Cohn vai comprar uma bebida.

Bill foi embora com Cohn. O rosto de Cohn estava murcho. Mike continuou a falar. Fiquei um tempo sentado, ouvindo. Brett parecia enojada.

— Sério, Mike. Você não devia ter agido de modo tão estúpido — interrompeu-o. — Não que ele não esteja certo, sabe — falou, virando-se para mim.

A emoção se esvaiu da voz de Mike. Éramos todos amigos, juntos.

— Não estou tão bêbado quanto pareço — comentou ele.

— Eu sei — disse Brett.

— Nenhum de nós está sóbrio — falei.

— Não disse nada que não fosse verdade.

— Mas você disse de um jeito muito ruim. — Brett riu.

— Mas ele foi um escroto. Ele foi a San Sebastian, onde

não era desejado. Ficou grudado na Brett, só *olhando* para ela. Me deu até enjoo.

— Ele se comportou mesmo muito mal — disse Brett.

— Note o seguinte. Brett já teve casos com outros homens antes. Ela me conta tudo. Ela me deu as cartas desse Cohn. Eu nem as li.

— Muito nobre da sua parte.

— Não, Jake, me escute. Brett já saiu com outros homens, mas nunca eram judeus e não vinham encher o saco depois.

— Caras muito bacanas — disse Brett. — É uma besteira falar disso. Michael e eu nos entendemos.

— Ela me deu as cartas de Robert Cohn. Nem as li.

— Você não lê carta nenhuma, meu bem. Não lê as minhas.

— Não sei ler cartas — disse Mike. — É engraçado, não é?

— Você não sabe ler nada.

— Não. Isso é mentira. Eu leio bastante. Leio quando estou em casa.

— E logo vai começar a escrever — disse Brett. — Vamos, Michael. Anime-se! Você precisa aguentar isso tudo, agora. Ele está aqui. Não estrague a *fiesta*.

— Bom, que ele se comporte, então.

— Ele vai se comportar. Vou falar com ele.

— Fale com ele, Jake. Diga que ele tem que se comportar ou ir embora.

— Sim — falei —, seria bom eu falar com ele.

— Escute, Brett. Conte para o Jake como Robert a chama. É perfeito.

— Ah, não. Não posso.

— Vamos. Somos todos amigos. Não somos todos amigos, Jake?

— Não posso contar. É ridículo.

— Eu conto.

— Não conte, Michael. Para com essa tolice.

— Ele a chama de Circe — disse Mike. — Diz que ela transforma os homens todos em porcos. Essa é boa, não é? Eu queria ser literário assim.

— Ele seria bom, sabe — comentou Brett. — Escreve boas cartas.

— Eu sei — falei. — Ele me escreveu de San Sebastian.

— Isso não foi nada — disse Brett. — Ele sabe escrever cartas bem divertidas.

— Ela que me fez escrever. Era para ela estar doente.

— E eu estava mesmo.

— Venha — falei —, temos que comer.

— Como vou encarar o Cohn? — disse Mike.

— Finja que nada aconteceu.

— Por mim, tudo bem — falou Mike. — Não estou envergonhado.

— Se ele disser qualquer coisa, diga que estava bêbado.

— Bom. O engraçado é que eu acho que estava mesmo.

— Vamos — disse Brett. — Já pagamos por esse veneno? Preciso de um banho antes de jantar.

Atravessamos a praça. Estava escuro e, ao redor dela, os cafés iluminavam a galeria. Andamos pelo cascalho sob as árvores até o hotel.

Eles subiram e eu parei para conversar com Montoya.

— Bem, como foram os touros? — perguntou.

— Bons. Eram bons touros.

— São razoáveis — disse Montoya, sacudindo a cabeça —, mas não tão bons.

— O que não gostou neles?

— Não sei. Só não me deram a impressão de serem tão bons.
— Sei o que quer dizer.
— São razoáveis.
— É, são razoáveis.
— E seus amigos, gostaram?
— Gostaram.
— Que bom! — disse Montoya.

Eu subi. Bill estava no quarto, olhando para a praça da varanda. Fui até ele.
— Cadê o Cohn?
— Lá em cima, no quarto.
— Como ele está se sentindo?
— Horrível, é claro. Michael foi péssimo. Ele é terrível quando enche a cara.
— Não estava tão bêbado assim.
— Ah, estava, sim. Eu sei o que bebemos antes de chegar ao café.
— Ele já ficou mais sóbrio.
— Que bom. Ele foi terrível. Não que eu goste de Cohn, sabe-se Deus, e achei uma besteira ele ir a San Sebastian, mas ninguém pode falar como o Mike.
— O que achou dos touros?
— Incríveis. É incrível o jeito que os soltam.
— Amanhã chegam os *miuras*.
— Quando começa a *fiesta*?
— Depois de amanhã.
— Temos que impedir Mike de encher tanto a cara. Esse negócio é horrível.
— É melhor a gente se arrumar para jantar.
— É. Vai ser uma refeição agradável...

— Será mesmo?

Na verdade, o jantar foi uma refeição agradável. Brett usou um vestido de noite preto sem mangas. Estava muito bonita. Mike fingiu que nada tinha acontecido. Eu tive que subir e buscar Robert Cohn. Ele ficou reservado e formal, o rosto ainda murcho e tenso, mas, finalmente, animou-se. Não conseguia parar de olhar para Brett. Parecia deixá-lo feliz. Deve ter sido agradável para ele vê-la tão linda, saber que estivera com ela e que todos sabiam. Isso ninguém tiraria dele. Bill foi muito engraçado. Michael também. Eles se davam bem.

Parecia certos jantares de que me lembro da guerra. Muito vinho, tensão ignorada e a sensação de coisas vindouras que não poderiam ser impedidas. Com o vinho, perdi a sensação de repulsa e fiquei feliz. Todos pareciam ser pessoas muito boas.

Capítulo 14

Não sei a que horas fui me deitar. Lembro que me despi, pus um roupão e fui à varanda. Sabia que estava bem bêbado e quando entrei acendi a luz da cabeceira e comecei a ler. Estava lendo um livro de Turgenieff. Provavelmente, li as mesmas duas páginas várias vezes. Era um dos contos de *Memórias de um caçador*. Eu já o tinha lido, mas me parecia bem novo. O país ficou bastante claro e a sensação de pressão na minha cabeça pareceu se aliviar. Eu estava muito bêbado e não queria fechar os olhos porque o quarto giraria. Se continuasse a ler, a sensação passaria.

Ouvi Brett e Robert Cohn subirem. Cohn se despediu na porta e subiu para o próprio quarto. Ouvi Brett entrar no quarto ao lado. Mike já estava na cama. Ele tinha subido comigo, uma hora antes. Ele acordou quando ela entrou e eles conversaram. Eu os ouvi rir. Apaguei a luz e tentei dormir. Não era necessário ler mais. Eu podia fechar os olhos sem a tontura. Mas não consegui dormir. Não há motivo para, no escuro, ver as coisas de um jeito diferente de quando está claro. Claro que há. Que inferno!

Entendi isso de uma vez e passei seis meses dormindo apenas de luz acesa. Foi outra ideia genial. Danem-se as mulheres, de qualquer forma. Dane-se você, Brett Ashley.

Mulheres eram amigas muito bacanas. Incrivelmente bacanas. Para começo de conversa, era preciso ser apaixonado por uma mulher para desenvolver a base da amizade. Eu andava aproveitando a amizade de Brett sem pensar no lado dela. Andava ganhando algo a troco de nada. Isso só atrasava a chegada da conta. A conta sempre vinha. Era uma das coisas bacanas com as quais se podia contar.

Eu achei que tinha pagado por tudo. Não como a mulher paga e paga e paga. Sem ideia de retribuição ou castigo. Apenas uma troca de valores. Dar uma coisa, receber outra em troca. Ou trabalhar por algo. Pagar de alguma forma por tudo que valia a pena. Eu pagava por coisas de que gostava para me divertir. Ou se paga aprendendo, ou por experiência, ou com risco, ou com dinheiro. Aproveitar a vida era aprender a receber o valor pago e saber quando o custo-benefício era bom. Dá para encontrar custo-benefício favorável. É bom comprar no mundo. Parecia uma boa filosofia. Em cinco anos, pensei, vai me parecer tão boba quanto todas as outras boas filosofias que já tive.

Talvez não fosse verdade. Quem sabe, no caminho, aprendemos alguma coisa. Eu não ligava para o sentido das coisas. Só queria saber como viver nelas. Decerto, se descobrisse como viver, daí descobriria o sentido.

Queria que Mike não tratasse Cohn tão mal, na verdade. Mike era um péssimo bêbado. Brett era uma boa bêbada. Bill era um bom bêbado. Cohn nunca ficava bêbado. Mike era desagradável depois de certo ponto. Eu gostava de vê-lo magoar Cohn. No entanto, queria que ele não o fizesse porque depois eu sentia nojo de mim. Era assim a moralidade; coisas que nos davam nojo depois. Não, deve ser a imoralidade. Era uma declaração muito exagerada. Que besteiras me ocorrem à noite. Que bobagem, ouvi Brett dizer. Que bobagem! Com os ingleses pegamos o hábito de usar expressões inglesas até em pensamento.

    A língua inglesa – das classes altas da Inglaterra, ao menos – deve ter menos palavras do que a língua dos inuítes. É claro que não sabia nada de inuíte. Talvez inuíte fosse uma língua ótima. Digamos, de cherokee. Mas também não sabia nada de cherokee. Os ingleses falavam com expressões e inflexão. Uma expressão que significava tudo. Mas eu gostava deles. Gostava do jeito que falavam. Harris, por exemplo. Mas Harris não era de classe alta.

    Acendi a luz de novo e voltei a ler. Li Turgenieff. Sabia que, lendo no estado mental exageradamente sensível depois de tanto conhaque, eu me lembraria de algum jeito e, com o tempo, pareceria que tinha acontecido comigo. Eu sempre traria aquilo comigo. Era outra boa coisa pela qual pagava e recebia. Depois de algum tempo, aproximando-se a luz do dia, peguei no sono.

    Os dois dias seguintes em Pamplona foram tranquilos, sem mais brigas. A cidade estava se preparando para a *fiesta*. Operários haviam montado os portões que fechariam as ruas laterais quando os touros fossem soltos do cercado e viessem correndo pela rua de manhã, a caminho da arena. Eles também tinham cavado buracos e encaixado os postes, cada poste numerado de acordo com o lugar.

    No planalto além da cidade, funcionários da arena exercitavam os cavalos de *picador*, fazendo-os galopar com as patas rígidas nos campos duros e torrados de sol atrás da arena. O portão principal estava aberto e o anfiteatro lá dentro estava sendo varrido. A arena foi alisada e umedecida, e carpinteiros substituíram as tábuas fracas ou lascadas da *barrera*.

Da beirada da areia lisa dava para olhar para as arquibancadas vazias e ver mulheres mais velhas varrendo os camarotes.

Lá fora, a cerca que levava da última rua da cidade à entrada da arena já estava instalada, formando um curral comprido; a multidão viria correndo na frente dos touros na manhã da primeira tourada. Do outro lado da planície, onde ficaria a feira bovina e equestre, alguns ciganos tinham acampado sob as árvores. Os vendedores de vinho e *aguardiente* montavam as barracas. Uma das barracas anunciava ANIS DEL TORO. O anúncio de pano ficava pendurado em tábuas sob o sol quente.

Na praça do centro da cidade ainda não havia mudança. Nós nos sentamos nas cadeiras de palha branca da calçada do café e vimos os ônibus chegarem com os camponeses que vinham à feira, e se encherem e partirem com os camponeses carregando alforjes com tudo que tinham comprado na cidade. Os ônibus altos e cinzentos eram a única vida da praça, exceto pelos pombos e pelo homem que vinha com uma mangueira para regar o cascalho da praça e molhar as ruas.

À noite havia o *paseo*. Por uma hora após o jantar, todo mundo, todas as moças bonitas, os soldados da guarnição, as pessoas elegantes da cidade, caminhavam pela rua de um lado da praça enquanto as mesas do café se enchiam da multidão noturna costumeira.

De manhã, normalmente eu me sentava no café para ler os jornais de Madrid, e depois caminhava pela cidade ou pelo campo. Às vezes, Bill me acompanhava. Às vezes, escrevia no quarto. Robert Cohn passava as manhãs estudando espanhol ou tentando marcar hora no barbeiro. Brett e Mike nunca acordavam antes do meio-dia. Todos nós tomávamos *vermouth* no café. Era uma vida tranquila, sem ninguém ficar bêbado. Fui à igreja algumas vezes, uma delas com Brett. Ela disse que queria ouvir minha confissão, mas eu falei que não só era impossível como era menos interessante do que ela imaginava, e que, além do mais, seria em uma língua que ela não falava. Encontramos Cohn ao sair da igreja e, apesar de ficar óbvio que ele nos seguira até ali, ele foi muito simpático e agradável, e nós três fomos caminhando até o acampamento cigano, onde Brett visitou uma vidente.

Foi uma boa manhã, com nuvens brancas altas acima das montanhas. Tinha chovido um pouco à noite e o ar estava fresco e agradável no planalto, com uma vista maravilhosa. Todos estávamos bem e saudáveis e eu tratei Cohn amavelmente. Não dava para se chatear com nada em um dia daqueles.

Era a véspera da *fiesta*.

Capítulo 15

Ao meio-dia de domingo, 6 de julho, a *fiesta* explodiu. Não há outra forma de descrever. Pessoas vinham do campo o dia todo, mas se assimilavam à cidade e não dava para notar. A praça estava tão quieta como qualquer outro dia sob o sol quente. Os camponeses estavam nas adegas por aí. Bebiam, preparando-se para a *fiesta*. Tinham chegado tão recentemente das planícies e colinas que era necessário mudar de valor gradualmente. Não podiam começar logo a pagar os preços do café. Encontravam bom custo-benefício nas adegas. Dinheiro ainda tinha valor definido por horas trabalhadas e quilos de grãos vendidos. Mais tarde, na *fiesta*, o quanto pagariam e onde comprariam, perderia a importância.

No dia de início da *fiesta* de San Fermin, eles estavam nas adegas das ruas estreitas desde o amanhecer. Descendo a rua a caminho da missa na catedral, ouvi-os cantar pelas portas abertas das lojas. Estavam se aquecendo. Tinha muita gente na missa das onze. San Fermin também é um festival religioso.

Desci a capela da catedral e subi a rua até o café na praça. Era um pouco antes do meio-dia. Robert Cohn e Bill estavam sentados a uma das mesas. As mesas de tampo de mármore e as cadeiras de palha branca não estavam mais lá. Tinham sido substituídas por mesas de ferro e cadeiras de armar duras. O café era como um navio de batalha preparado para agir. Não era um dia em que os garçons nos deixariam ler a manhã toda sem perguntar se gostaríamos pedir alguma coisa. Um garçom apareceu assim que me sentei.

— O que vocês estão bebendo? — perguntei a Bill e Robert.

— Sherry — respondeu Cohn.

— Jerez — falei para o garçom.

Antes de o garçom trazer a bebida, o rojão que anunciava a *fiesta* foi lançado na praça. Ele explodiu e formou uma bola de fumaça cinzenta acima do Teatro Gayarre, do outro lado dela. A bola de fumaça se demorou no ar como uma explosão de bomba, e eu vi outro rojão subir até lá, espalhando fumaça à luz clara do Sol. Vi o clarão da explosão, e outra nuvenzinha de fumaça surgiu. Quando o segundo rojão explodiu, já tinha tanta gente na galeria, deserta um minuto antes, que o garçom, segurando a garrafa acima da cabeça, mal conseguia abrir caminho até nossa mesa.

Vinha gente de todos os lados da praça. Ouvimos as gaitas, os pífaros e os tambores vindo pela rua. Estavam tocando *riau-riau*, as gaitas agudas, os tambores retumbantes, e atrás deles vinham os homens e meninos dançando. Quando os tocadores de pífaro pararam, todos se agacharam na rua, e quando soaram as gaitas e os pífaros, e voltou o ritmo duro, seco e oco dos tambores, voaram todos pelo ar, dançando. Na multidão, só se via as cabeças e os ombros dos bailarinos, subindo e descendo.

Na praça, um homem curvado tocava gaita e uma multidão de crianças o seguia aos gritos, puxando as roupas dele. Ele saiu da praça, as crianças indo atrás, e foi tocando pelo café e por uma rua menor. Vimos a expressão vazia em seu rosto manchado enquanto ele andava, tocando gaita, e as crianças gritavam e o puxavam logo atrás.

— Deve ser o bobo da cidade — disse Bill. — Meu Deus! Vejam aquilo!

Bailarinos vinham descendo a rua, que estava cheia deles, todos homens. Dançavam em sincronia, atrás dos percussionistas e flautistas. Eram uma espécie de clube, e usavam aventais azuis de trabalho e lenços vermelhos no pescoço, carregando um estandarte enorme em dois mastros. O estandarte dançava com eles, subindo e descendo, conforme andavam cercados pela multidão.

No estandarte estava pintado: "Viva o vinho! Viva os estrangeiros!".

— Quem são os estrangeiros? — perguntou Robert Cohn.

— Somos nós, os estrangeiros — disse Bill.

O tempo todo, rojões explodiam. As mesas dos cafés já estavam lotadas. A praça ia ficando mais vazia e os cafés, mais cheios.

— Cadê Brett e Mike? — perguntou Bill.

— Vou chamá-los — disse Cohn.

— Traga-os para cá.

A *fiesta* tinha mesmo começado. Duraria dia e noite, por sete dias. A dança durava, a bebida durava, o barulho continuava. As coisas que aconteciam só poderiam acontecer durante a *fiesta*. Tudo finalmente ficou bem irreal e parecia que nada teria consequência alguma. Parecia deslocado pensar em consequências na *fiesta*. Na *fiesta* toda, a sensação, mesmo em horas de silêncio, era que precisávamos gritar qualquer comentário para ser ouvido. Era a mesma sensação em qualquer ato. Era a *fiesta*, que duraria sete dias.

À tarde, ocorria a grande procissão religiosa. San Fermin era trazido de uma igreja para outra. Na procissão estavam todos os dignatários, civis e religiosos. Não os vimos, de tanta gente na multidão. À frente e atrás da procissão formal vinham os bailarinos de *riau-riau*. Uma massa de camisas amarelas dançava pela multidão, subindo e descendo. Tudo o que víamos da procissão, por entre as pessoas aglomeradas que enchiam as ruas e as calçadas, eram os bonecos enormes, gigantescos, de indígenas caricatos, de dez metros de altura, mouros, um rei e uma rainha, girando e valsando solenes ao som do *riau-riau*.

Estavam todos parados na frente da capela onde San Fermin e os dignatários tinham entrado, deixando soldados de guarda, os gigantes, com os homens que dançavam dentro deles de pé, ao lado das estruturas em repouso, e os anões atravessando a multidão com as bexigas. Entramos e sentimos cheiro de incenso. Havia muita gente entrando na igreja, mas Brett foi detida logo na porta porque estava sem chapéu, então saímos e voltamos pela rua que ia da capela à cidade. A rua estava cercada, dos dois lados, com pessoas guardando o lugar na calçada para o retorno da procissão. Alguns bailarinos formaram um círculo ao redor de Brett e começaram a dançar. Eles usavam colares de alho no pescoço. Pegaram Bill e eu pelos braços e nos puseram no círculo. Bill também começou a dançar. Estavam todos cantando. Brett queria dançar, mas eles não queriam que ela dançasse. Queriam que ela fosse a imagem ao redor da qual dançavam. Quando a música acabou, com um *riau-riau* agudo, levaram-nos a uma adega.

Paramos no balcão. Fizeram Brett se sentar em um barril. Estava escuro na adega, cheia de homens cantando, um canto com a voz dura. Atrás do balcão, tiraram o vinho dos barris. Dei o dinheiro do vinho, mas um dos homens o pegou e o guardou de volta no meu bolso.

— Quero um odre de couro — disse Bill.

— Tem uma loja no fim da rua — falei. — Vou comprar uns dois.

Os bailarinos não queriam me deixar ir embora. Três deles estavam sentados no barril alto ao lado de Brett, ensinando-a a beber do odre. Tinham pendurado um colar de alho no pescoço dela também. Alguém insistiu em dar um copo para ela. Outro ensinou uma música para Bill, cantando no ouvido dele e marcando o ritmo com tapas em suas costas.

Expliquei que eu voltaria. Na rua, fui andando em busca da loja que vendia odres de couro. A multidão era volumosa na calçada e muitas lojas estavam fechadas; eu não consegui encontrar. Andei até a igreja, procurando nos dois lados. Finalmente, perguntei para um homem na rua, e ele me segurou pelo braço e me levou até uma loja. Apesar da vitrine fechada, a porta estava aberta.

Lá dentro, o cheiro era de couro recém-curtido e piche quente. Tinha um homem pintando odres prontos. Estavam pendurados em grupos no teto. Ele puxou um, encheu-o de ar, fechou bem a tampa e pulou no odre.

— Viu? Não vaza.

— Quero mais um. Um grande.

Ele puxou do teto um grande, de uns quatro litros. Encheu-o, com as bochechas infladas, e subiu na *bota*, segurando-se em uma cadeira.

— O que você vai fazer? Vendê-los em Bayonne?

— Não. Beber.

Ele me deu um tapa nas costas.

— Bom homem. Oito *pesetas* pelos dois. O menor preço.

O homem que estava pintando os novos e os jogando em uma pilha parou.

— É verdade — falou. — Oito *pesetas* sai barato.

Paguei e saí, voltando pela rua à adega. Estava ainda mais escuro lá dentro, e muito cheio. Não encontrei Brett e Bill, e alguém disse que eles estavam nos fundos. No balcão, a moça encheu os dois odres para mim. Um continha dois litros. O outro, cinco litros. Encher os dois custou três *pesetas* e sessenta *centimos*. Alguém no balcão, que eu nunca tinha visto, tentou pagar pelo meu vinho, mas eu finalmente paguei. O homem que quisera pagar comprou depois uma bebida para mim. Ele não me deixou pagar outra para ele, mas disse que aceitava um gole do meu odre. Ele virou o odre grande, de cinco litros, e apertou para o vinho jorrar no fundo da garganta.

— Legal! — falou, e me devolveu o odre.

Nos fundos, Brett e Bill estavam sentados em barris, cercados pelos bailarinos. Estava todo mundo abraçado a todo mundo e cantando. Mike estava sentado à mesa com vários homens só de camisa, comendo uma tigela de atum, cebola picada e vinagre. Estavam todos bebendo vinho e molhando pão no azeite com vinagre.

— Olá, Jake. Olá! — chamou Mike. — Quero

apresentar-lhe meus amigos. Estamos comendo um aperitivo.

Fui apresentado às pessoas da mesa. Eles deram os nomes para Mike e pediram um garfo para mim.

— Pare de comer o jantar deles, Michael! — gritou Brett, do barril.

— Não quero acabar com sua refeição — falei, quando me ofereceram um garfo.

— Coma — disse ele. — Para que você acha que está aí?

Abri a tampa do odre grande e o ofereci. Todo mundo tomou um gole, esticando o odre no alto.

Lá fora, em meio à cantoria, dava para ouvir a música da procissão.

— Não é a procissão? — perguntou Mike.

— Nada — disse um deles. — Não é nada. Beba. Levante a garrafa.

— Onde encontraram vocês? — perguntei a Mike.

— Alguém me trouxe para cá — disse Mike. — Disseram que vocês estavam aqui.

— Cadê o Cohn?

— Desmaiou — gritou Brett. — Guardaram ele em algum lugar.

— Cadê ele?

— Não sei.

— E eu lá sei? — disse Bill. — Acho que ele morreu.

— Ele não morreu — falou Mike. — Eu sei que não morreu. Só desmaiou de tanto beber Anis del Mono.

Quando ele falou de Anis Del Mono, um dos homens da mesa nos olhou, tirou uma garrafa de dentro da roupa e me ofereceu.

— Não — disse. — Não, obrigado.

— Sim. Sim. *Arriba*! Vire a garrafa!

Tomei um gole. Tinha gosto de alcaçuz e me esquentou inteiro. Dava para sentir esquentar até o estômago.

— Onde o Cohn se meteu?

— Não sei — disse Mike. — Vou perguntar. Cadê o camarada bêbado? — perguntou em espanhol.

— Quer vê-lo?

— Quero — respondi.

— Eu, não — disse Mike. — Esse cara...

O homem do Anis del Mono secou a boca e se levantou.

— Venha.

Robert Cohn estava em uma sala nos fundos, dormindo tranquilo em cima de barris de vinho. Estava quase escuro demais para enxergar seu rosto. Haviam-no coberto com um casaco e dobrado outro para fazer de travesseiro. Uma guirlanda enorme de alho estava pendurada no pescoço e no peito dele.

— Deixe-o dormir — sussurrou o homem. — Está tudo bem.

Duas horas depois, Cohn apareceu. Ele entrou no salão, ainda com o alho no pescoço. Os espanhóis gritaram quando ele chegou. Cohn esfregou os olhos e sorriu.

— Acho que peguei no sono — disse ele.

— Ah, nada disso! — falou Brett.

— Só morreu um pouco — disse Bill.

— Não vamos jantar? — perguntou Cohn.

— Quer comer?

— Quero. Por que não? Estou com fome.

— Coma esses alhos, Robert — disse Mike. — Sério. Coma esses alhos.

Cohn ficou ali parado. O sono o deixara bastante bem.

— Vamos, sim, comer — falou Brett. — Tenho que tomar um banho.

— Vamos — chamou Bill. — Vamos transportar Brett ao hotel.

Nós nos despedimos de muita gente, apertamos as mãos de muita gente, e saímos. Lá fora estava escuro.

— Que horas são? — perguntou Cohn.

— É amanhã — disse Mike. — Você dormiu durante dois dias.

— Não — perguntou Cohn —, que horas são?

— São dez.

— Como bebemos!

— Você quer dizer como *nós* bebemos. Você foi dormir.

Descendo as ruas escuras até o hotel, vimos os rojões serem soltos na praça. Pelas ruas laterais que levavam a ela, vimos a praça cheia de gente e as pessoas do meio dançando.

A refeição no hotel era farta. Foi a primeira refeição com preço dobrado por causa da *fiesta* e tinha vários novos pratos. Depois do jantar saímos pela cidade. Lembro-me que tinha decidido virar a noite para ver os touros andarem pelas ruas às seis da manhã, mas senti tanto sono que fui me deitar por volta das quatro. Os outros ficaram acordados.

Meu quarto estava trancado e eu não encontrei a chave, então subi e dormi em uma das camas no quarto de Cohn.

A festa acontecia noite afora, mas eu estava com tanto sono que isso não me manteve acordado. Quando despertei, foi pelo som do rojão que anunciava os touros soltos do cercado nos arredores da cidade. Eles correriam pelas ruas até a arena. Eu tinha dormido um sono pesado e acordei sentindo que tinha me atrasado. Vesti um casaco de Cohn e saí para a varanda. Lá embaixo, a rua estreita estava vazia. As varandas estavam todas lotadas de gente. De repente, uma multidão surgiu na rua. Vinham correndo, aglomerados. Passaram por nós, subindo a rua que levava à arena, e atrás vieram mais homens correndo rápido, e umas últimas pessoas, também às pressas. Atrás delas havia um pouquinho de espaço e, em seguida, os touros, galopando e sacudindo a cabeça para cima e para baixo. Tudo sumiu de vista ao virar a esquina. Um homem caiu, rolou até a sarjeta e ficou quieto. Os touros passaram por ele sem notá-lo. Corriam todos juntos.

Depois de sumirem de vista, ouviu-se um ruído enorme da arena. Continuou. Finalmente, o rojão que indicava que os touros tinham passado pelas pessoas na arena e entrado no cercado. Voltei para o quarto e me deitei. Tinha estado descalço na varanda de pedra. Sabia que todos os meus amigos estavam na arena. De volta à cama, dormi.

Cohn me acordou ao chegar. Ele começou a se despir e foi fechar a janela, porque tinha gente olhando na varanda da casa da frente.

— Viram o espetáculo? — perguntei.

— Sim. Estávamos todos lá.

— Alguém se machucou?

— Um dos touros alcançou a multidão na arena e derrubou umas seis ou oito pessoas.

— Brett gostou?

— Foi tão repentino que nem deu tempo de incomodar ninguém.

— Queria ter ficado acordado.

— A gente não sabia onde você estava. Fomos ao seu quarto, mas estava trancado.

— Onde vocês viraram a noite?

— Em um clube, dançando.

— Eu fiquei com sono — falei.

— Nossa! Agora eu que estou com sono — disse Cohn. — Esse negócio nunca para?

— Só daqui a uma semana.

Bill abriu a porta e passou a cabeça para dentro do quarto.

— Onde você estava, Jake?

— Vi eles passarem pela varanda. Como foi?

— Sensacional!

— Aonde você vai?

— Dormir.

Ninguém acordou antes do meio-dia. Comemos em mesas montadas sob a galeria. A cidade estava cheia de gente. Precisamos ficar na fila para a mesa. Depois do almoço fomos ao Iruña. Tinha enchido e ia enchendo ainda mais conforme se aproximava a hora da tourada, com as mesas mais apertadas. Todo dia, antes da tourada, sentia-se uma vibração próxima e cheia. O café não fazia o mesmo ruído em nenhum outro momento, por mais lotado que estivesse. A vibração prosseguiu e estávamos nela, como parte dela.

Eu tinha reservado seis lugares para todas as touradas. Três eram *barreras*, a primeira fileira, perto da pista, e três, *sobrepuertos*, lugares com encosto de madeira, na fileira do meio do anfiteatro. Mike achou que era melhor Brett ficar em um dos lugares mais altos na primeira vez e Cohn queria ir com eles. Bill e eu íamos ficar nas *barreras*, e dei o ingresso a mais para um garçom vender. Bill instruiu Cohn quanto ao que devia fazer e de que maneira olhar para não se impressionar com os cavalos. Bill já tinha assistido a uma temporada de touradas.

— Não estou com medo de não aguentar. Só estou com

medo de ficar entediado — disse Cohn.

— Sério?

— Não olhe para os cavalos depois do touro atingi-los — falei para Brett. — Olhe o ataque e veja o *picador* tentar conter o touro, mas não volte a olhar até o cavalo estar morto, se for atingido.

— Estou um pouco nervosa — disse Brett. — Com medo de não aguentar bem até o fim.

— Vai ficar tranquila. Nada vai incomodá-la além da parte do cavalo. E eles só ficam por uns poucos minutos com cada touro. Só não olhe na pior parte.

— Ela vai ficar tranquila — disse Mike. — Vou cuidar dela.

— Não acho que você vá ficar entediado — disse Bill.

— Vou dar um pulo no hotel para pegar os binóculos e os odres — falei. — Encontro vocês aqui. Não encham a cara.

— Eu vou junto — disse Bill.

Brett sorriu para nós.

Andamos pela galeria para evitar o calor da praça.

— Esse Cohn me irrita — disse Bill. — A superioridade judia dele é tão forte que ele acha que a única emoção que vai sentir na tourada é tédio.

— A gente fica de olho nele com os binóculos — falei.

— Ah, que ele vá para o inferno!

— Ele passa muito tempo lá.

— Pois quero que fique.

Na escada do hotel encontramos Montoya.

— Venham — chamou Montoya. — Querem conhecer Pedro Romero?

— Claro — disse Bill. — Vamos vê-lo.

Acompanhamos Montoya, subindo um andar e descendo o corredor.

— Ele está no quarto oito — explicou Montoya. — Está se arrumando para a tourada.

Montoya bateu à porta e abriu-a. Era um quarto escuro, com pouca luz entrando da rua estreita pela janela. Tinha duas camas, separadas por um biombo. A luz elétrica estava acesa. O rapaz estava de pé, muito ereto e sério, com a roupa de toureiro. A jaqueta estava pendurada no encosto de uma cadeira. Estavam acabando de arrumar a faixa na cintura. O cabelo preto brilhava na luz elétrica. Ele usava uma camisa branca de linho. O escudeiro acabou de amarrar a faixa, endireitou-se e deu um passo para trás. Pedro Romero assentiu com a cabeça, parecendo muito distante e digno quando apertou nossa mão. Montoya falou que éramos muito *aficionados* e que queríamos desejar-lhe sorte. Romero ouviu com muita atenção. Em seguida, virou-s para mim. Era o garoto mais bonito que eu já tinha visto.

— Você vai à tourada — disse, em inglês.

— Você fala inglês — falei, sentindo-me idiota.

— Não — respondeu ele, e sorriu.

Um dos três homens que estavam sentados nas camas se levantou e nos perguntou se falávamos francês.

— Querem que eu traduza? Querem perguntar alguma coisa a Pedro Romero?

Agradecemos. O que haveria a perguntar? O rapaz tinha 19 anos, estava sozinho exceto pelo escudeiro e pelos três agregados, e a tourada começaria dali a vinte minutos. Desejamos "Mucha suerte", cumprimentamo-nos e saímos. Ele estava de pé, ereto, belo e solitário, apenas com seus agregados no quarto, quando fechamos a porta.

— É um rapaz e tanto, não acharam? — perguntou Montoya.

— É um cara bonito — falei.

— Tem cara de *torero* — disse Montoya. — Faz o tipo.

— É um rapaz e tanto.

— Vamos ver como ele é na arena — disse Montoya.

Encontramos o odre grande recostado na parede do meu quarto. Pegamos ele e os binóculos, trancamos a porta e descemos.

Foi uma boa tourada. Bill e eu ficamos muito emocionados com Pedro Romero. Montoya estava sentado a uns dez lugares da gente. Depois de Romero matar o primeiro touro, Montoya encontrou meu olhar e assentiu com a cabeça. Era um toureiro de verdade. Fazia tempo que não vinha um assim. Dos outros dois *matadores*, um era bem razoável e o outro, passável. Mas ninguém se comparava a Romero, apesar de nenhum dos dois touros dele serem grande coisa.

Várias vezes durante a tourada olhei para Mike, Brett e Cohn com os binóculos. Eles pareciam bem. Brett não parecia incomodada. Os três estavam debruçados no parapeito de concreto.

— Pode me emprestar o binóculo? — disse Bill.

— Cohn parece entediado?

— Aquele judeuzinho!

Fora da arena, depois da tourada, não dava nem para se mexer na multidão. Não conseguíamos abrir caminho e precisamos ser movidos com a massa, devagar, como uma geleira, até a cidade. Tínhamos aquela emoção perturbada que sempre vem depois de uma tourada, e a emoção de êxtase que vem depois de uma boa tourada.

A *fiesta* continuava. Os tambores retumbavam e a música de sopro era aguda, e por todo lado o fluxo da multidão era interrompido por grupos de bailarinos. Eles estavam aglomerados, então não se via o elaborado jogo de pés. Só dava para ver as cabeças e os ombros subindo e descendo, subindo e descendo. Finalmente, desvencilhamo-nos da multidão e fomos ao café. O garçom guardou lugar para os outros, e eu e Bill pedimos absinto e ficamos admirando a multidão da praça e os bailarinos.

— Que tipo de dança você acha que é? — perguntou Bill.
— É um tipo de *jota*.
— Não é sempre igual — disse Bill. — A dança é diferente para as músicas diferentes todas.
— É uma bela dança.

Na nossa frente, em um lugar mais vazio da rua, um grupo de rapazes dançava. Os passos eram muito elaborados e a expressão deles, atenta e concentrada. Todos olhavam para baixo ao dançar. Os sapatos com sola de corda batiam e raspavam no asfalto. Tocavam as pontas dos pés. Tocavam os calcanhares. Tocavam os meios dos pés. Aí a música mudou de repente e acabou o passo, mas continuaram a dançar pela rua.

— Lá vêm os aristocratas — disse Bill.

Estavam atravessando a rua.

— Olá, gente — falei.
— Olá, cavalheiros! — disse Brett. — Guardaram lugar para a gente? Que gentil.
— Vou dizer — começou Mike —, aquele tal de Romero fulano é alguém. Estou errado?
— Ah, ele não é incrível? — disse Brett. — E aquela calça verde.
— Brett não parou de olhar.
— Vou dizer, preciso pegar o binóculo emprestado amanhã.

— Como foi?

— Uma maravilha! Perfeito, simplesmente. Vou dizer, é um espetáculo!

— E os cavalos?

— Não consegui deixar de olhar.

— Ela não conseguia desviar os olhos — disse Mike. — É uma mulher extraordinária.

— Acontecem mesmo umas coisas horríveis — considerou Brett. — Mas não consegui parar de olhar.

— Você se sentiu bem?

— Não me senti nada mal.

— Robert Cohn, sim — disse Mike. — Você ficou até verde, Robert.

— O primeiro cavalo me incomodou mesmo — confessou Cohn.

— Não ficou entediado, então? — perguntou Bill.

Cohn riu.

— Não. Não fiquei. Por favor, me perdoe por isso.

— Tudo bem — disse Bill —, desde que você não fique entediado.

— Ele não pareceu entediado — avaliou Mike. — Achei que ele fosse vomitar.

— Não chega a tanto. Foi só um minuto.

— Pensei que estivesse passando mal. Não ficou entediado, não é, Robert?

— Pare com isso, Mike. Já pedi desculpas por ter dito isso.

— Eu juro. Ele estava praticamente verde.

— Ah, cale-se, Michael.

— Nunca se deve sentir tédio na primeira tourada, Robert — disse Mike. — Pode causar uma bagunça e tanto.

— Ah, pare com isso, Michael — falou Brett.

— Ele chamou Brett de sádica — disse Mike. — Brett não é sádica. É só uma linda mulher saudável.

— Você é sádica, Brett? — perguntei.

— Espero que não.

— Ele chamou Brett de sádica só porque ela tem um estômago bom e saudável.

— Não vai ficar saudável por muito tempo.

Bill fez Mike mudar de assunto e parar de falar de Cohn. O garçom trouxe copos de absinto.

— Gostou mesmo? — perguntou Bill para Cohn.

— Não, não diria que gostei. Mas é um espetáculo impressionante.

— Nossa, sim! Que espetáculo! — disse Brett.

— Queria que não tivesse a parte do cavalo — disse Cohn.

— Não é importante — comentou Bill. — Depois de um tempo não se tem mais impressão desagradável alguma.

— É um pouco pesado, logo no começo — disse Brett. — Para mim, teve um momento horrível, quando o touro avançou no cavalo.

— Os touros eram bons — falou Cohn.

— Eram muito bons — concordou Mike.

— Da próxima vez quero o lugar de baixo — disse Brett, bebendo o absinto.

— Ela quer ver os toureiros de perto — comentou Mike.

— Eles são impressionantes — disse Brett. — Aquele Romero ainda é um menino.

— Ele é um rapaz muito bonito — falei. — Fomos ao quarto dele e eu nunca vi um cara tão bonito.

— Quantos anos acha que ele tem?

— Dezenove, vinte.

— Imagine só!

A tourada no segundo dia foi muito melhor que a do primeiro. Brett se sentou entre eu e Mike na *barrera*, e Bill e Cohn subiram. Romero foi o espetáculo todo. Acho que Brett nem viu nenhum outro toureiro. Nem mais ninguém, exceto pelos técnicos endurecidos. Era só Romero. Tinha outros dois matadores, mas nem contava. Eu me sentei ao lado de Brett e lhe expliquei tudo. Falei para ela prestar atenção nos touros, e não nos cavalos, quando os touros atacavam os *picadores*, e a fiz ver o *picador* apontar a lança para entender do que se tratava e identificar que era algo com fim definido e não um espetáculo de horrores inexplicáveis.

Fiz-la ver que Romero afastava o touro de um cavalo derrubado com a capa, que o continha com ela e o virava, com firmeza e suavidade, sem nunca exaurir o animal. Ela viu que Romero evitava qualquer movimento brusco e resguardava os touros para o final, quando queria, não exaustos e transtornados, e, sim, gentilmente cansados. Ela percebeu que ele sempre trabalhava muito perto do touro, e indiquei os truques que os outros toureiros usavam para dar a impressão de trabalhar de perto. Ela entendeu por que gostava do trabalho de Romero com a capa e não dos outros.

Romero nunca fazia contorção alguma, mantinha sempre uma linha reta, pura e natural. Os outros se retorciam como saca-rolhas, de cotovelos erguidos, e se recostavam nos flancos do touro depois de passar os chifres para fingir perigo.

Toda essa encenação produzia um mau resultado e acabava por desagradar à plateia. O estilo de Romero causava emoção de verdade, porque ele mantinha a pureza absoluta da linha dos movimentos e sempre deixava os chifres passarem perto, com tranquilidade e calma. Ele não precisava enfatizar a proximidade. Brett viu que algo que era lindo quando feito perto do touro se tornava ridículo se mais distante.

Falei que desde a morte de Joselito os toureiros andavam desenvolvendo uma técnica que simulava a aparência de perigo para causar uma emoção falsa, sendo que o toureiro estava em segurança. Romero era das antigas, por isso mantinha a pureza da linha pela máxima exposição enquanto dominava o touro ao fazê-lo notar que era inatingível ao mesmo tempo que o preparava para o abate.

— Nunca o vi perder o jeito — disse Brett.

— Não vai ver, até ele se assustar — falei.

— Ele nunca vai se assustar — disse Mike. — Ele sabe demais.

— Ele já começou sabendo tudo. Os outros nunca vão aprender o que nasceu com ele.

— E, nossa, que beleza! — exclamou Brett.

— Começo a acreditar que ela vai se apaixonar por esse toureiro — falou Mike.

— Não me surpreenderia.

— Me faça um favor, Jake. Não conte para ela mais nada sobre ele. Diga que eles batem nas mães velhinhas.

— Me conte como são bêbados.

— Ah, horríveis — disse Mike. — Passam o dia enchendo a cara e o tempo todo espancando as mães idosas.

— Ele parece mesmo — ponderou Brett.

— Não é? — falei.

Eles tinham amarrado as mulas no touro morto, então estalaram o chicote; os homens correram e as mulas, fazendo força, impulsionando com as patas, começaram a galopar, até que o touro, com a cabeça de lado e um chifre para cima, abriu um rastro liso de areia até o portão vermelho.

— O próximo é o último.

— Ah, não! — disse Brett.

Ela se debruçou na *barrera*. Romero acenou para posicionar os *picadores*, então se ergueu, a capa junto ao peito, olhando para o portão de onde o touro entraria na arena.

Quando acabou, saímos e fomos esmagados pela multidão.

— Essas touradas não são brincadeira — disse Brett. — Estou morta.

— Ah, vamos beber um pouco — convidou Mike.

No dia seguinte, Pedro Romero não lutou. Eram touros *miura*, e uma tourada muito ruim. No outro dia não havia tourada. Mas, dia e noite, a *fiesta* continuou.

Capítulo 16

Chovia na manhã seguinte. Neblina tinha vindo do mar pelas montanhas e não dava para ver o cume delas. O planalto estava esmorecido e lúgubre, e as silhuetas das árvores e das casas tinham mudado. Caminhei para além da cidade para observar o tempo. O clima ruim vinha do mar pelas montanhas.

As bandeiras da praça pendiam encharcadas dos mastros brancos e os estandartes molhados caíam da frente das casas. Entre eles descia a chuva constante, forçando todo mundo para as galerias e formando poças d'água na praça. As ruas ficaram molhadas, escuras e desertas; ainda assim, a *fiesta* continuava, ininterruptamente. Só tinha sido empurrada para debaixo das cobertas.

Os lugares cobertos da arena estavam lotados de gente protegida da chuva para assistir à confluência de cantores e bailarinos bascos e navarreses; depois, os bailarinos fantasiados de Val Carlos dançaram pela rua sob a chuva, os tambores soando úmidos e ocos, e os líderes das bandas cavalgando em cavalos grandes, de passos pesados, com as fantasias molhadas, a pelagem dos cavalos escorrendo de chuva. A multidão estava nos cafés e os bailarinos também entraram e se sentaram, as pernas brancas tensas sob as mesas, sacudindo a água das boinas e abrindo as jaquetas vermelhas e roxas para secar nas cadeiras. Estava chovendo pesado lá fora.

Deixei o grupo no café e voltei ao hotel para me barbear antes do jantar. Estava me barbeando quando alguém bateu à porta.

— Entre — falei.

Era Montoya.

— Como vai? — perguntou ele.

— Bem — respondi.

— Nada de touros hoje.

— Não — falei —, só chuva.

— Onde estão seus amigos?

— No Iruña.

Montoya abriu aquele sorriso tímido.

— Olha... — disse ele. — Conhece o embaixador americano?

— Sim — respondi. — Todo mundo conhece o embaixador americano.

— Ele está na cidade.

— Sim — afirmou. — Todo mundo viu.

— Eu também vi — falou Montoya.

Ele não disse mais nada. Continuei a me barbear.

— Sente-se — disse. — Deixe-me pedir uma bebida.

— Não, preciso ir.

Acabei de me barbear e mergulhei o rosto na tina para lavar com água fria. Montoya estava ali parado, ainda mais constrangido.

— Acabei de receber um recado deles lá do Grand Hotel, dizendo que querem que Pedro Romero e Marcial Lalanda apareçam lá para um café hoje depois do jantar.

— Bem — falei —, não fará mal para Marcial.

— Marcial passou o dia em San Sebastian. Ele foi de carro de manhã com Marquez. Acho que não voltam hoje.

Montoya continuou parado, constrangido. Ele queria que eu dissesse alguma coisa.

— Não dê o recado a Romero — falei.

— Acha mesmo?

— Com certeza.

Montoya ficou muito satisfeito.

— Quis perguntar porque você é americano — disse ele.

— É o que eu faria.

— Veja... — começou Montoya. — Veem um rapaz desses. Não sabem o que ele vale. Não sabem a importância dele. Qualquer estrangeiro pode lisonjeá-lo. Começam esse negócio de Grand Hotel e em um ano se acabam.

— Como Algabeno — disse.

— Sim, como Algabeno.

— São um pessoal e tanto — falei. — Tem uma mulher americana aqui que coleciona toureiros.

— Eu sei. Querem só os jovens.

— É — falei. — Os velhos engordam.

— Ou enlouquecem, como Gallo.

— Bem, é fácil. Basta não dar o recado.

— Ele é um rapaz tão bom — disse Montoya. — Deveria ficar com a própria gente. Não se misturar com essas coisas.

— Não quer beber nada? — perguntei.

— Não — disse Montoya. — Preciso ir.

Ele saiu.

Desci, saí e dei a volta na praça pelas galerias. Ainda chovia. Procurei o pessoal no Iruña e não estavam lá, então continuei a volta na praça e voltei ao hotel. Estavam jantando no restaurante do térreo.

Já tinham se antecipado muito e não adiantava tentar alcançá-los. Bill estava pagando para engraxarem as botas de Mike. Engraxates abriam a porta da rua e Bill chamava todos para Mike.

— É a enésima vez que engraxam as minhas botas — disse Mike. — Sério, Bill é um idiota.

Os engraxates nitidamente tinham espalhado o recado. Outro entrou.

— *Limpia botas?* — perguntou para Bill.

— Não — disse Bill. — Para esse *señor*.

O engraxate se ajoelhou ao lado do outro e começou a polir a bota de Mike, que já estava brilhando sob a luz elétrica.

— Bill é um engraçadinho — disse Mike.

Eu estava bebendo vinho tinto e tão atrasado em relação a eles que senti certo desconforto com aquela história dos engraxates. Olhei ao redor do salão. Pedro Romero estava na mesa ao lado. Ele se levantou quando o cumprimentei e me chamou para ir conhecer um amigo. A mesa era ao lado da nossa, quase grudada. Fui apresentado ao amigo, um crítico de touradas madrilenho, um homenzinho de rosto tenso. Falei a Romero o quanto gostava do trabalho dele e ele ficou muito satisfeito. Conversamos em espanhol, e o crítico falava um pouco de francês. Fui pegar meu odre de vinho na nossa mesa, mas o crítico segurou meu braço. Romero riu.

— Beba aqui — falou em inglês.

Ele era muito tímido quanto ao inglês, mas o deixava muito feliz, e, enquanto falava, ele propunha palavras que não sabia e me perguntava. Estava ansioso para saber a palavra em inglês para *corrida de touros*, a tradução exata. De *bull-fight* ele desconfiava. Expliquei que *bull-fight* era a tourada, que espanhol seria *lidia de toro*. A palavra *corrida* em espanhol era *running of the bulls* em inglês, e em francês *course de taureaux*, como sugeriu o crítico. Não havia palavra em espanhol para *bull-fight* exatamente.

Pedro Romero disse que tinha aprendido um pouco de inglês em Gibraltar. Ele tinha nascido em Ronda, não muito acima de Gibraltar. Ele tinha começado a tourear em Malaga, na escola de toureiros de lá. Fazia apenas três anos que trabalhava naquilo. Tinha 19 anos, disse. O irmão mais velho estava lá com ele, como *banderillero*, mas não no mesmo hotel. Estava hospedado em um hotel menor, com as outras pessoas que trabalhavam com Romero. Ele me perguntou quantas vezes eu o vira na arena. Falei que tinham sido apenas três. Na verdade, tinham sido só duas, mas não quis explicar depois de me enganar.

— Onde me viu da outra vez? Em Madrid?

— Isso — menti.

Eu tinha lido as histórias das duas aparições dele em Madrid nos jornais de tourada, então tudo bem.

— Da primeira ou da segunda vez?

— Da primeira.

— Eu fui muito mal — falou. — Na segunda, fui melhor. Lembra? — perguntou, e se virou para o crítico.

Ele não tinha constrangimento algum. Falava do trabalho como algo completamente separado de si. Não tinha nada de convencido ou arrogante nele.

— Aprecio muito que você goste do meu trabalho — disse ele. — Mas ainda não o viu de verdade. Amanhã, se eu pegar um bom touro, vou tentar mostrar.

Quando disse isso, ele sorriu, ansioso para que nem eu e nem o crítico achássemos que ele estava se gabando.

— Estou ansioso para ver — falou o crítico. — Gostaria de ser convencido.

— Ele não gosta muito do meu trabalho — comentou Romero, virando-se para mim, sério.

O crítico explicou que gostava muito, sim, mas que até então tinha sido incompleto.

— Espere até amanhã, se vier um bom.

— Já viu os touros de amanhã? — perguntou-me o crítico.

— Sim. Os vi sendo descarregados.

Pedro Romero se inclinou para a frente.

— O que achou deles?

— Muito bons — falei. — Umas 26 arrobas. Chifres bem curtos. Você não os viu?

— Ah, sim — confirmou Romero.

— Não vão pesar 26 arrobas — comentou o crítico.

— Não — falou Romero.

— Eles têm bananas no lugar dos chifres — disse o crítico.

— Você chamaria de bananas? — perguntou Romero. Ele se virou para mim e sorriu.

— *Você* não chamaria de bananas? — perguntou.

— Não — falei. — São chifres, sim.

— São muito curtos — disse Pedro Romero. — Muito, muito curtos. Mas não são bananas.

— Nossa, Jake! — falou Brett, da mesa ao lado. — Você *desertou* do nosso grupo?

— Só temporariamente — respondi. — Estamos falando de touros.

— Você *é* superior.

— Avise que touros não têm bolas! — gritou Mike. Ele estava bêbado.

Romero me olhou, questionando-me.

— Bêbado — falei. — *Borracho! Muy borracho!*

— Você poderia apresentar seus amigos — disse Brett.

Ela não tinha parado de olhar Pedro Romero. Perguntei se eles gostariam de tomar café conosco. Os dois se levantaram. O rosto de Romero era bem marrom. Ele tinha muitos bons modos.

Apresentei todos e eles foram se sentar, mas não havia espaço, então fomos todos para a mesa maior perto da parede para tomar o café. Mike pediu uma garrafa de Fundador e copos para todo mundo. Tinha muita conversa bêbada.

— Diga para ele que acho escrever horrível — disse Bill. — Vamos, diga. Diga que tenho vergonha de ser escritor.

Pedro Romero estava sentado ao lado de Brett, escutando-a.

— Vamos, diga! — pediu Bill.

Romero levantou o rosto, sorrindo.

— Este senhor — disse — é escritor.

Romero ficou impressionado.

— Este também — falei, apontando para Cohn.

— Ele parece Villalta — disse Romero, olhando para Bill. — Rafael, ele não parece Villalta?

— Não achei — respondeu o crítico.

— Juro — disse Romero em espanhol. — Ele é a cara de Villalta. O que o bêbado faz?

— Nada.

— É por isso que bebe?

— Não. Ele está esperando para casar com essa moça.

— Diga para ele que os touros não têm bolas! — gritou Mike, muito bêbado, do outro lado da mesa.

— O que ele disse?

— Ele está bêbado.

— Jake! — exclamou Mike. — Diga que os touros não têm bolas!

— Você entendeu? — falei.

— Sim.

Eu tinha certeza que não, então tudo bem.

— Diga que Brett quer vê-lo vestir aquela calça verde.

— Cale-se, Mike.

— Diga que Brett está morrendo de vontade de saber como ele cabe naquela calça.

— Cale-se.

Enquanto isso, Romero mexia no copo e conversava com Brett. Brett falava francês, ele falava espanhol e um pouco de inglês, e ria.

Bill encheu os copos.

— Diga que Brett quer se meter...

— Ah, cale-se, Mike, pelo amor de Deus!

Romero sorriu.

— Cale a boca! Isso eu entendo — disse.

Foi então que Montoya entrou no salão. Ele começou a sorrir para mim, até que viu Pedro Romero com um copo enorme de conhaque na mão, rindo, sentado ao lado de uma mulher de ombros nus, em uma mesa de bêbados. Ele nem acenou.

Montoya saiu do salão. Mike se levantou e propôs um brinde.

— Vamos brindar a... — começou.

— Pedro Romero — propus.

Todo mundo se levantou. Romero levou muito a sério. Batemos os copos e viramos a bebida, e eu fui acelerando tudo porque Mike estava tentando deixar bem claro que não era a nada daquilo que ele queria brindar. Mas deu tudo certo. Pedro Romero cumprimentou a todos com apertos de mãos e foi embora com o crítico.

— Nossa! Que amor de rapaz! — exclamou Brett. — E eu adoraria vê-lo vestir aquelas roupas. Deve precisar de uma calçadeira.

— Eu tentei contar — começou Mike —, mas Jake não parava de me interromper. Por que me interrompeu? Acha que fala espanhol melhor do que eu?

— Ah, Mike, feche essa matraca! Ninguém o interrompeu.

— Não, quero resolver isso — falou, e me deu as costas. — Você acha que vale alguma coisa, Cohn? Acha que seu lugar é aqui com a gente? Com gente que quer apenas se divertir? Pelo amor de Deus, não seja tão barulhento, Cohn!

— Ah, pare com isso, Mike — disse Cohn.

— Você acha que Brett o quer aqui? Acha que acrescenta algo? Por que não fala nada?

— Eu já falei tudo o que tinha a dizer outro dia, Mike.

— Não sou literário como vocês — disse Mike, trêmulo, recostando-se na mesa. — Não sou, espero. Mas sei quando não sou desejado. Por que você não consegue perceber quando não é desejado, Cohn? Vá embora. Vá embora, pelo amor de Deus! Leve essa cara judia triste embora. Não acha que estou certo?

Ele nos olhou.

— Certo — falei. — Vamos todos para o Iruña.

— Não. Não acha que estou certo? Eu amo essa mulher.

— Ah, não comece. Pare com isso, Michael — disse Brett.

— Não acha que estou certo, Jake?

Cohn ainda estava sentado à mesa. O rosto dele estava murcho e amarelado, como ficava quando era ofendido, mas, de certa forma, parecia estar se divertindo. Gostava do drama infantil e ébrio. Era o caso dele com uma dama da nobreza.

— Jake — disse Mike, quase chorando. — Você sabe que estou certo. Escute! — falou, virando-se para Cohn. — Vá embora! Vá embora agora!

— Não vou, Mike — respondeu Cohn.

— Então vou fazê-lo ir!

Mike começou a dar a volta na mesa atrás dele. Cohn se levantou e tirou os óculos. Ficou esperando, o rosto murcho, as mãos baixas, orgulhoso e firme à espera do ataque, pronto para lutar pela sua amada.

Segurei Mike.

— Vamos ao café — falei. — Você não pode bater nele aqui no hotel.

— Boa! — disse Mike. — Boa ideia!

Fomos embora. Vi Mike tropeçar no degrau e Cohn colocar os óculos. Bill estava sentado à mesa, servindo outro copo de Fundador. Brett estava sentada também, olhando para o nada.

Lá fora, na praça, tinha parado de chover e a lua tentava surgir entre as nuvens. Ventava. A banda militar tocava e a multidão tinha se aglomerado do outro lado da praça, onde o especialista em fogos de artifício e o filho tentavam soltar balões. O balão subia aos sacolejos, muito desequilibrado, até que era rasgado pelo vento ou soprado contra as casas da praça. Alguns caíam em meio à multidão. O magnésio flamejava e os fogos de artifício explodiam e corriam pelo povo. Ninguém dançava na praça. O cascalho estava muito molhado.

Brett saiu com Bill e se juntou a nós. Juntamo-nos à multidão e vimos Don Manuel Orquito, o rei dos fogos de artifício, de pé, em uma pequena plataforma, acender cuidadosamente os balões com varas, acima da altura da multidão, para soltá-los ao vento, que derrubava todos. O rosto de Don Manuel Orquito estava suado à luz dos fogos de artifício complicados que caíam na aglomeração e explodiam e sopravam, estalando e quicando, entre as pernas das pessoas. As pessoas gritavam a cada vez que uma bolha luminosa de papel desabava, pegava fogo e caía.

— Estão provocando Don Manuel — disse Bill.

— Como sabe que é Don Manuel? — perguntou Brett.

— O nome dele está no programa. Don Manuel Orquito, o *pirotecnico of esta ciudad.*

— *Globos illuminados* — falou Mike. — Uma coleção de *globos illuminados*. Foi o que disse o jornal.

O vento soprou a música da banda.

— Queria que pelo menos um subisse — disse Brett. — Esse Don Manuel está furioso.

— Ele provavelmente passou semanas trabalhando para soltá-los e dizer: "Viva San Fermin!" — comentou Bill.

— *Globos illuminados* — falou Mike. — Um bando de malditos *globos illuminados.*

— Venha — disse Brett. — Não podemos ficar aqui parados.

— Vossa senhoria quer uma bebida? — perguntou Mike.

— Como você é esperto! — respondeu Brett.

O café estava lotado e muito barulhento. Ninguém nos viu entrar. Não encontramos mesa. Fazia muito barulho.

— Venha, vamos sair daqui — disse Bill.

O *paseo* estava acontecendo na galeria. Havia alguns ingleses e americanos de Biarritz, em trajes esportivos, espalhados pelas mesas. Algumas das mulheres admiravam as pessoas que passavam com binóculos de teatro. Em certo momento, encontramos por acaso uma amiga de Bill de Biarritz. Ela estava hospedada com outra moça no Grand Hotel. A outra moça tinha ido dormir, com dor de cabeça.

— Eis o *pub* — disse Mike.

Era o Bar Milano, um bar pequeno e sórdido onde dava para comer, e nos fundos do qual se dançava. Pegamos uma mesa e pedimos uma garrafa de Fundador. O bar não estava cheio. Não tinha nada acontecendo.

— Que lugar, hein! — comentou Bill.

— Ainda é cedo.

— Vamos pegar a garrafa e voltar depois — disse Bill. — Não quero ficar aqui sentado em uma noite como esta.

— Vamos lá olhar os ingleses — disse Mike. — Adoro olhar os ingleses.

— Eles são horríveis — disse Bill. — De onde vieram todos?

— Vieram de Biarritz — respondeu Mike. — Vieram ver o último dia da curiosíssima *fiestinha* espanhola.

— Pois vou lá fiestar a cara deles — falou Bill.

— Você é uma moça extraordinariamente linda — disse Mike, voltando-se para a amiga de Bill. — Quando chegou?

— Basta, Michael.

— Vou dizer, ela *é* uma bela moça. Onde eu estava? O que eu estava olhando esse tempo todo? Você é uma beleza. A gente já se conhece? Venha comigo e com Bill. Vamos fiestar a cara dos ingleses.

— Vou fiestar a cara deles — disse Bill. — Que porcaria eles estão fazendo nesta *fiesta*?

— Venha — disse Mike. — Só nós três. Vamos fiestar os malditos ingleses. Espero que você não seja inglesa. Eu sou escocês. Odeio os ingleses. Vou fiestar a cara deles. Venha, Bill.

Através da janela os vimos, os três de braços dados, andarem até o café. Rojões explodiam na praça.

— Vou ficar sentada aqui — avisou Brett.

— Vou ficar com você — disse Cohn.

— Ah, não! — disse Brett. — Pelo amor de Deus, vá para algum outro canto. Não viu que eu e Jake queremos conversar?

— Não vi — disse Cohn. — Queria ficar aqui sentado porque estou meio bêbado.

— Que motivo é esse para ficar sentado aqui? Se está bêbado, vá dormir. Vá para a cama.

Cohn se foi.

— Fui grosseira o suficiente com ele? — perguntou Brett. — Nossa! Não aguento mais ele!

— Ele não acrescenta muita alegria.

— Ele me deprime tanto.

— Ele se comportou muito mal.

— Horrivelmente. E teve a oportunidade de se comportar tão bem.

— Ele provavelmente está esperando na porta.

— É. Provavelmente. Você sabe que eu sei o que ele sente. Ele não acredita que não teve importância alguma.

— Eu sei.

— Mais ninguém se comportaria mal assim. Ai, não aguento mais essa coisa toda. E Michael. Que anjo tem sido.

— Tem sido muito difícil para Mike.

— É. Mas ele não precisava se comportar como um porco.

— Todo mundo se comporta mal — falei. — Dê uma chance para eles.

— Você não se comportaria mal — disse Brett, e olhou para mim.

— Eu seria tão ruim quanto Cohn — falei.

— Querido, não diga tolices.

— Tudo bem. Fale do que quiser.

— Não seja difícil. Você é a única pessoa que tenho e me sinto bastante horrível hoje.

— Você tem Mike.

— É, Mike... Ele não tem sido um amor?

— Bem — falei —, tem sido difícil para o Mike andar por aí com Cohn e vê-lo com você.

— E eu não sei disso, querido? Por favor, não faça eu me sentir ainda pior.

Brett estava nervosa como eu nunca vira. Ela não parava de olhar de mim para a porta.

— Quer dar uma caminhada?

— Quero. Vamos.

Fechei a garrafa de Fundador e a devolvi ao barman.

— Vamos só beber mais um gole disso — falou Brett. — Estou com os nervos à flor da pele.

Tomamos mais um copo de conhaque amontillado suave.

— Vamos — disse Brett.

Quando saímos, vi Cohn sair de sob a galeria.

— Ele estava *mesmo* aí — falou Brett.

— Ele não aguenta ficar longe de você.

— Coitado!

— Não sinto pena. Pessoalmente, o detesto.

— Também o detesto — disse ela, estremecendo. — Detesto esse sofrimento todo.

Andamos de braços dados pela rua lateral, afastando-nos da multidão e das luzes da praça. A rua estava escura e molhada, e andamos até as muralhas dos arredores da cidade. Passamos por adegas que derramavam luz na rua, e rompantes repentinos de música.

— Quer entrar?

— Não.

Andamos pela grama molhada e subimos a muralha de pedra. Abri um jornal na pedra e Brett se sentou. A planície estava escura e dava para ver as montanhas. O vento soprava forte, carregando as nuvens na frente da lua. Abaixo de nós ficavam os poços fundos das fortificações. Atrás estavam as árvores e a sombra da catedral, e a cidade em silhueta ao luar.

— Não se sinta mal — falei.

— Estou me sentindo péssima — disse Brett. — Não vamos falar.

Olhamos para a planície. As linhas compridas das árvores estavam escuras sob o luar. Havia os faróis de um carro subindo a montanha na estrada. No cume da montanha vimos as luzes de um forte. Abaixo e à esquerda ficava o rio. Estava cheio da chuva, preto e liso. As árvores escuras ladeavam as margens. Ficamos sentados, olhando. Brett olhava bem para a frente. Subitamente, estremeceu.

— Está frio.

— Quer voltar?

— Pelo parque.

Descemos. Voltava a ficar nublado. No parque, sob as árvores, estava escuro.

— Você ainda me ama, Jake?

— Sim — respondi.

— Porque eu estou perdida — disse Brett.

— Como?

— Estou perdida. Estou louca pelo Romero. Acho que me apaixonei por ele.

— Eu não me apaixonaria, se fosse você.

— Não consigo me conter. Estou perdida. Está me devastando.

— Não faça isso.

— Não consigo me conter. Nunca consegui conter nada.

— Você devia evitar.

— Como evitar? Não consigo evitar nada. Está sentindo?

A mão dela estava tremendo.

— Estou toda assim.

— Você não devia fazer isso.

— Não dá. Já estou perdida de qualquer forma. Não vê a diferença?

— Não.

— Preciso fazer alguma coisa. Preciso fazer alguma coisa que quero muito. Perdi minha dignidade.

— Você não precisa fazer isso.

— Ah, querido, não torne mais difícil. Como você acha que foi aguentar aquele judeu insuportável, e Mike, do jeito que ele anda?

— Certo.

— Não posso ficar o tempo todo bêbada.

— Não.

— Ah, querido, por favor, fique do meu lado. Por favor, fique do meu lado e me ajude a passar por isso.

— Certo.

— Não digo que é bom. No entanto, para mim é bom. Sabe Deus que nunca me senti tão vadia.

— O que quer que eu faça?

— Venha — disse Brett. — Vamos encontrá-lo.

Juntos, andamos pela trilha de cascalho no parque no escuro, sob as árvores, e então pelo portão que levava à rua cidade adentro.

Pedro Romero estava no café, a uma mesa com outros toureiros e críticos. Fumavam charuto. Quando entramos, eles olharam. Romero sorriu e fez uma reverência. Nós nos sentamos a uma mesa no meio do salão.

— Chame ele para vir beber com a gente.

— Ainda não. Ele virá.

— Não consigo olhar para ele.

— É agradável olhar para ele — falei.

— Sempre fiz exatamente o que quis.

— Eu sei.

— Eu me sinto uma vadia.

— Bem... — disse.

— Meu Deus! — exclamou Brett. — As coisas pelas quais as mulheres passam.

— Sim?

— Ah, eu me sinto uma vadia.

Olhei para a outra mesa. Pedro Romero sorriu. Ele falou alguma coisa com as outras pessoas da mesa e se levantou. Veio à nossa mesa. Eu me levantei e nos cumprimentamos.

— Não quer uma bebida?

— Vocês precisam beber comigo um pouco — disse ele.

Ele se sentou, pedindo permissão para Brett sem dizer nada. Ele tinha ótimos modos. Mas continuou a fumar charuto. Combinava com o rosto dele.

— Gosta de charuto? — perguntei.

— Ah, sim. Sempre fumo charuto.

Era parte do sistema de autoridade dele. Dava-lhe uma aparência mais velha. Notei sua pele. Era lisa, macia e muito marrom. Tinha uma cicatriz triangular na maçã do rosto. Vi que ele admirava Brett. Ele sentia que havia algo entre eles. Deve ter sentido quando Brett deu a mão a ele. Ele estava tomando muito cuidado. Acho que ele tinha certeza, mas não queria cometer nenhum erro.

— Você luta amanhã? — perguntei.

— Sim — respondeu ele. — Algabeno foi ferido hoje em Madrid. Soube?

— Não — falei. — Foi grave?

Ele sacudiu a cabeça.

— Nada. Aqui — falou, e mostrou a mão.

Brett o tocou e abriu seus dedos.

— Ah! — disse ele, em inglês. — Você sabe ler a sorte?

— Às vezes. Se incomoda?

— Não. Eu gosto — disse ele, espalmando a mão na mesa. — Me diga que vou viver para sempre e ser milionário.

Ele continuava muito educado, mas mais confiante.

— Olhe — pediu. — Vê algum touro na minha mão?

Ele riu. Tinha uma mão muito elegante, com punho estreito.

— Vejo milhares de touros — disse Brett.

Ela não estava mais nervosa. Estava linda.

— Que bom! — riu Romero. — Mil *duros* por touro — disse para mim, em espanhol. — Me conte mais.

— É uma boa mão — disse Brett. — Acho que ele viverá muito tempo.

— Diga para mim. Não para seu amigo.

— Eu falei que você viverá muito tempo.

— Eu sei — disse Romero. — Não vou morrer nunca.

Bati na mesa de madeira com os dedos. Romero viu. Ele sacudiu a cabeça.

— Não. Não faça isso. Os touros são meus melhores amigos.

Traduzi para Brett.

— E você mata seus amigos? — perguntou ela.

— Sempre — respondeu ele, em inglês, e riu. — Para eles não me matarem.

Ele olhou para ela.

— Você sabe bastante inglês.

— Sim — disse ele. — Bom, às vezes. Mas não posso exibir para ninguém. Pegaria mal um *torero* que fala inglês.

— Por quê? — perguntou Brett.

— Seria ruim. As pessoas não gostariam. Ainda não.

— Por que não?

— Não gostariam. Toureiros não são assim.

— E como são os toureiros?

Ele riu, abaixou o chapéu para cobrir os olhos e mudou o ângulo do charuto e a expressão do rosto.

— Como na mesa — falei.

Olhei. Ele tinha imitado exatamente a expressão de Nacional. Ele sorriu, voltando ao rosto natural.

— Não — falou. — Preciso esquecer o inglês.

— Não esqueça ainda — disse Brett.

— Não?

— Não.

— Tudo bem.

Ele riu de novo.

— Eu gostaria de um chapéu desses — comentou Brett.

— Que bom. Vou arranjar um para você.

— Certo. Arranje mesmo.

— Vou mesmo. Vou arranjar ainda hoje.

Eu me levantei. Romero se levantou também.

— Sente-se — falei. — Preciso ir encontrar nossos amigos para trazê-los.

Ele me olhou. Era um olhar final para perguntar se estava tudo entendido. Estava tudo bem entendido.

— Sente-se — disse Brett para ele. — Você precisa me ensinar espanhol.

Ele se sentou e a olhou do outro lado da mesa. Saí. As pessoas de olhos duros à mesa dos toureiros me viram ir embora. Não foi agradável. Quando voltei e procurei pelo café, vinte minutos depois, Brett e Romero não estavam. As xícaras de café e nossos três copos de conhaque vazios estavam na mesa. Um garçom veio com um pano de prato, recolheu os copos e limpou a mesa.

Capítulo 17

Na frente do Bar Milano, encontrei Bill, Mike e Edna. Edna era o nome da moça.

— Fomos expulsos — disse Edna.

— Pela polícia — falou Mike. — Tem uma gente aí que não gosta de mim.

— Protegi os dois de quatro brigas — disse Edna. — Você precisa me ajudar.

Bill estava todo vermelho.

— Volte, Edna — falou ele. — Venha dançar com Mike.

— De jeito nenhum — disse Edna. — Vai acontecer outra briga.

— Malditos porcos de Biarritz — falou Bill.

— Venha — disse Mike. — Afinal, é um *pub*. Eles não podem ocupar um *pub* inteiro.

— O bom e velho Mike — comentou Bill. — Esses malditos porcos ingleses vêm ofender Mike e tentar estragar a *fiesta*.

— São uns malditos! — esbravejou Mike. — Odeio os ingleses.

— Não podem ofender Mike — disse Bill. — Mike é um cara bacana. Não podem ofender Mike. Não vou suportar. E daí que ele é um falido do cacete?

A voz dele falhou.

— E daí? — perguntou Mike. — Eu não estou nem aí. Jake não está nem aí. *Você* está?

— Não — respondeu Edna. — Você está falido?

— Claro que sim. Você não está nem aí, né, Bill?

Bill abraçou Mike pelo ombro.

— Queria que fosse eu um falido. Mostraria qual é para esses babacas.

— São só ingleses — disse Mike. — Nunca faz diferença o que os ingleses dizem.

— Porcos imundos — falou Bill. — Vou fazer uma limpeza.

— Bill... — disse Edna, e me olhou. — Por favor, não volte para lá, Bill. São tão idiotas!

— É isso! — exclamou Mike. — São idiotas. Eu sabia que era isso.

— Eles não podem dizer essas coisas de Mike — disse Bill.

— Você os conhece? — perguntei a Mike.

— Não. Nunca os vi. Eles dizem que me conhecem.

— Não vou aceitar — falou Bill.

— Venha. Vamos ao Suizo — disse.

— São um bando de amigos de Edna, de Biarritz — disse Bill.

— São só uns idiotas — falou Edna.

— Um deles é Charley Blackman, de Chicago — disse Bill.

— Eu nunca fui a Chicago — comentou Mike.

Edna começou a rir e não conseguia parar.

— Me tirem daqui — falou —, seus falidos.

— Que tipo de briga foi? — perguntei a Edna.

Estávamos atravessando a praça até o Suizo. Bill tinha sumido.

— Não sei o que aconteceu, mas alguém chamou a polícia para impedir Mike de entrar nos fundos. Tinha gente aí que conhecia Mike de Cannes. Qual é o problema do Mike?

— Provavelmente deve dinheiro a eles — respondi. — Normalmente é esse o motivo dessas amarguras.

Na frente das bilheterias da praça havia duas filas de pessoas à espera. Estavam sentadas em cadeiras ou agachadas no chão, cercadas de mantas e jornais, esperando as bilheterias abrirem de manhã para comprar ingressos para a tourada. A noite estava clareando e a lua ficou visível. Algumas pessoas na fila dormiam.

No Café Suizo, assim que nos sentamos e pedimos Fundador, Robert Cohn apareceu.

— Onde está Brett? — perguntou.

— Não sei.

— Ela estava com você.

— Deve ter ido dormir.

— Não foi.

— Não sei onde ela está.

O rosto dele estava amarelado sob a luz. Ele se levantou.

— Me diga onde ela está.

— Sente-se — falei. — Não sei onde ela está.

— Você sabe muito bem!

— Pode calar essa boca.

— Me diga onde está Brett.

— Não vou lhe dizer nada.

— Você sabe onde ela está.

— Se soubesse, não lhe diria.

— Ah, vá para o inferno, Cohn! — gritou Mike da mesa. — Brett foi para algum canto com o toureiro. Estão em lua de mel.

— Cale a boca!

— Ah, vá para o inferno! — esbravejou Mike, lânguido.

— É isso mesmo? — perguntou Cohn, virando-se para mim.

— Vá para o inferno!

— Ela estava com você. É isso mesmo?

— Vá para o inferno!

— Vou fazer você me contar — disse ele, avançando —, seu cafetão de merda.

Tentei dar um soco e ele se esquivou. Vi a cara dele se esquivar para o lado sob a luz. Ele me socou e eu caí sentado na calçada. Quando fiz menção de me levantar, ele me bateu mais duas vezes. Caí de costas debaixo de uma mesa. Tentei me levantar, mas senti que perdi as pernas. E também senti que precisava me levantar e tentar socá-lo. Mike me ajudou a levantar. Alguém virou uma jarra d'água na minha cabeça. Mike me segurava, abraçando-me, e notei que eu estava sentado em uma cadeira. Mike puxava minhas orelhas.

— Nossa, você apagou — disse Mike.

— E você, estava onde?

— Ah, por aí.

— Não quis se meter?

— Ele também nocauteou Mike — disse Edna.

— Não me nocauteou — falou Mike. — Só fiquei largado.

— Isso acontece toda noite nas suas *fiestas*? — perguntou Edna. — Não era o Sr. Cohn?

— Estou bem — falei. — Só um pouco tonto.

Tinha um monte de garçons e uma aglomeração de gente ao nosso redor.

— *Vaya*! — disse Mike. — Vão embora! Vão!

Os garçons afastaram as pessoas.

— Foi impressionante de ver — falou Edna. — Ele deve ser boxeador.

— É mesmo.

— Queria que Bill estivesse aqui — disse Edna. — Teria gostado de ver Bill ser nocauteado também. Sempre quis ver Bill apanhar. Ele é tão grande.

— Eu esperava que ele batesse em um garçom — falou Mike — e fosse preso. Adoraria ver o Sr. Robert Cohn na cadeia.

— Não — falei.

— Ah, não! — disse Edna. — Você não está falando sério.

— Estou, sim — respondeu Mike. — Não sou um desses caras que gosta de pancadaria. Nunca nem brinco.

Mike tomou um gole.

— Nunca gostei de caçar, sabe? Sempre tem o risco de um cavalo cair na gente. Como você está se sentindo, Jake?

— Bem.

— Você é simpático — disse Edna para Mike. — Está mesmo falido?

— Estou tremendamente falido — respondeu Mike. — Devo dinheiro para todo mundo. Você não deve dinheiro nenhum?

— Muito.

— Eu devo dinheiro para todo mundo — disse Mike. — Peguei cem *pesetas* emprestadas de Montoya hoje.

— Ah, não! — falei.

— Vou pagar — disse Mike. — Eu sempre pago tudo.

— É por isso que faliu, não é? — falou Edna.

Eu me levantei. Ouvia-os falarem de muito longe. Parecia uma peça ruim.

— Vou ao hotel — disse.

Aí os ouvi falar de mim.

— Ele está bem? — perguntou Edna.

— Melhor irmos junto.

— Estou bem — falei. — Não venham. Nos vemos depois.

Eu me afastei do café. Eles estavam sentados à mesa. Olhei para eles e para as mesas vazias. Tinha um garçom sentado a uma das mesas, com a cabeça apoiada nas mãos.

Atravessando a praça até o hotel, tudo parecia novo e mudado. Eu nunca antes vira as árvores. Nunca antes vira os mastros, nem a fachada do teatro. Estava tudo diferente. Senti o que uma vez tinha sentido ao voltar para casa depois de um jogo de futebol americano em outra cidade. Estava carregando uma mala com meu equipamento e, ao andar da estação para a cidade em que vivera a vida toda, tudo era novo. Estavam varrendo os quintais e queimando folhas na rua, e eu parei por muito tempo para observar. Foi estranho. Então continuei, e meus pés pareciam estar muito distantes, e tudo parecia vir de muito longe, e eu ouvia meus pés andarem de muito longe. Eu tinha levado um chute na cabeça no começo do jogo.

Foi assim atravessar a praça. Foi assim subir a escada do hotel. Subir a escada demorou muito tempo, e senti que estava carregando a mala. A luz estava acesa no quarto. Bill saiu para me encontrar no corredor.

— Escute — disse ele —, vá ver Cohn. Ele se meteu numa confusão e quer falar com você.

— Cohn que vá para o inferno.

— Vá. Suba para vê-lo.

Eu não queria subir mais um andar.

— Por que está me olhando assim?

— Não estou olhando. Suba para falar com o Cohn. Ele está em mau estado.

— Você estava bêbado há pouco tempo — falei.

— Ainda estou — disse Bill. — Mas suba para ver Cohn. Ele quer falar com você.

— Tudo bem — falei.

Era só subir mais escada. Fui escada acima, carregando a mala fantasma. Atravessei o corredor até o quarto de Cohn. A porta estava fechada, então eu bati.

— Quem é?

— Barnes.

— Entre, Jake.

Abri a porta e entrei, e larguei minha mala. Nenhuma luz estava acesa no quarto. Cohn estava deitado de barriga para baixo na cama, no escuro.

— Oi, Jake.

— Não me chame de Jake.

Fiquei parado na porta. Foi bem assim que eu tinha chegado em casa. Eu precisava era de um banho quente. Um bom banho quente, numa banheira funda, para me deitar.

— Onde é o banheiro? — perguntei.

Cohn estava chorando. Lá estava ele, de barriga para baixo na cama, chorando. Usava uma camisa polo branca, do tipo que ele usava em Princeton.

— Desculpe, Jake. Por favor, me desculpe.

— Pro inferno com suas desculpas.

— Por favor, me desculpe, Jake.

Não falei nada. Fiquei parado na porta.

— Eu enlouqueci. Você deve entender.

— Ah, tudo bem.

— Não aguentei a situação de Brett.

— Você me chamou de cafetão.

Eu não me importava. Queria um banho quente. Queria um banho quente numa banheira funda.

— Eu sei. Por favor, nem lembre. Enlouqueci.

— Tudo bem.

Ele estava chorando. A voz estava esquisita. Ficou ali deitado, de camisa branca, na cama, no escuro. De camisa polo.

— Vou embora de manhã.

Ele estava chorando sem ruído.

— Só não aguentei a situação de Brett. Passei pelo inferno, Jake. Tem sido um inferno. Quando a encontrei, Brett me tratou como se eu fosse um perfeito desconhecido. Não aguentei. Vivemos juntos em San Sebastian. Suponho que você saiba. Não aguento mais.

Ele ficou deitado na cama.

— Bem — falei —, vou tomar um banho.

— Você era meu único amigo, e eu amava tanto Brett.

— Bem — disse —, até mais.

— Acho que não adianta — lamentou-se ele. — Acho que não adianta nada.

— O quê?

— Nada. Por favor, diga que me perdoa, Jake.

— Claro — falei. — Tudo bem.

— Eu me senti tão mal. Passei por um inferno, Jake. Agora acabou tudo. Tudo.

— Bem — disse —, até mais. Tenho que ir.

Ele se virou, sentou-se na beirada da cama e se levantou.

— Até mais, Jake — disse ele. — Um aperto de mão, por favor?

— Claro. Por que não?

Apertei a mão dele. No escuro, não via muito bem o rosto dele.

— Bem — falei —, nos vemos de manhã.

— Vou embora de manhã.

— Ah, sim — disse.

Saí. Cohn estava parado na porta do quarto.

— Tudo bem aí, Jake? — perguntou.

— Ah, sim — respondi. — Tudo bem.

Não encontrava o banheiro. Depois de um tempo, encontrei. Tinha uma banheira de porcelana funda. Abri a torneira, mas a água não saía. Eu me sentei na beirada da banheira. Quando me levantei, notei que tinha tirado os sapatos. Eu os procurei, encontrei-os e desci com eles. Achei meu quarto, entrei, despi-me e me deitei.

☼

Acordei com dor de cabeça e o barulho da banda desfilando na rua. Lembrei que tinha prometido levar a amiga de Bill, Edna, para ver os touros andarem na rua até a arena. Eu me vesti e desci no amanhecer frio. Tinha gente atravessando a praça, correndo para a arena. Do outro lado da praça estavam as duas filas das bilheterias. Ainda estavam esperando as bilheterias abrirem às sete. Corri até o café. O garçom falou que meus amigos tinham ido embora.

— Quantos eram?

— Dois homens e uma moça.

Tudo certo. Bill e Mike estavam com Edna. Na noite anterior, ela tinha tido receio que eles desmaiassem. Por isso era para eu levá-la. Bebi café e corri com as outras pessoas para a arena. Não estava mais grogue. Só sentia uma forte dor de cabeça. Tudo estava nítido e claro, e a cidade cheirava a amanhecer.

O trecho de terra da periferia até a arena estava lamacento. Tinha uma multidão aglomerada na cerca que levava à arena, e os balcões e o topo dela estavam lotados de gente. Ouvi o rojão e soube que não entraria a tempo de ver os touros, então me acotovelei pela multidão até a cerca, onde fui esmagado nas tábuas. Entre as duas cercas, a polícia expulsava a multidão. Iam andando ou trotando para a arena, até que as pessoas começaram a correr.

Um bêbado escorregou e caiu. Dois policiais o pegaram e o apressaram até a cerca. A multidão estava correndo mais rápido. Ouviu-se um grito alto e, esticando a cabeça entre as tábuas, vi os touros começarem a passar da rua para o corredor comprido. Iam rápido, quase alcançando a multidão. Bem então, outro bêbado se afastou da cerca, com uma blusa nas mãos. Ele queria brincar de capa com os touros. Os dois policiais correram e o agarraram. Um bateu nele com um cassetete e eles o arrastaram até a cerca, onde ficaram parados conforme passava o fim da multidão e os touros.

Tinha tanta gente correndo na frente dos touros que a massa ficou engarrafada e lenta ao passar pelo portão. Quando os touros passaram, galopando juntos, pesados, enlameados, sacudindo os chifres, um arrancou, atingiu as costas de um homem e o jogou ao ar. O homem esticou os dois braços para o lado, jogou a cabeça para trás quando o chifre entrou, e o touro o levantou e o largou. O animal avançou contra outro homem que corria, mas ele sumiu na multidão, que passou pelo portão e entrou na arena, os touros logo atrás. A porta vermelha da arena se fechou e a multidão nos balcões externos se esmagava para dentro. Ouviu-se um grito, e mais um grito.

O homem que tinha sido chifrado ficou largado de barriga para baixo na lama pisoteada. As pessoas iam pulando a cerca e não consegui mais enxergar o homem, de tanta gente ao redor. De dentro da arena vieram os gritos. Cada grito representava uma investida de um touro na multidão. Dava para notar, pela intensidade dos gritos, a gravidade do que acontecia. Finalmente, subiu o rojão que indicava que os bois tinham tirado os touros da arena e os levado ao curral. Deixei a cerca para lá e voltei à cidade.

De volta, fui tomar um segundo café e comer um pão na chapa. Os garçons estavam varrendo o café e limpando as mesas. Um veio anotar meu pedido.

— Aconteceu alguma coisa no *encierro*?

— Não vi tudo. Um homem foi *cogido* bem feio.

— Onde?

— Aqui.

Levei uma mão à lombar e outra ao peito, onde parecia que o chifre tinha passado. O garçom agitou a cabeça e limpou as migalhas da mesa com o pano de prato.

— *Cogido* bem feio — falou. — Tudo por esporte. Tudo por prazer.

Ele se foi e voltou com os bules de alças compridas do café e do leite. Serviu-os. Saíam dos bicos compridos em jatos, que atingiam a xícara grande. O garçom agitou a cabeça.

— *Cogido* bem feio, nas costas — falou, deixando os bules na mesa e se sentando em uma cadeira ao lado. — Uma ferida feia de chifre. Só por diversão. Tudo por diversão. O que acha disso?

— Não sei.

— É isso. Só por diversão. Diversão, entende?

— Você não é *aficionado*?

— Eu? O que são touros? Animais. Animais brutos.

Ele se levantou e pôs a mão na lombar.

— Bem nas costas — falou. — Uma chifrada bem nas costas. Por diversão... Entende?

Ele sacudiu a cabeça e se foi, carregando os bules. Dois homens vinham pela rua. O garçom gritou para eles. Os dois tinham aparência séria. Um sacudiu a cabeça.

— *Muerto!* — gritou.

O garçom agitou a cabeça. Os dois homens seguiram caminho. Estavam em uma missão. O garçom veio até minha mesa.

— Ouviu? *Muerto*. Morto. Ele morreu. De chifrada. Tudo pela diversão da manhã. Es muy flamenco.

— É grave.

— Não é para mim — disse o garçom. — Não vejo a graça disso.

Mais tarde, soubemos que o homem que tinha morrido se chamava Vicente Girones e era dos arredores de Tafalla. No dia seguinte, no jornal, lemos que ele tinha 28 anos, uma fazenda, esposa e dois filhos. Tinha continuado a ir à *fiesta* todo ano após o casamento. No dia seguinte, a esposa veio de Tafalla para acompanhar o corpo, e no seguinte fizeram um velório na capela de San Fermin.

O caixão foi carregado até a estação de trem por membros da sociedade de dança e de bebida de Tafalla.

Os tambores marcharam na frente e tocaram música nos pífaros. Atrás dos homens que carregavam o caixão vinham a esposa e os dois filhos... Atrás deles, os membros das sociedades de dança e de bebida de Pamplona, Estella, Tafalla e Sanguesa, que podiam participar do velório.

O caixão foi posto no vagão bagageiro do trem, e a viúva e os dois filhos se sentaram juntos em um vagão aberto de terceira classe. O trem deu partida com um solavanco, e depois seguiu tranquilamente, descendo ao redor do planalto e entrando pelas plantações de grãos que sopravam no vento na planície a caminho de Tafalla.

O touro que matou Vicente Girones se chamava Bocanegra, era número 118 do estabelecimento de criação de touros de Sanchez Tabemo, e foi morto por Pedro Romero, o terceiro touro da tarde. A orelha dele foi cortada por aclamação pública e dada a Pedro Romero, que, por sua vez, deu-a a Brett, que a embrulhou em um lenço meu. Ela deixou a orelha e o lenço, assim como um monte de guimbas de cigarro Muratti, enfiados no fundo de uma gaveta da mesinha de cabeceira de sua cama no Hotel Montoya, em Pamplona.

☀

De volta ao hotel, o vigia noturno estava sentado em um banco do lado de dentro. Tinha passado a noite ali e estava com muito sono. Ele se levantou quando entrei. Três garçonetes vieram ao mesmo tempo. Tinham estado no espetáculo matinal da arena. Subiram rindo. Eu as acompanhei escada acima e entrei no meu quarto. Tirei os sapatos e me deitei na cama. A varanda estava aberta e a luz do sol clareava o quarto. Não estava com sono. Devia ter passado das três quando fui me deitar e a banda tinha me acordado às seis. Meu maxilar doía dos dois lados. Tateei com os dedos. Maldito Cohn. Ele deveria ter socado alguém da primeira vez que se sentira ofendido e ido embora. Tinha certeza de que Brett o amava. Ia ficar, e o amor verdadeiro conquistaria tudo. Alguém bateu à porta.

— Pode entrar.

Eram Bill e Mike. Eles se sentaram na cama.

— Que encierro! — exclamou Bill. — Que encierro!

— Você não estava lá? — perguntou Mike. — Peça cerveja, Bill.

— Que manhã! — disse Bill, esfregando o rosto. — Nossa! Que manhã! E cá está o velho Jake. O velho Jake, o saco de pancadas.

— O que aconteceu lá dentro?

— Nossa! — falou Bill. — O que aconteceu, Mike?

— Tinha uns touros entrando — respondeu Mike. — Logo à frente deles vinha a multidão, e um cara tropeçou e derrubou todo mundo.

— E os touros pisotearam todo mundo — completou Bill.

— Ouvi os gritos.

— Foi Edna quem gritou — disse Bill.

— Uns caras se metiam sacudindo as camisas.

— Um touro foi pela *barrera* e derrubou todo mundo.

— Levaram vinte caras para a enfermaria — falou Mike.

— Que manhã! — exclamou Bill. — A maldita polícia não parava de prender caras que queriam cometer suicídio com os touros.

— No fim, os bois os contiveram — disse Mike.

— Levou quase uma hora.

— Na verdade, foram uns quinze minutos — corrigiu Mike.

— Ah, vá para o inferno — falou Bill. — Você esteve na guerra. Foi tipo duas horas e meia para mim.

— E aquela cerveja? — perguntou Mike.

— O que fizeram com a bela Edna?

— Nós a levamos para casa agora. Ela foi se deitar.

— O que ela achou?

— Gostou. Contamos que é assim todo dia.

— Ela ficou impressionada — disse Mike.

— Ela quer ir à arena com a gente também — falou Bill. — Gosta da ação.

— Eu falei que não seria justo para os meus credores — disse Mike.

— Que manhã! — falou Bill. — E que noite!

— Como vai sua mandíbula, Jake? — perguntou Mike.

— Dói — respondi.

Bill riu.

— Por que não bateram nele com uma cadeira?

— Falar é fácil — respondeu Mike. — Ele também o teria derrubado. Nem vi ele me bater. Acho que o vi logo antes e aí, de repente, eu estava sentado na rua, e Jake deitado debaixo da mesa.

— Aonde ele foi depois? — perguntei.

— Cá está ela! — falou Mike. — Eis a linda moça da cerveja.

A camareira deixou a bandeja de copos e garrafas de cerveja na mesa.

— Traga mais três garrafas — pediu Mike.

— Aonde Cohn foi depois de me bater? — perguntei a Bill.

— Como? Você não soube?

Mike abriu a garrafa. Ele serviu a cerveja em um dos copos, mantendo o copo bem próximo da garrafa.

— Não soube mesmo? — perguntou Bill.

— Ora, ele foi atrás de Brett, encontrou-a com o toureiro no quarto do rapaz e massacrou o coitado do danado do moço.

— Não!

— Sim.

— Que noite! — exclamou Bill.

— Quase matou o coitado do toureiro. Aí Cohn queria levar Brett embora. Queria fazer dela uma mulher honesta, imagino. Muito comovente, mesmo.

Ele tomou um gole demorado de cerveja.

— Que babaca.

— O que aconteceu?

— Brett disse-lhe o diabo. Mandou-o embora. Acho que ela agiu muito bem.

— Aposto que sim — disse Bill.

— Aí Cohn desmoronou e chorou, e queria apertar a mão do toureiro. Quis apertar a mão de Brett também.

— Eu sei. Ele apertou minha mão também.

— Ah, é? Bem, eles não quiseram. O toureiro agiu bem, até. Não disse nada, mas ficou se levantando, e sendo derrubado de novo. Cohn não conseguia nocauteá-lo. Deve ter sido hilário.

— Como você soube disso tudo?

— Brett me contou. Encontrei-a de manhã.

— O que aconteceu depois?

— Parece que o toureiro estava sentado à mesa. Ele tinha sido derrubado umas quinze vezes e queria brigar ainda mais. Brett o segurou e não o deixou se levantar. Ele estava fraco, mas Brett não conseguiu segurá-lo e ele se levantou. Cohn falou que não bateria nele de novo, que não conseguiria, que seria cruel. Então o toureiro foi meio cambaleando até ele. Cohn ficou encurralado na parede.

"'Então não vai me bater?'

"'Não', disse Cohn. 'Seria uma vergonha'.

"Então o toureiro o socou com toda a força na cara e caiu sentado no chão. Não conseguia mais se levantar, disse Brett. Cohn queria pegá-lo no colo e levá-lo para a cama. Ele disse que, se Cohn o ajudasse, ele o mataria. E o mataria de manhã de qualquer jeito se Cohn não fosse embora da cidade. Cohn estava chorando e Brett mandou-o embora. Ele queria apertar a mão deles. Isso já contei".

— Conta o resto — pediu Bill.

— Parece que o toureiro estava sentado no chão, recuperando as forças para se levantar e socar Cohn de novo. Brett não estava interessada em aperto de mão nenhum. Cohn estava chorando, dizendo que a amava, e ela o mandou deixar de ser idiota. Então Cohn se abaixou para apertar a mão do tal toureiro. Sem ressentimento, sabe? Todo perdão. Aí o tal toureiro meteu um soco na cara dele de novo.

— Que rapaz bacana — disse Bill.

— Ele acabou com Cohn — falou Mike. — Sabe, acho que Cohn nunca mais vai querer bater em ninguém.

— Quando você viu Brett?

— Hoje de manhã. Ela veio buscar umas coisas. Ia cuidar do tal Romero.

Ele serviu mais uma garrafa de cerveja.

— Brett está bem dividida. Mas ela ama cuidar das pessoas. Foi assim que acabamos juntos. Ela estava cuidando de mim.

— Eu sei — falei.

— Estou bem bêbado — disse Mike. — Acho que vou *continuar* bem bêbado. Isso tudo é bem engraçado, mas não é tão agradável. Não é tão agradável para mim.

Ele virou a cerveja.

— Mandei a real para Brett, sabe? Falei que, se ela quiser se meter com judeus e toureiros e essa gente, deve esperar encrenca — falou Mike, e se inclinou para mim. — Jake, tudo bem se eu beber sua garrafa? Ela traz mais uma.

— Por favor — falei. — Eu não estou bebendo mesmo.

Mike começou a abrir a garrafa.

— Pode abrir para mim?

Abri a tampa e servi para ele.

— Sabe — continuou Mike —, Brett agiu muito bem. Ela sempre age muito bem. Dei um sermão horrível sobre judeus e toureiros, e essa gente, e sabe o que ela disse? "Claro. Porque tive uma vida tão feliz com a aristocracia britânica!".

Ele tomou um gole.

— Foi ótimo. Ashley, o cara de quem ela pegou o título, era marinheiro, sabe? Nono baronete. Quando voltava para casa, ela não dormia na cama. Sempre fazia Brett dormir no chão. Finalmente, quando ficou bem feio, começou a dizer que ia matá-la. Ele sempre dormia com um revólver de serviço carregado. Brett tirava as balas quando ele pegava no sono. Ela não teve uma vida tão feliz. Brett... Uma pena, mesmo. Ela aproveita tanto as coisas!

Ele se levantou. As mãos tremiam.

— Vou para o quarto. Tentar dormir um pouco.

Ele sorriu.

— A gente passa tempo demais em claro nessas *fiestas*. Vou começar a descansar agora e dormir bastante. Faz muito mal não dormir. A gente fica horrivelmente nervoso.

— Nos vemos ao meio-dia, no Iruña — disse Bill.

Mike saiu. Ouvimos ele no quarto ao lado.

Ele tocou a campainha e a camareira foi bater à porta.

— Traga meia dúzia de garrafas de cerveja e uma garrafa de Fundador — pediu Mike.

— *Si, señorito.*

— Vou me deitar — falou Bill. — Coitado do Mike. Tive uma briga horrível por causa dele ontem.

— Onde? Naquele Milano?

— Isso. Tinha um cara lá que tinha ajudado a pagar uma dívida de Brett e Mike em Cannes. Foi muito cruel.

— Sei a história.

— Eu não sabia. Não deviam ter o direito de dizer tais coisas sobre Mike.

— É por isso que é ruim.

— Não deviam ter mesmo. Queria que não pudessem. Vou me deitar.

— Alguém morreu na arena?

— Acho que não. Só ficaram muito feridos.

— Um homem morreu no corredor do lado de fora.

— É mesmo? — perguntou Bill.

Capítulo 18

Ao meio-dia estávamos todos no café. Estava lotado. Comemos camarão e bebemos cerveja. A cidade estava lotada. Todas as ruas estavam cheias. Carros enormes de Biarritz e San Sebastian não paravam de passar e estacionar na praça. Traziam gente para a tourada. Vieram ônibus de turismo também. Em um deles havia 25 mulheres inglesas. Sentadas no veículo grande e branco, admiravam a *fiesta* de binóculos. Os bailarinos estavam todos bem bêbados. Era o último dia de *fiesta*.

A *fiesta* era sólida e contínua, mas os carros e ônibus turísticos formavam pequenas ilhas de espectadores. Quando os carros se esvaziavam, os curiosos eram absorvidos pela multidão. Não dava para notá-los de novo exceto pelas roupas esportivas, estranhas nas mesas entre os grupos de camponeses aglomerados de avental preto. A *fiesta* absorvia até os ingleses de Biarritz, a ponto de só dar para vê-los se passassem perto da mesa. O tempo todo tinha música na rua. Os tambores retumbavam e as gaitas soavam. Nos cafés, homens agarrados às mesas, ou aos ombros dos outros, cantavam daquele jeito duro.

— Lá vem Brett — disse Bill.

Olhei e a vi atravessar a multidão da praça, caminhando de cabeça erguida, como se a *fiesta* fosse toda em sua homenagem e ela a achasse agradável e divertida.

— Olá, meus chapas! — cumprimentou ela. — Vou dizer, estou com *uma* sede!

— Traga mais uma cerveja grande — falou Bill para o garçom.

— Camarão?

— Cohn já foi? — perguntou Brett.

— Foi — disse Bill. — Chamou um carro.

A cerveja chegou. Brett começou a levantar a caneca de vidro e a mão tremeu. Ela viu e sorriu, e se debruçou para tomar um gole comprido.

— Boa cerveja.

— Muito boa — falei.

Eu estava nervoso por Mike. Achei que ele não tivesse dormido. Deve ter bebido o tempo todo, mas parecia estar controlado.

— Soube que Cohn o machucou, Jake — disse Brett.

— Não. Me nocauteou. Só isso.

— Vou dizer, ele machucou Pedro Romero — falou Brett. — Machucou bem feio.

— Como ele está?

— Vai ficar bem. Não vai sair do quarto.

— Está muito feio?

— Muito. Se machucou muito. Eu falei que queria dar um pulo aqui para ver vocês um minuto.

— Ele vai à tourada?

— Vai. E eu vou com vocês, se não se incomodarem.

— Como vai seu namorado? — perguntou Mike.

Ele não tinha escutado nada do que Brett dissera.

— Brett arrumou um toureiro — continuou ele. — Tinha também um judeu chamado Cohn, mas ele se deu mal.

Brett se levantou.

— Não vou ouvir esse tipo de besteira sua, Michael.

— Como vai seu namorado?

— Muito bem — respondeu Brett. — Pode vê-lo hoje à tarde.

— Brett arrumou um toureiro — repetiu Mike. — Um belo, maldito toureiro.

— Se incomoda de me acompanhar? Queria falar com você, Jake.

— Conte para ele tudo do seu toureiro — disse Mike. — Ah, que vá para o inferno seu toureiro!

Ele virou a mesa, e a cerveja e o prato de camarão caíram no chão com estrondo.

— Venha — disse Brett. — Vamos sair daqui.

No meio da multidão da praça, perguntei:

— Como vai?

— Não vou vê-lo depois do almoço, só depois da tourada. O pessoal dele vai arrumá-lo. Estão furiosos comigo, parece.

Brett estava feliz e radiante. O sol tinha surgido no céu e o dia estava claro.

— Eu me sinto totalmente mudada — disse Brett. — Você nem imagina, Jake.

— Quer que eu faça alguma coisa?

— Não, só vá comigo à tourada.

— Vamos vê-la no almoço?

— Não. Vou comer com ele.

Estávamos na galeria, na porta do hotel. Estavam carregando mesas para armar sob a galeria.

— Quer dar uma volta no parque? — perguntou Brett. — Ainda não quero subir. Acho que ele está dormindo.

Passamos pelo teatro, saímos da praça e atravessamos as barracas da feira, acompanhando a multidão entre as fileiras de comerciantes. Saímos em uma rua perpendicular que levava ao Passo de Sarasate. Vimos uma aglomeração de pessoas andando por lá, todas usando roupas estilosas. Estavam virando na ponta do parque.

— Não vamos para lá — disse Brett. — Não quero que me olhem.

Ficamos parados sob o sol. Fazia um bom calor depois da chuva e das nuvens do mar.

— Espero que diminua o vento — falou Brett. — É muito ruim para ele.

— Eu também.

— Ele disse que os touros são razoáveis.

— São bons.

— É San Fermin ali?

Brett olhou para o muro amarelo da capela.

— É. Onde começou o espetáculo de domingo.

— Vamos entrar. Pode ser? Quero rezar um pouco por ele, não sei.

Entramos pela porta pesada de couro, que se movimentava muito de leve. Lá dentro estava escuro. Tinha muita gente rezando. Dava para ver quando nosso olhar se ajustou à meia-luz. Nós nos ajoelhamos em um dos bancos de madeira compridos. Depois de um tempo, senti Brett ficar tensa ao meu lado e vi que ela olhava bem para a frente.

— Venha... — sussurrou, rouca. — Vamos sair daqui. Me deixa extremamente nervosa.

Lá fora, na claridade quente da rua, Brett olhou para as árvores ao vento. A oração não tinha sido um sucesso.

— Não sei por que fico tão nervosa na igreja — falou Brett. — Nunca me faz bem.

Continuamos a andar.

— Sou péssima na atmosfera religiosa — disse Brett. — Tenho o tipo de rosto errado. Sabe — continuou —, não estou nada preocupada com ele. Só estou feliz por ele.

— Que bom.

— Mas queria que o vento diminuísse.

— Deve abrandar antes das cinco.

— Tomara.

— Você pode rezar. — Ri.

— Nunca me adianta. Nunca consegui nada pelo que rezei. E você?

— Ah, sim.

— Ah, que besteira! — disse Brett. — Talvez funcione para algumas pessoas. Você não parece muito religioso, Jake.

— Sou bem religioso.

— Ah, que bobagem! — falou Brett. — Nem comece a pregar hoje. Já vai ser ruim de qualquer jeito.

Era a primeira vez que eu a via de volta ao humor alegre e descuidado desde que partira com Cohn. Voltamos à porta do hotel. Todas as mesas estavam postas e várias já cheias de gente comendo.

— Cuide do Mike — pediu Brett. — Não o deixe ficar tão mal.

— Seus amigos subirram — disse o *maître d'hôtel*, em inglês.

Ele era um enxerido contínuo. Brett se virou para ele.

— Muito obrigada. Tem mais alguma coisa a dizer?
— Não, *ma'am*.
— Que bom! — falou Brett.
— Reserve uma mesa para três — pedi ao alemão.
Ele abriu aquele sorrisinho sujo, branco e rosado.
— A madame comerrá aqui?
— Não — respondeu Brett.
— Enton uma messa parra dois.
— Não fale com ele — pediu Brett. — Mike deve estar em péssimo estado — disse ela, na escada.

Passamos por Montoya na escada. Ele abaixou a cabeça e não sorriu.

— Nos vemos no café — falou Brett. — Muito obrigada, Jake.

Tínhamos parado no andar dos nossos quartos. Ela atravessou o corredor até o quarto de Romero. Não bateu. Simplesmente abriu a porta, entrou e fechou.

Parei na frente do quarto de Mike e bati. Não tive resposta. Girei a maçaneta e abri a porta. Lá dentro, o quarto estava uma bagunça. As malas estavam todas abertas e as roupas, espalhadas. Tinha garrafas vazias ao lado da cama. Mike estava deitado na cama, parecendo a própria máscara mortuária. Ele abriu os olhos e se virou para mim.

— Olá, Jake — falou, muito devagar. — Estou dormindo um pouco. Queria dormir um pouco faz tempo.

— Deixe-me cobri-lo com um cobertor.

— Não. Estou bem quente. Não vá. Ainda não dormi.

— Você vai dormir, Mike. Não se preocupe, garoto.

— Brett arranjou um toureiro — disse Mike. — Mas o judeu dela se foi.

Ele virou a cabeça para me olhar.

— Que boa notícia, não é?

— É. Agora durma, Mike. É bom você dormir.

— Vou começar. Só vou dormir um pouco.

Ele fechou os olhos. Saí do quarto e fechei a porta devagar. Bill estava no meu quarto, lendo o jornal.

— Viu Mike?

— Vi.

— Vamos comer.

— Não quero comer lá embaixo com aquele gerente alemão. Ele foi muito rude quando eu estava subindo com Mike.

— Ele foi rude com a gente também.

— Vamos sair para comer na cidade.

Descemos. Na escada, passamos por uma moça que subia com uma bandeja coberta.

— Lá vai o almoço de Brett — disse Bill.

— E do rapaz — falei.

Na calçada, sob a galeria, o gerente alemão apareceu. O rosto vermelho dele estava brilhante. Ele foi educado.

— Separrei uma messa para os senhorres — falou.

— Pois vá sentar nela — disse Bill.

Saímos e atravessamos a rua.

Comemos em um restaurante em uma rua perpendicular à praça. Tinha só homens no restaurante. Estava cheio de fumaça, bebida e cantoria. A comida era boa, assim como o vinho. Não conversamos muito. Depois, fomos ao café e vimos a *fiesta* chegar ao ponto de fervura. Brett apareceu logo depois do almoço. Ela falou que tinha dado uma olhada no quarto e Mike estava dormindo.

Quando a *fiesta* transbordou para a arena, acompanhamos a multidão. Brett se sentou entre mim e Bill, perto da pista. Diretamente abaixo de nós ficava o *callejon*, o corredor entre a arquibancada e a cerca vermelha da *barrera*. Atrás de nós, as arquibancadas de concreto iam se enchendo. Lá na frente, do outro lado da cerca vermelha, a areia da pista estava amarela e nivelada. Parecia um pouco pesada da chuva, mas tinha secado sob o sol, firme e lisa.

Os escudeiros e funcionários desceram o *callejon* trazendo nos ombros as cestas de vime com capas e *muletas*. Estavam todas manchadas de sangue e dobradas bem compactas, guardadas nas cestas. Os escudeiros abriram as pesadas bainhas de couro de espadas para que os punhos envoltos em vermelho delas aparecessem com a bainha encostada na cerca. Eles desdobraram a flanela vermelha e manchada das *muletas* e prenderam bastões nelas para espalhá-las e dar ao *matador* algo para segurar. Brett assistiu a tudo. Ela estava absorta nos detalhes profissionais.

— O nome dele está pintado nas capas e nas *muletas* — disse ela. — Por que chamam de *muletas*?

— Não sei.

— Será que as lavam?

— Acho que não. Pode estragar a cor.

— Devem ficar duras de sangue — disse Bill.

— É engraçado — falou Brett — o sangue não incomodar.

No corredor estreito do *callejon*, os escudeiros arranjaram tudo. As arquibancadas estavam todas cheias. Os camarotes também. O único lugar vazio era o camarote do presidente. Quando ele chegasse, começaria a tourada. Do outro lado da areia lisa, no portão alto que levava às jaulas, os toureiros encontravam-se de pé, com os braços enfiados nas capas, conversando, à espera do sinal de marchar arena adentro. Brett os observava pelos binóculos.

— Aqui, quer olhar?

Olhei pelos binóculos e vi os três *matadores*. Romero estava no meio, Belmonte, à esquerda, Marcial, à direita. Atrás dele estavam os assistentes e atrás dos *bandilleros*, no corredor e no espaço amplo do curral, vi os *picadores*. Romero estava de uniforme preto. O chapéu tricorne estava baixo, cobrindo os olhos. Não vi o rosto dele bem sob o chapéu, mas parecia bastante roxo. Ele estava olhando para a frente. Marcial fumava reservadamente um cigarro, conservando-o quase sempre na mão. Belmonte olhava para longe, o rosto abatido e amarelado, o maxilar comprido de lobo esticado. Ele olhava para nada. Nem ele nem Romero pareciam ter nada em comum com os outros. Estavam sós. O presidente chegou; houve aplausos na arquibancada. Devolvi o binóculo para Brett. Aplausos. A música começou. Brett olhou pelo binóculo.

— Olhe — disse, passando-me o binóculo.

Pelo binóculo, vi Belmonte falar com Romero. Marcial se endireitou e largou o cigarro e, olhando para a frente, com a cabeça erguida, balançando os braços livres, os três matadores avançaram. Atrás deles veio a procissão, abrindo-se, todos andando no ritmo, as capas enroscadas, os braços livres balançando, e em seguida os *picadores*, levantando as lanças.

Atrás de todos vieram as duas fileiras de mulas e os criados da arena. Os matadores fizeram uma reverência, segurando os chapéus, diante do camarote do presidente, e depois vieram à *barrera* abaixo de nós. Pedro Romero tirou a capa pesada de brocado dourado e entregou ao escudeiro do outro lado da cerca. Ele falou alguma coisa para o escudeiro. Bem abaixo de nós, vimos que a boca de Romero estava inchada e os dois olhos, roxos. O rosto estava todo inchado, manchado de hematomas. O escudeiro pegou a capa, olhou para Brett e veio até nós para oferecer a capa.

— Abra na sua frente — falei.

Brett se debruçou. A capa era pesada, e o brocado, rígido. O escudeiro olhou para trás, sacudiu a cabeça e falou alguma coisa. Um homem ao meu lado se aproximou de Brett.

— Ele não quer que abra — falou. — Dobre e guarde no colo.

Brett dobrou a capa pesada.

Romero não nos encarou. Ele estava falando com Belmonte, que tinha mandado a capa formal para uns amigos. Ele olhou para eles e sorriu, aquele sorriso lupino, só de boca. Romero se debruçou na *barrera* e pediu água. O escudeiro trouxe. Romero derramou água no percal da capa de combate e esfregou as dobras inferiores na areia com o pé.

— Para que é isso? — perguntou Brett.

— Para dar peso no vento.

— Ele está com uma cara feia — disse Bill.

— Está se sentindo muito mal — falou Brett. — Devia estar na cama.

O primeiro touro era de Belmonte. Ele era muito bom. Mas porque ganhara trinta mil *pesetas* e as pessoas tinham passado a noite na fila para vê-lo, a plateia exigia que ele fosse além do muito bom. A grande atração de Belmonte é trabalhar perto do touro. Na tourada, falam do terreno do touro e do terreno do toureiro. Enquanto o toureiro se mantém no próprio terreno, fica em relativa segurança. Sempre que entra no terreno do touro, ele entra em grande perigo.

Belmonte, nos melhores dias, trabalhava sempre no terreno do touro. Assim, dava a sensação de tragédia iminente. As pessoas iam à *corrida* para ver Belmonte, para sentir as emoções trágicas e, talvez, para ver a morte dele. Quinze anos atrás diziam que, se quisesse ver Belmonte, era bom ir rápido enquanto ele ainda estava vivo. Desde então, ele já matou mais de mil touros. Quando se aposentou, cresceu a lenda de seu estilo de tourear, e quando largou a aposentadoria o público se decepcionou porque nenhum homem de verdade era capaz de trabalhar tão perto dos touros como diziam que Belmonte fazia, nem mesmo, é claro, o próprio Belmonte.

Além do mais, Belmonte impunha condições e insistia que os touros não fossem grandes demais nem tivessem chifres perigosos demais, então o elemento necessário para dar a sensação de tragédia não estava presente, e o público, que queria três vezes mais dele, que estava doente, com uma fístula, do que ele jamais fora capaz de fornecer, sentia-se traído e fraudado.

Belmonte esticava ainda mais o queixo de desprezo, e o rosto dele ficava mais amarelo. Ele se mexia com maior dificuldade conforme a dor crescia e, finalmente, a plateia tornou-se ativamente contrária a ele, que mostrava completo desprezo, indiferente.

Ele queria ter uma ótima tarde e, em vez disso, foi uma tarde de chacota, xingamentos aos gritos e, então, uma chuva de almofadas, pão e legumes, jogados nele na *plaza* onde tivera seus maiores triunfos. Ele só esticou ainda mais o queixo. Às vezes, virava-se para abrir aquele sorriso dentuço, esticado, sem lábios, quando recebia uma ofensa especialmente grave. A dor no movimento crescia e crescia, até, finalmente, o rosto amarelado ficar da cor do pergaminho, e, depois de matar o segundo touro e de acabarem de jogar pão e almofadas, depois de ele saudar o presidente com o mesmo sorriso lupino e olhar desdenhoso, e de entregar a espada para ser limpa e embainhada do outro lado da *barrera*, ele passou para o *callejon* e se recostou na *barrera* abaixo de nós, com a cabeça nos braços, sem ver nem ouvir nada, apenas sentindo a dor. Quando ergueu o rosto, pediu um gole d'água. Ele engoliu um bocado, bochechou, cuspiu, pegou a capa e voltou à arena.

Por estar contra Belmonte, a plateia estava a favor de Romero. Assim que ele saiu da *barrera* e se aproximou do touro, todos o aplaudiram. Belmonte também observava Romero, mas sempre sem parecer fazê-lo. Ele não deu atenção a Marcial. Marcial era o tipo de coisa que ele conhecia muito bem. Ele tinha saído da aposentadoria para competir com Marcial sabendo que era uma competição já ganha.

Ele esperava competir com Marcial e as outras estrelas decadentes das touradas, e sabia que, já que a sinceridade de seu estilo seria destacada pela falsa estética dos toureiros do período decadente, era preciso apenas aparecer na arena. Porém a volta dele após a aposentadoria tinha sido estragada por Romero, que fazia sempre, com calma, tranquilidade e beleza, o que ele, Belmonte, só se tornara capaz de fazer às vezes. A multidão sentia aquilo, mesmo o pessoal de Biarritz, mesmo o embaixador americano, finalmente.

Era uma competição na qual Belmonte não entraria porque levaria apenas a uma ferida grave ou à morte. Belmonte não estava mais suficientemente saudável. Não tinha mais seus melhores momentos na arena. Não tinha certeza de haver tais momentos. As coisas não eram mais as mesmas e a vida só lhe vinha em lampejos. Ele tinha lampejos de grandeza com os touros, mas não tinham valor, pois ele os descontara por antecipação ao escolher os touros por segurança, ao sair do carro e se recostar na cerca, ao olhar para a manada no rancho de seu amigo criador.

Então ele tinha dois touros pequenos e maleáveis, sem grandes chifres, e quando sentia a grandeza voltar, só um pouquinho, por meio da dor sempre presente, ela tinha sido descontada e vendida previamente, e não lhe causava boa sensação. Era a grandeza, mas não tornava mais a tourada maravilhosa para ele.

Pedro Romero, sim, tinha a grandeza. Ele amava a tourada, e acho que amava touros, e acho que amava Brett. Tudo cuja localização podia controlar ele fez na frente dela, a tarde toda. Não olhou para ela nenhuma vez. Assim era mais forte, e feito por ele, assim como por ela. Por não olhar para perguntar se a agradava, por dentro ele fazia tudo por si, o que o fortalecia, mas ainda assim também era feito por ela. Mas ele não o fazia por ela com nenhuma perda de si. Ele só ganhava com aquilo, a tarde inteira.

A primeira *quite* dele foi bem abaixo de nós. Os três matadores pegam o touro, alternando, após cada investida contra o picador. Belmonte foi primeiro. Marcial, segundo. Por fim, veio Romero. Os três estavam à esquerda do cavalo. O picador, de chapéu cobrindo os olhos, a lança em ângulo agudo na direção do touro, bateu as esporas e as firmou e, com as rédeas na mão esquerda, avançou com o cavalo na frente do touro. O touro estava atento. Parecia observar o cavalo branco, mas, na verdade, observava a ponta triangular de aço da lança.

Romero, que olhava, viu o touro começar a virar a cabeça. Ele não queria atacar. Romero agitou a capa para a cor chamar a atenção do touro. O touro avançou por reflexo e não encontrou o brilho da cor, mas um cavalo branco, e um homem que se debruçou no cavalo. Ele enfiou a ponta de aço do longo cabo de nogueira na massa de músculos do ombro do touro. Romero puxou o cavalo de lado e girou a lança, causando um ferimento ao afundar o aguilhão no ombro do touro, fazendo-o sangrar para Belmonte.

O touro não insistiu sob o ferro. Ele não queria mesmo atacar o cavalo. Ele se virou e o grupo se separou. Romero o atraiu com a capa. Ele o chamou devagar e suavemente, então parou e, bem na frente do touro, ofereceu a capa. O touro levantou o rabo e arremeteu. Romero mexeu os braços diante do touro, girando, com pés firmes. A capa umedecida e pesada pela lama abriu-se e se encheu como uma vela, e Romero virou com ela bem adiante do touro. No fim do passe, ficaram um de frente para o outro novamente. Romero sorriu.

O touro queria ir de novo. Romero encheu a capa de novo, dessa vez do outro lado. Cada vez, deixava o touro passar tão perto que o homem, o touro e a capa, que se enchia e girava diante do touro, eram uma só massa em relevo. Era tudo muito lento e controlado. Parecia que ele estava ninando o touro. Ele fez quatro *veronicas* assim e concluiu com uma meia-*veronica*, que o deixou de costas para o touro e de frente para o aplauso, com a mão no quadril, a capa no braço, o touro vendo suas costas se afastarem.

Com seus próprios touros, Romero esteve perfeito. O primeiro touro não enxergava bem. Depois dos dois primeiros passes de capa, Romero identificou exatamente quão deficiente era a visão. Ele trabalhou de acordo. Não foi uma tourada genial. Foi apenas perfeita. A plateia queria que trocassem o touro. Foi um escândalo. Nada de interessante podia acontecer com um touro que não via as iscas, mas o presidente não mandou trocá-lo.

— Por que não trocam? — perguntou Brett.
— Pagaram por ele. Não querem perder o dinheiro.
— Não é justo com Romero.
— Veja como ele trata um touro que não enxerga cor.
— É o tipo de coisa que não gosto de ver.

Não era agradável de assistir se a gente se importava com a pessoa envolvida. Como o touro não via as cores das capas, nem a flanela escarlate da *muleta*, Romero precisava fazer o touro consentir com o corpo. Precisava se aproximar a ponto de o touro ver seu corpo e avançar, e mudar o ataque do touro para a flanela, concluindo o passe do modo clássico. O pessoal de Biarritz não gostou. Acharam que Romero estava assustado e por isso dava aquele passinho para o lado sempre que transferia o ataque do touro do corpo para a flanela. Preferiam a imitação que Belmonte fazia de si próprio, ou a imitação que Marcial fazia de Belmonte. Tinha três deles na fileira atrás de nós.

— Por que ele está com medo do touro? O touro é tão burro que só ataca o pano.
— É só um toureiro jovem. Ainda não aprendeu.
— Mas o achei bom com a capa antes.
— Deve estar nervoso agora.

No meio da arena, sozinho, Romero continuava com a mesma coisa, aproximando-se até o touro vê-lo com clareza, oferecendo o corpo, oferecendo de novo, mais perto, o touro observando aturdido e, então, tão perto que o touro achava que o tinha pegado; e oferecendo de novo, finalmente atraía o ataque, e logo antes de os chifres chegarem, dava ao touro o pano vermelho com um tremor pequeno e quase imperceptível, o que atrapalhava muito o julgamento crítico dos especialistas de Biarritz.

— Agora ele vai matar — falei para Brett. — O touro ainda está forte. Não quis se cansar.

No meio da arena, Romero parou de perfil diante do touro, desembainhou a espada das dobras da *muleta*, subiu na ponta dos pés e apontou com a lâmina. O touro avançou, e Romero avançou. Com a mão esquerda, Romero largou a *muleta* no focinho do touro para cegá-lo, empurrou o ombro esquerdo entre os chifres ao enfiar a espada e, por um instante, ele e o touro fizeram um, Romero bem em cima do touro, o braço direito esticado para o alto, onde o punho da espada se enfiara entre os ombros do touro. Finalmente, a silhueta se rompeu. Com um sacolejo, Romero se afastou e parou de pé, com uma mão erguida, de frente para o touro, a camisa rasgada debaixo da manga, o branco esvoaçando ao vento, e o touro, com o punho vermelho da espada entre os ombros, abaixando a cabeça, as pernas se ajeitando.

— Lá vai ele — disse Bill.

Romero estava perto o suficiente para o touro vê-lo. Ainda de mão erguida, ele falou com o touro. O touro se encolheu, a cabeça pendeu e ele tombou devagar. E então, de uma vez, repentinamente, as quatro patas ao ar.

Entregaram a espada para Romero que, carregando a lâmina abaixada, com a *muleta* na outra mão, aproximou-se do camarote do presidente, fez uma reverência, endireitou-se e veio à *barrera* para entregar a espada e a *muleta*.

— Esse foi ruim — falou o escudeiro.

— Me fez suar — disse Romero.

Ele secou o rosto. O escudeiro ofereceu água. Romero secou a boca. Doía beber do odre. Ele não nos olhou.

Marcial teve um grande dia. Ainda o estavam aplaudindo

quando chegou o último touro de Romero. Foi o touro que tinha corrido e matado o homem de manhã.

Durante o primeiro touro, a cara machucada de Romero fora muito perceptível. Tudo que ele fazia a mostrava. Toda a concentração do trabalho delicado com o touro que não enxergava a expunha. A briga com Cohn não tocara seu espírito, mas seu rosto tinha sido esmagado e seu corpo, ferido. Ele estava se limpando de tudo aquilo. Cada coisa que fazia com aquele touro o limpava um pouco mais. Era um bom touro, um touro grande, com chifres, que se virava e atacava com facilidade de firmeza. Era o que Romero queria em um touro.

Quando acabou o trabalho de *muleta* e estava pronto para matar, a plateia o fez continuar. Ainda não queriam que matasse o touro, não queriam que acabasse. Romero continuou. Parecia uma aula de tourada. Todos os passos que ele conectou, todos completos, todos lentos, suaves e ritmados. Não havia truques, nem burlas. Não havia brusquidão. E cada passo, ao atingir seu ápice, causava-nos uma dor repentina. A plateia não queria que acabasse.

O touro estava firme nas quatro patas, pronto para morrer, e Romero o matou bem perto de nós. Ele não matou como se forçado àquilo, como no touro anterior, mas como se o quisesse. Entrou em perfil bem na frente do touro, empunhou a espada das dobras da *muleta* e mirou com a lâmina. O touro o olhou. Romero falou com o touro e bateu um pé. O touro arrancou e Romero esperou a investida, com a *muleta* baixa, mirando a lâmina, os pés firmes. Então, sem avançar um passo, ele se uniu ao touro, a espada alta entre os ombros, o touro acompanhando a flanela baixa, que desapareceu quando Romero se esquivou bruscamente para a esquerda, e acabou.

O touro tentou avançar, as pernas começaram a ceder, ele cambaleou, hesitou e caiu de joelhos. O irmão mais velho de Romero chegou por trás e enfiou uma faca curta no pescoço do touro, na base dos chifres. Da primeira vez, errou a mira. Enfiou a faca de novo e o touro caiu, rígido e trêmulo. O irmão de Romero, com o chifre em uma mão e a faca na outra, olhou para o camarote do presidente. A plateia sacudia lenços pela arena toda. O presidente olhou do camarote e sacudiu seu lenço. O irmão cortou a orelha preta do touro morto e correu com ela até Romero. O touro estava pesado, preto, caído na areia, com a língua pendurada. Garotos corriam até lá de todos os lados da arena, cercando-o. Começaram a dançar ao redor do touro.

Romero pegou a orelha oferecida pelo irmão e a levantou para o presidente, que abaixou a cabeça. Então Romero, correndo para se adiantar na multidão, veio até nós. Ele se esticou na *barrera* e deu a orelha para Brett. Ele acenou com a cabeça e sorriu. A plateia o cercou. Brett abaixou a capa.

— Gostou? — perguntou Romero.

Brett não disse nada. Eles se olharam e sorriram. Brett segurou a orelha.

— Não se suje de sangue — disse Romero, sorrindo.

A multidão o queria. Vários garotos gritaram para Brett. A turba era de garotos, de dançarinos e de bêbados. Romero se virou e tentou atravessar a multidão. Estavam ao redor dele, tentando levantá-lo nos ombros. Ele se debateu e se desvencilhou, e começou a correr, no meio deles, para a saída. Não queria ser carregado nos ombros de ninguém. No entanto, pegaram-no e ergueram-no. Era desconfortável, as pernas dele arreganhadas, o corpo muito machucado. Levantaram-no e correram para o portão. Ele apoiou a mão no ombro de alguém e nos olhou, como se pedisse desculpas. A multidão saiu correndo com ele.

Nós três voltamos ao hotel. Brett subiu. Bill e eu nos sentamos no restaurante do térreo e comemos ovos cozidos e tomamos muitas garrafas de cerveja. Belmonte chegou, com as roupas do cotidiano, acompanhado do empresário e de dois outros homens. Eles se sentaram à mesa ao lado e comeram. Belmonte comeu muito pouco. Eles iam pegar o trem das sete para Barcelona. Belmonte usava uma camisa azul listrada e um terno escuro, e comeu apenas alguns ovos quentes. Os outros tiveram uma refeição farta. Belmonte não falou. Só respondia a perguntas.

Bill estava cansado depois da tourada. Eu também. Nós dois sentíamos muito impacto na tourada. Ficamos sentados, comendo ovos e vendo Belmonte e o pessoal dele na mesa. Os homens que o acompanhavam tinham aparência dura e séria.

— Vamos ao café — disse Bill. — Quero um absinto.

Era o último dia da *fiesta*. Lá fora, o tempo voltava a nublar. A praça estava cheia de gente e os especialistas em fogos de artifício preparavam os rojões da noite, cobrindo-os com galhos de faia. Havia garotos observando. Passamos por rojões com varas compridas de bambu. Na frente do café havia muita gente. Tinha música e dança. Passavam os gigantes e os anões.

— Onde está Edna? — perguntei para Bill.

— Não sei.

Vimos o começo do cair da última noite da *fiesta*. O absinto fez tudo parecer melhor. Bebi sem o açúcar pingado e era agradavelmente amargo.

— Sinto pena de Cohn — disse Bill. — Ele sofreu muito.

— Ah, dane-se Cohn — falei.
— Aonde você acha que ele foi?
— Para Paris.
— O que acha que ele vai fazer?
— Ah, dane-se ele.
— O que acha que ele vai fazer?
— Voltar com a noiva, provavelmente.
— Quem era a noiva?
— Uma moça chamada Frances.
Tomamos mais um absinto.
— Quando você volta? — perguntei.
— Amanhã.
Depois de um tempo, Bill falou:
— Bom, foi uma *fiesta* bacana.
— Sim — disse —, sempre acontecendo alguma coisa.
— Nem dá para acreditar. Parece um pesadelo maravilhoso.
— É — falei. — Eu acreditaria em tudo. Até em pesadelos.
— O que houve? Está deprimido?
— Deprimidíssimo.
— Tome mais um absinto. Garçom, aqui! Mais um absinto para esse *senõr*.
— Estou me sentindo péssimo — falei.
— Beba isso — disse Bill. — Devagar.
Estava começando a escurecer. A *fiesta* continuava. Comecei a me sentir bêbado, mas não a me sentir melhor.
— Como você está se sentindo?
— Estou me sentindo péssimo.
— Mais um?
— Não vai adiantar.

— Tente. Nunca se sabe; talvez essa seja a solução. Ei, garçom! Mais um absinto para o *señor*!

Joguei a água e mexi de uma vez, em vez de deixar pingar. Bill pôs um cubo de gelo. Mexi o gelo com uma colher na mistura nebulosa e amarronzada.

— Como está?

— Bom.

— Não beba tão rápido. Vai passar mal.

Abaixei o copo. Não era minha intenção beber rápido.

— Estou bêbado.

— Deve estar mesmo.

— Era isso o que você queria, não é?

— Claro. Encha a cara. Supere sua depressão.

— Bom, estou bêbado. É o que você quer?

— Sente-se.

— Não vou me sentar — falei. — Vou ao hotel.

Eu estava muito bêbado. Mais bêbado do que jamais me lembro de ter ficado. No hotel, subi. A porta de Brett estava aberta. Coloquei a cabeça para dentro do quarto. Mike estava sentado na cama. Ele balançou uma garrafa.

— Jake — disse ele. — Entre, Jake.

Entrei e me sentei. O quarto estava instável, a não ser que eu olhasse para um ponto fixo.

— Brett, sabe... Ela foi embora com o tal toureiro.

— Não!

— Sim. Ela o procurou para se despedir. Eles foram no trem das sete.

— Foram?

— Foi má ideia — disse Mike. — Ela não devia ter feito isso.

— Não.

— Quer uma bebida? Espere que eu peço uma cerveja.
— Estou bêbado — falei. — Vou entrar e me deitar.
— Está tonto? Eu fiquei tonto também.
— Sim — respondi. — Estou tonto.
— Saúde! — disse Mike. — Durma bem, caro Jake.

Saí do quarto dele e fui ao meu me deitar. A cama se movimentava como um navio no mar. Sentei-me e olhei para a parede, para contê-la. Lá fora, na praça, a *fiesta* continuava. Não tinha importância alguma. Mais tarde, Bill e Mike vieram me chamar para descer e comer com eles. Eu fingi estar dormindo.

— Ele está dormindo. Melhor deixá-lo quieto.
— Ele está mais bêbado que um gambá — disse Mike.

Eles foram embora.

Eu me levantei e fui à varanda para ver a dança na praça. O mundo tinha parado de girar. Estava só muito claro e gritante, com tendência a ficar borrado. Eu me lavei e penteei o cabelo. Eu me estranhei no espelho e desci para o restaurante.

— Aí está ele! — disse Bill. — Bom e velho Jake! Sabia que você não ia desmaiar.
— Olá, seu velho bêbado — falou Mike.
— Fiquei com fome e acordei.
— Tome um pouco de sopa — disse Bill.

Nós três nos sentamos à mesa, e parecia que faltavam umas seis pessoas.

Ernest Hemingway

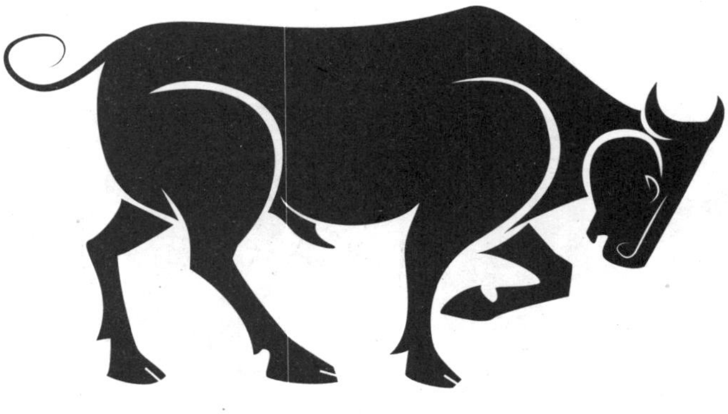

LIVRO TRÊS

Capítulo 19

Na manhã do dia seguinte, tudo estava acabado. A *fiesta* tinha acabado. Acordei umas nove, tomei um banho, vesti-me e desci. A praça estava vazia e não tinha ninguém na rua. Algumas crianças catavam os resquícios dos rojões na praça. Os cafés estavam abrindo, os garçons carregando as cadeiras de palha branca confortáveis, arranjando-as ao redor das mesas de tampo de mármore à sombra da galeria. Varriam as ruas, molhavam-nas com a mangueira.

Eu me sentei em uma das cadeiras de palha e me recostei, confortável. O garçom não tinha pressa. Os anúncios do descarregamento dos touros e os horários dos trens especiais ainda estavam pregados nos pilares da galeria. Um garçom de avental azul saiu com um balde d'água e um pano, e começou a rasgar os anúncios, puxando tiras de papel e esfregando o que continuava grudado na pedra. A *fiesta* tinha acabado.

Tomei um café e, depois de um tempo, Bill chegou. Eu o vi se aproximar pela praça. Ele se sentou à mesa e pediu um café.

— Bem — falou —, acabou.

— Pois é — falei. — Quando você vai?

— Não sei. Acho que é melhor a gente pegar um carro. Você não vai voltar a Paris?

— Não. Tenho mais uma semana de férias. Acho que vou a San Sebastian.

— Eu quero voltar.

— O que Mike vai fazer?

— Vai a Saint Jean de Luz.

— Vamos pegar um carro e ir todos até Bayonne. De lá, você pode pegar o trem da noite.

— Boa. Vamos depois do almoço.

— Está bem. Vou contratar o carro.

Almoçamos e pagamos a conta. Montoya nem chegou perto de nós. Uma das camareiras trouxe a conta. O carro estava lá fora. O chofer empilhou e amarrou as malas, guardou-as no banco da frente e nós entramos. O carro saiu da praça, passou pelas ruas laterais, por baixo das árvores, e foi colina abaixo, afastando-se de Pamplona. Não parecia um trajeto muito comprido. Mike tinha uma garrafa de Fundador. Bebi só uns goles. Subimos as montanhas, saímos da Espanha, descemos as ruas brancas e atravessamos o campo basco verde, úmido, cheio de folhas, finalmente chegando a Bayonne. Deixamos a bagagem de Bill na estação e ele comprou uma passagem para Paris. O trem saía às sete e dez. Saímos da estação. O carro esperava lá fora.

— O que faremos com o carro? — perguntou Bill.

— Ah, dane-se o carro! — disse Mike. — Vamos ficar com ele.

— Está bem — falou Bill. — Aonde vamos?

— Vamos a Biarritz tomar um drink.

— Velho Mike, o esbanjador — disse Bill.

Fomos a Biarritz e paramos o carro na frente de um lugar chiquérrimo. Entramos no bar, sentamo-nos nas banquetas e bebemos uísque com soda.

— Essa bebida eu pago — falou Mike.

— Vamos tirar na sorte.

Jogamos dados de pôquer, tirados de um copo de dados de couro fundo. Bill foi a primeira jogada. Mike perdeu de mim e entregou uma nota de cem francos para o barman. Cada uísque custava doze francos. Pedimos mais uma rodada, e Mike perdeu de novo. Toda vez ele dava uma boa gorjeta ao barman. Em um salão do bar tinha uma boa banda de jazz. Era um bar agradável. Tomamos mais uma rodada. Saí no primeiro dado, com quatro reis. Bill e Mike jogaram. Mike ganhou com quatro valetes. Bill ganhou na segunda. Na última, Mike tinha três reis e os deixou. Ele entregou o copo de dados para Bill, que os sacudiu e os jogou, tirando três reis, um ás e uma dama.

— É sua, Mike — disse Bill. — Velho Mike, o jogador.

— Mil desculpas — disse Mike. — Não posso.

— O que houve?

— Não tenho mais dinheiro — respondeu Mike. — Estou liso. Tenho só vinte francos. Aqui, toma vinte francos.

A cara de Bill mudou um pouco.

— Eu tinha só o suficiente para pagar Montoya. Até isso foi sorte.

— Posso descontar um cheque seu — disse Bill.

— É muita gentileza, mas, veja bem, não posso assinar cheques.

— O que você vai fazer para arranjar dinheiro?

— Ah, algum dinheiro vai aparecer. Tenho duas semanas de pensão que deve chegar. Posso ficar naquele *pub* em Saint Jean e pagar depois.

— O que quer fazer com o carro? — perguntou-me Bill. — Quer manter?

— Não faz diferença. Parece meio idiota.

— Vamos beber mais uma rodada — disse Mike.

— Está bem. Essa eu pago — falou Bill. — Brett tem algum dinheiro? — perguntou para Mike.

— Acho que não. Ela me deu a maior parte do que paguei ao velho Montoya.

— Ela não levou dinheiro? — perguntei.

— Acho que não. Ela nunca tem dinheiro. Ela ganha quinhentos ao ano e paga trezentos e cinquenta em juros para os judeus.

— Suponho que eles ganhem direto na fonte — disse Bill.

— É. Não são mesmo judeus. Só os chamamos assim. São escoceses, acho.

— Ela não tem dinheiro nenhum à mão? — perguntei.

— Acho que não. Ela me deu tudo quando foi embora.

— Bem — disse Bill —, melhor tomar mais uma rodada mesmo.

— Excelente ideia — falou Mike. — Nunca se chega a lugar algum com discussão de finanças.

— Não — disse Bill.

Eu e Bill tiramos as duas rodadas seguintes no dado. Bill perdeu e pagou. Saímos para o carro.

— Quer ir a algum lugar, Mike? — perguntou Bill.

— Vamos dar uma volta. Pode ajudar meu crédito. Vamos passear um pouco.

— Está bem. Eu gostaria de ver a orla. Vamos até Hendaye.

— Não tenho crédito nenhum na orla.

— Nunca se sabe — disse Bill.

Dirigimos pela estrada da orla. Tinha o verde da península, as casinhas brancas de telhado vermelho, trechos de floresta e o oceano muito azul, a maré alta, a água se espalhando ao longe na praia. Passamos por Saint Jean de Luz e por aldeias mais adiante na costa. Por trás do campo ondulante pelo qual passamos, vimos as montanhas que tínhamos atravessado ao vir de Pamplona. A estrada continuava em frente. Bill olhou para o relógio. Era hora de voltar. Ele bateu no vidro e pediu ao motorista que desse meia-volta. O motorista fez o retorno na grama. Atrás da gente estava o bosque, abaixo, um prado, e depois o mar.

No hotel onde Mike ficaria em Saint Jean, paramos o carro e ele saiu. O chofer carregou as malas dele. Mike esperou ao lado do carro.

— Adeus, meus amigos — disse Mike. — Foi uma *fiesta* e tanto!

— Até mais, Mike — despediu-se Bill.

— A gente se vê — falei.

— Não se preocupe com o dinheiro — disse Mike. — Pode pagar o carro, Jake? Eu te mando minha parte.

— Até mais, Mike.

— Até mais, meu caro. Vocês foram os melhores.

Nós nos despedimos com apertos de mão. Acenamos do carro para Mike. Ele ficou esperando na rua. Chegamos a Bayonne logo antes da partida do trem. Um carregador levou as malas de Bill da *consigne*. Acompanhei-o até o portão que levava à ferrovia.

— Até mais, meu caro — disse Bill.

— Até mais, rapaz!

— Foi formidável. Tive uns dias formidáveis.

— Você vai a Paris?

— Não, tenho que pegar o navio no dia 17. Até mais, meu caro!

— Até mais, meu jovem!

Passamos pelo portão até o trem. O carregador foi na frente com as malas. Vi o trem partir. Bill estava em uma das janelas. A janela passou, o restante do trem passou, e os trilhos ficaram vazios. Saí e voltei para o carro.

— Quanto lhe devemos? — perguntei ao motorista.

O preço para Bayonne tinha ficado definido como cento e cinquenta *pesetas*.

— Duzentas *pesetas*.

— Quanto mais vai custar para você me levar a San Sebastian na volta?

— Cinquenta *pesetas*.

— Tá de brincadeira.

— Trinta e cinco *pesetas*.

— Não vale a pena — falei. — Me leve ao Hotel Panier Fleuri.

No hotel, paguei o motorista e dei gorjeta. O carro estava todo empoeirado. Arrastei na poeira o estojo dos caniços. Parecia a última coisa que me conectava à Espanha e à *fiesta*. O motorista deu partida no carro e seguiu pela rua. Eu o vi virar a esquina para pegar a estrada para a Espanha. Entrei no hotel e me deram um quarto. Era o mesmo quarto em que eu tinha ficado quando eu, Bill e Cohn estivemos em Bayonne. Parecia fazer muito tempo. Eu me lavei, troquei de camisa e saí para a cidade.

No jornaleiro, comprei um *New York Herald* e me sentei em um café para lê-lo. Era estranho estar de volta à França. Tinha uma sensação segura e suburbana. Queria ter ido a Paris com Bill, só que Paris seria ainda mais *fiesta*. Tinha cansado de *fiestas* por enquanto. Em San Sebastian estaria tudo tranquilo. A temporada lá só começa em agosto. Eu poderia arranjar um bom hotel, ler e nadar. Tinha uma praia agradável lá. Tinha árvores maravilhosas no passeio acima da praia e muitas crianças que iam com as babás antes da temporada. À noite, haveria shows sob as árvores na frente do Café Marinas. Eu poderia ficar sentado no Marinas, ouvindo.

— Como é a comida aqui? — perguntei ao garçom.

Dentro do café ficava um restaurante.

— Boa. Muito boa. Se come muito bem.

— Que bom!

Entrei e jantei. Era uma refeição grande para a França, mas parecia uma proporção muito cautelosa depois da Espanha. Tomei uma garrafa de vinho para acompanhar. Era Château Margaux. Foi agradável beber devagar, saborear o vinho, e beber sozinho. Uma garrafa de vinho era boa companhia. Depois, tomei um café. O garçom recomendou um licor basco chamado Izzarra. Ele trouxe a garrafa e serviu um copo de licor inteiro. Falou que Izzarra era feito das flores dos Pireneus. Das verdadeiras flores dos Pireneus. Tinha cara de óleo capilar e cheiro de *strega* italiana. Falei para levar embora as flores dos Pireneus e me trazer um *vieux marc*. O *marc* estava bom. Tomei um segundo *marc* depois do café.

O garçom pareceu um pouco ofendido pelas flores dos Pireneus, então dei mais gorjeta. Ele ficou feliz. Eu me sentia confortável de estar em um país em que é tão fácil deixar as pessoas felizes. Nunca dá para saber se um garçom espanhol vai agradecer. Tudo tem uma base financeira tão clara na França. É o país mais simples no qual morar. Ninguém dificulta as coisas, virando seu amigo por motivos obscuros. Se quiser que as pessoas gostem de você, basta gastar um pouco de dinheiro. Eu gastei um pouco de dinheiro e o garçom gostou de mim. Ele apreciava minhas qualidades de valor. Ele ficaria feliz de me ver voltar. Eu jantaria lá de novo um dia e ele ficaria feliz de me ver, e querer-me-ia à sua mesa. Seria um gosto sincero, pois teria uma base sólida. Eu estava de volta à França.

Na manhã seguinte dei um pouco de gorjeta a mais para todo mundo no hotel para fazer mais amigos, e parti para San Sebastian no trem da manhã. Na estação, não dei mais gorjeta do que o esperado para o carregador porque não achei que o veria de novo. Só queria alguns bons amigos franceses em Bayonne para me sentir bem-vindo no caso de voltar um dia. Sabia que, se lembrassem, a amizade deles seria fiel.

Em Irun, tivemos que trocar de trem e mostrar o passaporte. Eu detestava sair da França. A vida era tão simples na França. Eu me senti um bobo de voltar à Espanha. Na Espanha não dava para saber de nada.

Eu me sentia um tolo de voltar, mas fiquei na fila com o passaporte, abri as malas na alfândega, comprei uma passagem, passei pelo portão, subi no trem, e, depois de quarenta minutos e oito túneis, cheguei a San Sebastian.

Mesmo em um dia quente, San Sebastian tem certa qualidade de alvorada. As árvores parecem nunca secar as folhas direito. As ruas parecem recém-molhadas. É sempre fresco à sombra de certas ruas, mesmo no dia mais quente.

Fui a um hotel na cidade onde já tinha estado e me deram um quarto com varanda que se abria acima dos telhados da cidade. Além dos telhados, havia uma encosta verde.

Desfiz as malas, empilhei os livros na mesa de cabeceira, arrumei meu equipamento de barbear, pendurei algumas roupas no armário e separei roupa para lavar. Então tomei uma chuveirada no banheiro e desci para almoçar. A Espanha não tinha entrado no horário de verão, então estava adiantado. Ajustei o relógio. Eu tinha recuperado uma hora ao voltar para San Sebastian.

Quando entrei no restaurante, o *concierge* me trouxe um formulário da polícia para preencher. Eu assinei e pedi dois formulários de telegrama, e escrevi um recado para o Hotel Montoya, pedindo que encaminhassem toda a correspondência para aquele endereço. Calculei quantos dias ficaria em San Sebastian e escrevi um telegrama para o escritório, pedindo que segurassem as cartas, mas encaminhassem todos os telegramas para San Sebastian por seis dias. Então almocei.

Depois do almoço subi ao quarto, li um pouco e fui dormir. Quando acordei, eram quatro e meia. Encontrei minha sunga, enrolei-a em uma toalha com um pente e desci para andar até a Concha. A maré estava mais ou menos na metade. A praia era calma e firme, e a areia, amarela. Entrei em uma cabine, despi-me, vesti a sunga e saí pela areia macia até o mar. A areia estava morna sob meus pés.

Tinha bastante gente na água e na praia. Além de onde as pontas da Concha quase se encontravam para formar a baía, havia uma linha branca de rebentação e o mar aberto. Apesar de a maré estar descendo, havia algumas ondas lentas. Elas vinham em ondulações, ganhavam peso na água e quebravam tranquilas na areia quente. Eu entrei no mar.

A água estava fria. Veio uma onda e eu mergulhei, nadei debaixo d'água, e emergi sem sentir mais frio. Nadei até a balsa, subi e me deitei nas tábuas quentes.

Um rapaz e uma moça estavam na outra ponta. Ela tinha desamarrado a parte de cima do maiô e estava bronzeando as costas. O rapaz estava deitado de barriga para baixo, conversando com ela. Ela ria de tudo que ele dizia, e virava as costas bronzeadas ao sol. Fiquei deitado sob o sol até secar. Então mergulhei várias vezes. Mergulhei bem longe uma vez, nadando até o fundo. Nadei de olhos abertos, e estava tudo verde e escuro. A balsa jogava uma sombra escura no mar. Saí da água perto da balsa, subi, mergulhei de novo, à distância, e nadei até a orla. Eu me deitei na praia até secar, então fui à cabine, tirei a sunga, molhei-me com água fresca e me sequei com a toalha.

Dei a volta na baía, andando sob as árvores até o cassino, e subi por uma das ruas frescas até o Café Marinas. Uma orquestra tocava no café. Eu me sentei na calçada e aproveitei o frescor no dia quente; tomei um copo de limonada com gelo e depois um uísque com soda. Fiquei sentado muito tempo na frente do Marinas, lendo e vendo as pessoas passarem, escutando a música.

Mais tarde, quando começou a escurecer, dei a volta na baía e segui pelo passeio, finalmente voltando ao hotel para jantar. Estava acontecendo uma corrida de bicicleta, o Tour du Pays Basque, e os ciclistas iam passar a noite em San Sebastian. No restaurante, de um lado, havia uma mesa comprida de ciclistas, comendo com os treinadores e empresários. Eram todos franceses e belgas, e prestavam muita atenção na comida, mas estavam se divertindo. Na cabeceira da mesa estavam duas moças francesas bonitas, com um estilo chique à la Rue du Faubourg Montmartre. Não consegui identificar com quem estavam. Todos na mesa comprida falavam com gírias e tinham muitas piadas internas, e algumas piadas da outra ponta não eram repetidas quando as moças perguntavam.

Na manhã seguinte, às cinco, começaria a última etapa da corrida, San Sebastian-Bilbao. Os ciclistas beberam muito vinho e estavam queimados e bronzeados de sol. Eles não levavam a corrida a sério, apenas entre si. Tinham corrido entre si tantas vezes que fazia pouca diferença quem ganhasse. Especialmente em um país estrangeiro. Quanto ao dinheiro, dar-se-ia um jeito.

O homem que tinha dois minutos de vantagem na corrida teve um ataque de furúnculos, que eram muito doloridos. Ele estava sentado apoiado na lombar. O pescoço estava muito vermelho e o cabelo loiro queimado de sol. Os outros ciclistas faziam piada com os furúnculos. Ele bateu na mesa com o garfo.

— Escutem — falou ele —, amanhã vou grudar o nariz no guidão e só uma deliciosa brisa vai tocar nesses furúnculos.

Uma das garotas olhou para ele, e ele sorriu e corou. Os espanhóis, diziam, não sabiam pedalar.

Tomei café na calçada com o empresário da equipe de um dos grandes fabricantes de bicicleta. Ele falou que tinha sido uma corrida muito agradável e que teria valido a pena assistir se Bottechia não tivesse abandonado em Pamplona. A poeira estava ruim, mas na Espanha as estradas eram melhores do que na França. Ciclismo de estrada era o único esporte do mundo, disse ele.

Eu já tinha acompanhado o Tour de France? Só no jornal. O Tour de France era o maior evento esportivo do mundo.

Acompanhar e organizar as corridas o fizeram conhecer a França. Poucas pessoas conhecem a França. Ele passava toda primavera, todo verão e todo outono na estrada com os ciclistas. Veja só a quantidade de carros que seguiam os ciclistas de cidade em cidade em uma corrida. Era um país rico e todo ano mais *sportif*. Viraria o país mais *sportif* do mundo. Era por causa do ciclismo de estrada. Por isso e pelo futebol.

Ele conhecia a França. *La France Sportive*. Conhecia o ciclismo. Tomamos um conhaque. Afinal, contudo, não era ruim voltar a Paris. Há apenas uma Paname. No mundo todo. Paris é a cidade mais *sportif* do mundo. Eu conhecia *Chope de Negre?* Se conhecia! Eu o veria ali um dia. Veria, certamente. Beberíamos mais uma *fine* juntos. Beberíamos, certamente. Começavam às quinze para as seis todos os dias. Eu estaria acordado para a partida? Com certeza tentaria. Gostaria que ele me chamasse? Seria muito interessante. Eu deixaria um recado na recepção. Ele não se incomodaria de me chamar. Eu não o deixaria ter tamanho trabalho. Deixaria um recado na recepção. Nós nos despedimos até a manhã.

De manhã, quando acordei, os ciclistas e os carros que os seguiam já estavam na estrada havia três horas. Tomei café e li os jornais na cama, e depois me vesti e levei a sunga à praia. Estava tudo fresco, ameno e úmido de manhã. Babás, uniformizadas ou não, caminhavam com crianças sob as árvores. As crianças espanholas eram lindas. Alguns engraxates estavam sentados juntos sob uma árvore, falando com um soldado. O soldado só tinha um braço. A maré estava alta e tinha uma boa brisa e ondas na praia.

Eu me despi em uma das cabines, atravessei a faixa estreita da praia e entrei na água. Nadei, tentando furar as ondas, mas precisando mergulhar às vezes. Então, na água mais tranquila, virei-me e boiei. Boiando, só via o céu e sentia o subir e descer das ondas. Voltei a nadar na direção da orla e, de barriga para baixo, peguei jacaré em uma onda grande, então me virei e nadei, tentando furar as ondas sem que quebrassem em cima de mim. Fiquei cansado de nadar assim e me virei e nadei até a balsa. A água estava fria, leve. Parecia que não dava para afundar. Nadei devagar, pelo que pareceu muito tempo, na maré alta, e então subi na balsa e me sentei, pingando, nas tábuas que esquentavam ao sol.

Olhei ao redor da baía, para a cidade antiga, para o cassino, para a fileira de árvores no passeio e para os grandes hotéis, de varandas brancas e nomes dourados. À direita, quase fechando a baía, ficava uma colina verde com um castelo. A balsa balançava no movimento da água. Do outro lado do estreito que levava ao mar aberto ficava outro promontório alto. Pensei que gostaria de atravessar a baía a nado, mas tinha medo de câimbras.

Fiquei sentado ao sol, vendo os banhistas na praia. Pareciam muito pequenos. Depois de um tempo, levantei-me, apertei a beirada da balsa com os pés, fazendo-a cambalear sob meu peso, e mergulhei reto e fundo para atravessar a água clara. Soprei a água salgada da cabeça e nadei devagar e firme até a orla.

Depois de me vestir e pagar pela cabine, voltei caminhando ao hotel. Os ciclistas tinham deixado vários exemplares do *L'Auto*, então os catei na sala de leitura e os levei para me sentar em uma poltrona ao sol e ler as notícias da vida esportiva francesa. Enquanto estava lá, o *concierge* saiu com um envelope azul.

— Telegrama para o senhor.

Passei o dedo sob a dobra colada, abri e li. Tinha sido encaminhado de Paris.

> *Por favor venha hotel Montana Madrid*
> *Estou em dificuldade Brett.*

Dei uma gorjeta ao *concierge* e li o recado de novo. Um carteiro vinha pela calçada. Ele entrou no hotel. Ele tinha um bigode grande e aparência muito militar. Ele saiu do hotel. O *concierge* vinha logo atrás.

— Outro telegrama para o senhor.

Eu abri. Tinha sido encaminhado de Pamplona.

> *Por favor venha Hotel Montana Madrid*
> *Estou em dificuldade Brett.*

O *concierge* ficou parado ali, provavelmente esperando outra gorjeta.

— Que horas sai o trem para Madrid?

— Saiu hoje às nove. Tem um trem parador às onze e o Sud Express às dez da noite.

— Reserve um leito para mim no Sud Express. Quer o dinheiro agora?

— Como quiser — respondeu ele. — Vou incluir na conta.

— Faça isso.

Bem, isso significava que San Sebastian já era. Suponho que, vagamente, eu estivera esperando algo assim. Vi o *concierge* parado na porta.

— Traga um formulário de telegrama, por favor.

Ernest Hemingway

Ele trouxe, eu peguei minha caneta e escrevi:

Lady Ashley Hotel Montana Madrid
Chego sud express amanhã com amor Jake.

Parecia resolver. Era isso. Mandar uma garota embora com um homem. Apresentá-la para outro, para ela ir embora com ele. Depois ir buscá-la. E assinar o telegrama com amor. Era isso mesmo. Fui almoçar.

Não dormi muito no Sud Express. De manhã, tomei café no vagão-restaurante e admirei a paisagem de rochas e pinheiros entre Ávila e Escorial. Vi o Escorial pela janela, cinzento, comprido e frio sob o sol, e não dei a mínima. Vi Madrid surgir acima da planície, um horizonte compacto em cima de um pequeno penhasco ao longe, do outro lado do interior queimado pelo sol.

A estação Norte de Madrid é o ponto final. Todos os trens param ali. Não seguem para lugar nenhum. Lá fora estavam carroças, táxis e uma fileira de traslados de hotel. Parecia uma cidade de interior. Peguei um táxi e fomos passando pelos jardins, pelo palácio vazio e pela igreja inacabada na beirada do penhasco, e subindo até chegarmos à cidade alta, quente e moderna.

O táxi passou por uma rua rápida até a Puerta del Sol, e depois pelo trânsito, saindo na Carrera San Jeronimo. Todas as lojas tinham abaixado as marquises por causa do sol. As janelas do lado ensolarado da rua estavam fechadas. O táxi parou no meio-fio. Vi a placa HOTEL MONTANA no segundo andar. O taxista carregou as malas e as deixou na frente do elevador. Não consegui fazer o elevador funcionar, então subi pela escada. No segundo andar estava uma placa de latão: HOTEL MONTANA. Toquei a campainha e ninguém veio atender. Toquei de novo e uma camareira de cara desanimada abriu a porta.

— Lady Ashley está? — perguntei.

Ela me olhou, aturdida.

— Tem uma inglesa aqui?

Ela se virou e chamou alguém lá dentro. Uma mulher muito gorda veio à porta. Ela tinha o cabelo grisalho, arrumado em ondas rígidas ao redor do rosto, penteadas com óleo. Era baixa e autoritária.

— *Muy buenos* — falei. — Tem uma inglesa hospedada aqui? Eu gostaria de ver essa senhora inglesa.

— *Muy buenos*. Sim, tem uma inglesa mulher. Certamente pode vê-la se ela quiser vê-lo.

— Ela quer me ver.

— A *chica* vai perguntar.

— Está muito quente.

— É muito quente o verão em Madrid.

— E frio no inverno.

— Sim, muito frio no inverno.

Se eu queria ficar pessoalmente no Hotel Montana? Isso eu ainda não tinha decidido, mas agradeceria se minhas malas pudessem ser trazidas do térreo para não serem roubadas. Nada era roubado no Hotel Montana, nunca. Em outras *fondas*, sim. Ali, não. Não. A clientela daquele estabelecimento era rigorosamente selecionada. Fiquei feliz de saber. Mesmo assim, agradeceria se subissem minhas malas.

A camareira veio e falou que a inglesa mulher queria ver o inglês homem imediatamente.

— Que bom! — falei. — Viu? Foi o que falei.

— Claro.

Acompanhei a camareira por um corredor comprido e escuro. No fim, ela bateu a uma porta.

— Olá — disse Brett. — É você, Jake?

— Sou eu.

— Entre. Entre.

Abri a porta. A camareira a fechou atrás de mim. Brett estava na cama. Ela estivera escovando o cabelo e ainda segurava a escova. O quarto estava no tipo de desordem produzida apenas por quem sempre teve criados.

— Querido! — disse Brett.

Eu fui até a cama e a abracei. Ela me beijou e, enquanto me beijava, senti que ela pensava em outra coisa. Ela estava tremendo nos meus braços. Parecia muito frágil.

— Querido! Que inferno eu vivi!

— Me conte.

— Não tem o que contar. Ele só foi embora ontem. Eu o mandei embora.

— Por que não ficou com ele?

— Não sei. Não é o tipo de coisa que se faz. Acho que não o magoei.

— Você provavelmente foi ótima com ele.

— Ele não devia viver com ninguém. Notei na mesma hora.

— Não.

— Ah, que inferno! — disse ela. — Não falemos disso. Nunca falemos disso.

— Tudo bem.

— Foi um certo baque ele sentir vergonha de mim. Ele sentiu vergonha de mim por um tempo, sabia?

— Não.

— Ah, sim. Fizeram troça de mim no café, parece. Ele queria que eu deixasse o cabelo crescer. Eu, de cabelo comprido? Ficaria horrorosa.

— É engraçado.

— Ele disse que eu ficaria mais feminina. Eu ficaria péssima.

— O que aconteceu?

— Ah, ele superou. Não sentiu vergonha de mim por muito tempo.

— Qual foi essa história de dificuldade?

— Eu não sabia se conseguiria mandá-lo embora e não tinha um *sou* para deixá-lo. Ele tentou me dar muito dinheiro, sabe? Eu falei que eu tinha dinheiro aos montes. Ele sabia que era mentira. Não pude aceitar o dinheiro dele, sabe?

— Não.

— Ah, não falemos disso. Mas houve umas coisas engraçadas. Me dê um cigarro.

Acendi o cigarro.

— Ele aprendeu inglês como garçom em Gib.

— Sim.

— Queria se casar comigo, finalmente.

— Jura?

— É claro. Eu não consegui nem me casar com Mike.

— Talvez ele achasse que viraria Lord Ashley.

— Não. Não era isso. Ele queria mesmo se casar comigo. Para eu não poder deixá-lo, disse. Ele queria garantir que eu nunca fosse embora. Depois de eu ficar mais feminina, é claro.

— Você deve se sentir aliviada.

— Pois é. Já estou bem de novo. Ele acabou com aquele maldito Cohn.

— Que bom.

— Sabe, eu teria vivido com ele se não visse que faria mal a ele. A gente se dava muito bem.

— Fora sua aparência pessoal.

— Ah, ele se acostumaria com isso.

Ela apagou o cigarro.

— Tenho 34 anos, sabe? Não vou ser uma dessas vacas que estragam os rapazes.

— Não.

— Não vou ser assim. Eu me sinto bem, sabe. Me sinto aliviada.

— Que bom.

Ela desviou o rosto. Achei que estivesse procurando outro cigarro. Até que vi que ela estava chorando. Eu a senti chorar. Tremer e chorar. Ela não me olhava. Eu a abracei.

— Não falemos disso nunca. Por favor, não falemos disso nunca.

— Brett, querida...

— Vou voltar para o Mike — disse ela, e eu a sentia chorar, abraçado nela. — Ele é tão gentil e tão horrível. É bem o meu tipo.

Ela não me olhou. Fiz carinho nela. E a senti tremer.

— Não vou ser uma dessas vacas — falou. — Mas, ah, Jake, por favor, nunca falemos nisso.

Saímos do Hotel Montana. A dona do hotel não me deixou pagar a conta. A conta tinha sido paga.

— Ah, bom. Deixe para lá — disse Brett. — Não importa mais.

Pegamos um táxi até o Palace Hotel, deixamos as malas, reservamos leitos no Sud Express da noite e fomos tomar um drink no bar do hotel. Nós nos sentamos nas banquetas do bar enquanto o barman mexia martinis em uma coqueteleira grande de níquel.

— É engraçado a incrível alta burguesia que se encontra no bar de um grande hotel — falei.

— Barmen e jóqueis são as únicas pessoas educadas hoje em dia.

— Por mais vulgar que seja um hotel, o bar é sempre simpático.

— É estranho.

— Barmen sempre foram simpáticos.

— Sabe — disse Brett —, é bem verdade. Ele só tem 19 anos. Não é incrível?

Brindamos com as taças lado a lado no bar. Estavam suadas de frio. Do outro lado da janela acortinada estava o calor veranil de Madrid.

— Gosto de azeitona no martini — falei para o barman.

— Certo, senhor. Aqui está.

— Obrigado.

— Eu devia ter perguntado.

O barman se afastou o bastante para não ouvir nossa conversa. Brett tomou um gole do martini onde estava, no balcão. Então, pegou-o. Depois do primeiro gole, a mão estava firme o suficiente para segurar a taça.

— Está bom. Não é um bar simpático?

— São sempre bares simpáticos.

— Sabe, de início não acreditei. Ele nasceu em 1905. Eu estava estudando em Paris na época. Pense nisso.

— O que quer que eu pense?

— Não seja estúpido. Você *gostaria* de pagar uma bebida para esta dama?

— Queremos mais dois martinis.

— Iguais a esses, senhor?

— Estavam muito bons — disse Brett, sorrindo.
— Obrigado, senhora.
— Bem, tim-tim! — disse Brett.
— Tim-tim!
— Sabe — disse Brett —, ele só tinha estado com duas mulheres antes. Nunca deu bola para nada além da tourada.
— Ele ainda tem muito tempo.
— Não sei. Ele acha que era eu. Não o espetáculo em geral.
— Bem, era você.
— Sim. Era eu.
— Achei que você não falaria disso nunca.
— Como não falaria?
— Você vai perder isso, se falar.
— Só vou falar às voltas. Sabe, me sinto muito bem, Jake.
— Deveria mesmo.
— Sabe, decidir não ser uma vaca é uma sensação muito boa.
— Sim.
— É meio o que temos no lugar de Deus.
— Há quem tenha Deus — falei. — Muita gente.
— Ele nunca deu muito certo para mim.
— Vamos tomar mais um martini?

O barman fez mais dois martinis e os serviu em novas taças.

— Onde vamos almoçar? — perguntei a Brett.

O bar estava fresco. Dava para sentir o calor lá fora pela janela.

— Aqui? — perguntou Brett.
— É ruim aqui no hotel. Conhece um lugar chamado Botin's? — perguntei ao barman.
— Sim, senhor. Quer que eu escreva o endereço?

— Obrigado.

Almoçamos no segundo andar do Botin's. É um dos melhores restaurantes do mundo. Comemos um leitão assado e bebemos *rioja alta*. Brett não comeu muito. Ela nunca comia muito. Eu comi muito e bebi três garrafas de *rioja alta*.

— Como está se sentindo, Jake? — perguntou Brett. — Nossa! Quanto você comeu!

— Estou me sentindo bem. Quer sobremesa?

— Nossa, não.

Brett estava fumando.

— Você gosta de comer, não é? — perguntou.

— Sim. Gosto de fazer muitas coisas.

— O que gosta de fazer?

— Ah... — falei. — Gosto de fazer muitas coisas. Quer sobremesa?

— Você já me perguntou — respondeu Brett.

— Sim — falei. — É verdade. Vamos pedir mais uma garrafa de *rioja alta*.

— Está mesmo muito bom.

— Você não bebeu tanto — falei.

— Bebi, sim. Você que não viu.

— Vamos pedir duas garrafas — disse.

As garrafas chegaram. Servi um pouco na minha taça, depois na de Brett, e então enchi a minha. Brindamos.

— Tim-tim! — exclamou Brett.

Bebi minha taça e servi mais uma. Brett pôs a mão no meu braço.

— Não fique bêbado, Jake — falou ela. — Não precisa.

— Como sabe disso?

— Não — disse ela. — Vai ficar tudo bem.

— Não estou ficando bêbado — falei. — Estou só bebendo um pouco de vinho. Gosto de vinho.

— Não fique bêbado — disse ela. — Jake, não fique bêbado.

— Quer dar uma volta de carro? — perguntei. — Dar uma volta pela cidade?

— Boa ideia — disse Brett. — Não vi Madrid. Devia ver Madrid.

— Vou acabar isso — falei.

Lá embaixo, saímos à rua pelo salão do térreo. Um garçom foi pedir um táxi. Estava quente e claro. Na rua acima ficava uma pracinha com árvores e grama, e um ponto de táxi. Um táxi subiu a rua, o garçom pendurado do lado. Dei uma gorjeta para ele e disse para o motorista aonde íamos, e entrei ao lado de Brett. O motorista deu a partida. Eu me recostei. Brett se aproximou. Ficamos sentados, juntos. Eu a abracei e ela se encostou em mim, confortável. Estava muito quente e claro, e as casas ficavam muito brancas. Viramos na Gran Via.

— Ah, Jake — disse Brett —, poderíamos ter nos divertido tanto juntos.

Adiante estava um policial a cavalo, de uniforme cáqui, direcionando o trânsito. Ele levantou o cassetete. O carro desacelerou de repente, fazendo Brett se aproximar mais de mim.

— Sim — falei. — Não é uma beleza pensar nisso?

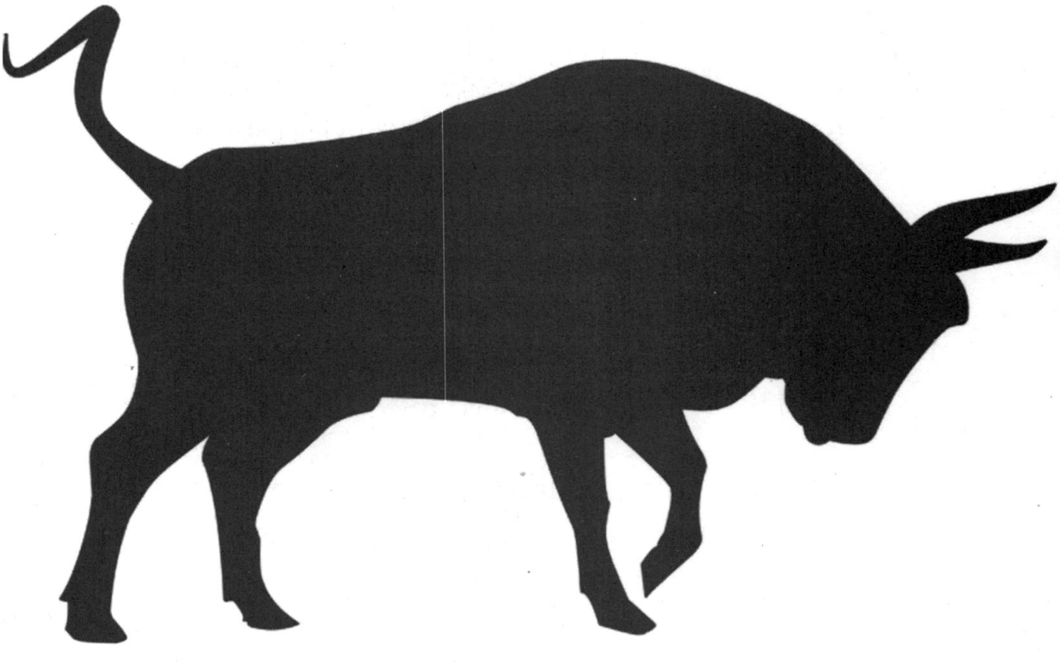

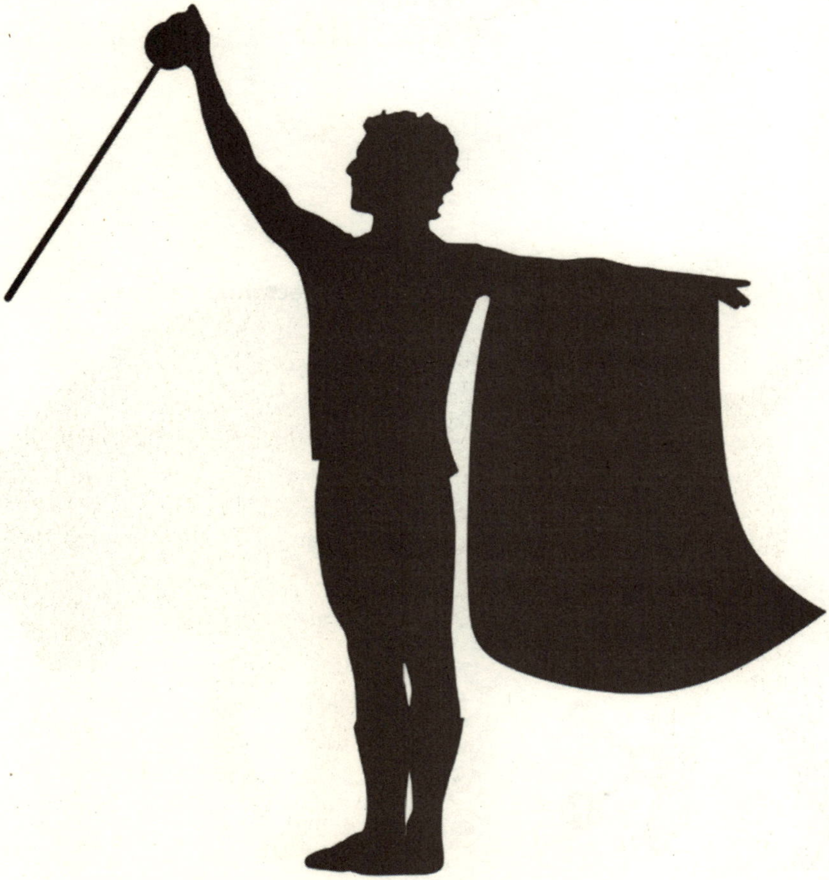

grupo novo século

Compartilhando propósitos e conectando pessoas
Visite nosso site e fique por dentro dos nossos lançamentos:
www.gruponovoseculo.com.br

<ns

- facebook/novoseculoeditora
- @novoseculoeditora
- @NovoSeculo
- novo século editora

gruponovoseculo.com.br

Edição: 1.ª edição
Fonte: Crimson Pro